絶影の剣

日向景一郎シリーズ❸

北方謙三

双葉文庫

目次

絶影の剣

日向景一郎シリーズ③

第一章　魔剣の行くところ

1

人を好きになることもある。

薪（まき）が炎をあげはじめるのを見つめながら、日向景一郎（ひなたけいいちろう）はぼんやりとそう考えていた。

好悪（こうお）の感情が、いままでなかったわけではないが、遠いものだったという気がする。あまり、人に関心を持ったこともなかった。

森之助（もりのすけ）は、炎ではなく、死んで皮を剝（は）がれ、削った枝に刺された三匹の蛇を、じっと見つめている。三匹とも景一郎が捕え、腕に巻きつけて殺したのだった。

「薪を足せ、森之助」

景一郎が言うと、森之助は長い枯枝を手刀でいくつかに折り、炎の上に組んだ。焚火のやり方は、そばで見ていて覚えたようだ。

旅をはじめて、十二日目になる。

森之助は、十歳だった。景一郎が二十歳の時から、ずっと一緒に暮している。わからないことがいくつかあったが、それを深く穿鑿することはせず、ただ弟だと思い定めた。江戸にいる小関鉄馬は伯父ということにして、森之助は多分それを疑っていないはずだ。

「兄上、蛇はなぜ死んだのですか?」

「殺したからだ」

「それは、わかっています。どうやって殺したのか、私は訊いているのです」

「腕に巻きつけて、殺した」

森之助が、うつむいた。まともに答えては貰えない、と思ったのだろう。

景一郎は、炎に直接当たらないようにして、蛇を刺した枝を地面に突き立てた。

腕に巻きつけて、蛇を殺す。祖父の将監がやっているのを見て、自分でも何度も試し、ある時からできるようになった。もう十年以上も前のことで、祖父とともに、父を斬るための旅を続けている時のことだった。

父を見つけた時、祖父はもう死んでいて、景一郎がひとりで斬った。そして父の子らしい赤子に、森之助という父と同じ名を与えたのだ。

この十年のほとんどは、江戸近郊の向島(むこうじま)の薬草園で、鉄馬と三人で暮してきた。森之助と二人きりの旅は、はじめてである。

「腕に巻きつけると、蛇は力を入れて締めあげようとしてきます。その時に、こちらも腕に力を入れる。それで蛇の背骨が何カ所か千切れてしまうのだ、と伯父上はおっしゃいました」

言葉で言えば、そういうことにしかならない。あとは、自分で摑(つか)むしかないのだ。

この旅の間、森之助は三度ほど蛇を捕え、逃がしていた。向島にいる時も、ひそかに試していたのかもしれない。

蛇が焼けはじめていた。躰(からだ)の中の脂(あぶら)が出て、それが時々火の中に落ち、薪が燃えるのとは違う音をたてる。景一郎は、焼けていない側に熱が当たるように、地面に突き立てた枝のむきを変えた。

凶作で、昨年から米の値が江戸では高騰(こうとう)していた。しかし、まったく米が手に入らないというわけではなかった。売り惜しみが横行しているだけで、米そのものはあるのだと言われている。

江戸を出ると、売り惜しみどころの話ではなかった。米だけでなく、ほかの穀類もまったく手に入らない。地域によっては餓死者さえ出て、どこも不穏な空気に満ちている。森之助は、そんな状態を眼にして、ひどく驚いたようだった。剣のことを考えたり、景一郎と同じ速さで歩いたりすることで、それを忘れようとしているのがよくわかった。

「焼けたかな」

景一郎は、蛇の串を一本脇差しで両断し、ひとつを森之助に渡した。今日の食物は、これだけである。野山に、食べられる草などはなくなっていた。冬の間眠っていた動物が、這い出してくる時季になっている。それを捕えて食うしか、飢えをしのぐ道はなかった。熊にでも会えばと思ったが、三日前に兎を一羽捕えただけで、あとは蛇ばかりだ。野鼠なども農民が捕え、食い尽している。

蛇は、内臓も骨も食う。外側の肉を食うと、もう一度火に翳すのだ。その間に、もう一匹の肉を同じようにして食う。森之助は、はじめから獣肉を食うことに抵抗は見せなかった。

「うまいな」

言うと、森之助がかすかに頷いた。唇が、脂でてらてらと光っている。ひと摑みの塩を持参していたので、口が脂でねばついてくると、それをひと舐めする。水は、湧水を見つけた時に、竹筒に溜めてある。勢いのいい湧水はなく、岩から滴るようなものばかりで、竹筒を一杯にするのに半刻は要した。

飢えて死ぬことはないだろう、と景一郎は考えていた。どうしても食物が見つからなければ、海へ出る。そこには貝もあれば、魚もいるはずだ。

食い終えると、竹筒の水をひと口ずつ飲んだ。陽が落ちかかっている。急ぐ旅というわけではなかった。

「一関に着くまでに、私はあと何匹ぐらい蛇を捕えられるでしょうか、兄上?」

「さあな。あと三日だ」

「三匹は、捕えたいと思います」

旅の不安は、森之助にはないようだった。ただ、これまで通ってきたところで、餓死者が出ている地域と、それほど飢えが深刻でない場所があった。つまり藩によって状況が違うのだが、それがなぜなのかうまく理解できないでいるようだった。

この国の、西は洪水、東から北は旱魃に襲われた。飢饉は北にかぎったことではないようだが、西の方がまだいくらかましだという。

森之助が、刀を抜いて素振りをはじめた。眼醒めた時と、眠る前の日課である。旅の間も怠るなと、鉄馬に言われているのだろう。空を裂く音を聞きながら、景一郎は眼を閉じた。

旅の目的は、薬草の種子を一関の医師である、丸尾修理に届けることである。向島の薬草園の頭である菱田多三郎が約束したもので、ようやく種子がとれたのだった。夏になる前に播けば、秋の終りから使えるという。飢饉の折りで、多三郎はどうやって届ければいいか、困惑していた。自分が行こう、と景一郎が申し出たのだ。

丸尾修理は、三年前に半年ほど薬草園に寄宿して、多三郎から新しい薬草について学んだ。焼物をやっている景一郎の小屋にもよくやってきて、自分で土を揉み、薬を入れるための器などをいくつか作ったりした。

まだ、四十にはなっていない。人を好きになるのに、これという理由はない。景一郎は、ただなんとなく修理が好きになった。

森之助が、刀を鞘に収め、呼吸を整えている気配があった。それからしばらくして、眠ったようだ。森之助を旅に伴ったのは、本人が望んだからである。

人の気配が忍び寄ってきたのは、夜明け前だった。三人、と眼を閉じたまま景一郎は足音を聞き分けた。森之助の、かすかな寝息がそれに重なっている。

森之助が気配に気づいて跳ね起きたのは、三人がすぐそばに迫ってからだった。

「持っているものを、置いていけ。刀もだ」

馴れた言い方だった。十二日の旅の間、物盗りに一度も出会わなかったのは、城下などの人の多いところを避けてきたからだろう。

景一郎は、ゆっくりと身を起こした。森之助は、すでに刀の柄に手をかけている。

「斬り捨てていいぞ、森之助」

景一郎が言うと、森之助が抜刀した。かすかな星明りがあり、白刃が白く闇に浮かびあがった。笑い声が起きた。

「子供だからって、容赦はしねえよ」

食いつめた浪人が、物盗りにまで堕ちたというところだろう。三人のうち、ひとりだけが刀を抜いた。同時に、森之助の気合が起きる。悲鳴。胴を抜くように、森之助は男の腿を斬っていた。男が転げ回る。二人が、叫びながら抜刀した。森之助が構え直す。すでに肩で息をしていた。

景一郎は立ちあがり、二人の男の間を通り抜けた。しばらくして、二人とも声もなく倒れた。腿を押さえてのたうち回っていた男が、それを見て凍りついた。

「どうせ、血を失って死ぬ。私が斬ったところを斬ってみろ、森之助」

闇の中で、森之助の躰が跳躍した。首から血を噴き出し、男が倒れた。

「少し早いが、出立しようか」

森之助は、まだ荒い息を吐いている。

「屍体を埋めなくともよいのですか、兄上？」

「こんな時だ。屍体も鳥や動物の餌にはなるだろう」

五年前、薬草園で何人もの人間を斬った。屍体のほとんどは、畠に埋めた。森之助には、何度も手伝わせた。森之助が人を斬るのも、はじめてのことではない。それに、闇が血を別のもののように見せていた。

景一郎が荷をまとめはじめると、森之助はようやく刀を鞘に収めた。

2

伊達(だて)藩領は静かで、そこを通りすぎると、すぐに一関である。田村藩に城はなく、濠(ほり)と塀をめぐらせた館(やかた)の周囲が、すぐに町屋になっていた。武士の屋敷は、館の南側に集まっている。

丸尾修理の養生所は、すぐに見つかった。町からはずれているにもかかわらず、武士が数人、さりげなく立っている。

養生所は、少し床の高い建物で、塀もなにもない粗末なものだった。

訪(おとな)いを入れると、修理が自分で出てきた。景一郎を見て驚いた表情をし、それから横をむき、どういう用件かと他人行儀に言った。

「江戸から、薬草の種子をお届けに。それに、さまざまな薬草も預かってきております」

ぶらさげていた荷を、景一郎は上がり框(かまち)に置いた。

「わざわざ届けてくださったか。こんな時の旅は、難儀されたであろう」

「いや、旅の途次のついでに、預かってきただけのことです」

修理は、三年前と較(くら)べると、ずいぶんと老(ふ)けこんだように見えた。眼の光だけは、変っていない。森之助は、なにかを感じたのか、景一郎の背後でじっとしていた。

「確かに、お届けいたしました」

「済まぬ。手もと不如意で、まともな礼をすることができん」

「気になされませんように。ただお届けしただけのことですから」

一礼し、景一郎は踵を返した。

養生所から、さらに町を離れ、山の方にむかった。武士が二人、見え隠れしながらついてくる。山への道に人影はなく、尾行るのは無理と判断したのだろう。

一里ほど歩いたところで、小さな小屋を見つけた。猟師か樵が使っていた小屋だろうが、もう半分朽ちかけている。

「今夜の宿はここだな、森之助」

「丸尾先生は、どうしてしまわれたのでしょうか?」

「事情があるのだろう。それがわかるまでは、知らぬ顔をしているのだ」

「そうしますが」

「付いてきた武士も放っておけ。こちらからなにか言うことはない」

森之助が頷き、薪になる枯枝を集めはじめた。江戸より百余里、ずっと野宿を通してきた。寝る場所を決めると、枯枝を集めるのが森之助の最初の仕事だった。

煙にいぶした兎の肉が、まだ少し残っていた。伊達藩領を通った時に、見つけて飛礫を打って捕えた。二人で食うにはいかにも少なかったので、蛇でも見つけようと、景一郎は林の中に入った。

わざと気配を発して歩くと、雉子が一羽舞いあがった。とっさに、景一郎は小柄を打った。落ちてきた雉子が、羽を拡げてもう一度飛ぼうとする。その首を摑み、軽く捻った。江戸を出て以来の、大きな獲物がたやすく手に入った。

首を切って血を出し、羽を毟りながら小屋へ戻った。すでに、森之助が焚火をはじめていた。

「鳥まで、飢えてはいないようだ。この山でなら、まだ雉子を見つけられる」

「武士が、ひとりだけ私たちを見張っています。もうひとりは、仲間を呼びに行ったと思うのですが」

「気にするな、と言っただろう」

「はい」

「それより、この雉子の肉を半分食らうぞ。残りの半分は、煙でいぶす。生の木も集めてこい、森之助」

まだ、陽が落ちるには間があった。景一郎は、脇差しで雉子の腹を割り、内臓を出した。それから、二つに断ち割った。

焼きあがるのに、それほどの時はかからなかった。残りの半分は、頭上の枝から刀の下緒で吊し、煙でいぶし続けている。毎晩焚火でそうしていると、肉は水気を失うが、何日も腐らないのだ。

　人の気配が近づいてきた。森之助もそれに気づき、身構えている。

「斬り合いになる。おまえは雉子の肉を守れ、森之助」

「丸尾先生のことなのでしょうか？」

「わからないことを、気にするな」

　近づいてきたのは、六人の武士だった。

「なにを調べに来た。あの医者に呼ばれたのか？」

　五人が、前に出てきた。殺気立った表情をしている。

「それを言えば、子供は死ななくても済むぞ」

「私たちは、旅の者です。丸尾先生の養生所には、湯島の薬種問屋から頼まれたものを届けただけです」

「そうかもしれんが、そうでないかもしれん。疑わしいかぎり、われらはおまえたちを斬る。どうだ、子供だけは助けたくないか？」

「理不尽ですね。それに」

　雉子を食おうとしていたところだ、という言葉を呑みこみ、景一郎はただ笑った。

　正面に立っていた男が、いきなり抜撃ちを浴びせてきた。それをかわし、景一郎は静かに来国行を抜き放った。祖父の将監から受け継いだ刀だ。

抜刀した五人が、じりっと間合いを詰めてきた。みんな腕は悪くない。ただ、道場での激しい稽古を積んだだけという感じがある。

地摺り下段に構えたまま、景一郎はずいと一歩踏み出した。次の瞬間、跳躍した。跳ぶ時にひとり、降りる時にひとり。斬ったとも感じなかった。二人が血を噴いて倒れた時、景一郎は三人目の首を刎ね飛ばしていた。残った二人が、立ち竦んでいる。巻藁を斬るようなものだった。

五人が倒れると、最後に残ったひとりがゆっくりと前に出てきた。

「日向流、かな？」

「わかるのか」

「俺の兄が、日向流を学んだことがある。日向将監。そう言っていた。日向流が、いまだこの世にあるとはな」

手練れである。斬り倒した五人とは、なにからなにまで違っていた。

「いい刀だな。五人斬っても、脂が巻いたという気配はない。それなら、何十人と斬れそうだ」

「来国行。日向将監の佩刀だった」

「橘田又之進という。日向流、この眼で見届けよう」

男が鞘を払った。端正な構えだった。

構えたまま、固着した。景一郎は正眼である。男の剣尖は、揺れるようにかすかに動いていた。男の剣の底が、景一郎にははっきりと見えてきた。踏み出す。潮合。そう感じた時、景一郎は跳躍し、男も跳んでいた。景一郎の跳躍の方が、三尺は高かった。

むき直った男の肩に、徐々に血のしみが拡がり、それが袴にまで達した。踏み出した足を軸にして男の躰が回り、倒れた。

「雉子が焼けすぎるぞ、森之助」

言って、景一郎は来国行を鞘に収めた。

3

夜明けまで、誰も現われなかった。

景一郎は、森之助を連れて、きのう来た道を引き返した。

丸尾修理の養生所の周辺にも、武士の姿は見当たらない。訪いを入れると、すぐに修理が出てきた。じっと景一郎を見つめてくる。

「なにがあったんです、景一郎さん?」

修理は二人を請じ入れて言った。

「きのうの夕方、私たちが野宿しているところに、何人かの武士が現われました。襲いかかってきたので、斬り捨ててあります」

「斬り捨てるって、景一郎さんひとりだったのか？」

「森之助が一緒でしたよ」

「じゃ、なおさら」

「森之助は、これを守っていましてね。山で獲って、ひと晩煙でいぶしたのです」

雉子の半身だった。ひと晩ぐらいでは、まだ生のところが多いが、それでも腐るのは防げる。あとひと晩で、水気は抜けるだろう。

「半分は、私と森之助で食ってしまった」

「斬り捨てたのか。そうか、やはりな。私は杉屋清六さんに聞いたことがあるが、景一郎さんの剣の腕前は、ほとんど魔神だという話だね。いつも土を揉んで、焼物に打ちこんでいるこの人がまさか、と私は思ったんだが」

「斬らなければ、私たちが斬られました」

「だろうね」

若い男が、湯を運んできた。

「弟子の、村田宗遠です。江戸の道庵先生や幽影先生のこと、薬草園の菱田多三郎さんや、焼物師の日向景一郎さんのことは、先生から何度も聞かされました。私も、一度向島の杉屋さんの薬草園に行ってみたいものだ、と思っています」

好奇心に輝く眼をしていた。宗遠が喋っている間も、修理はなにか考えているふうだった。のどが渇いていたのか、森之助が一礼して湯に手をのばした。礼儀作法は、鉄馬にしっかりと叩きこまれている。

「多三郎さんから届けられた種子は、今日にでも宗遠に播かせようと思っていました」

「そっちの方は、どうすればいいのか、私にはわかりません、修理殿」

「庭先の土を、何度も耕しています。そこに播けばいいのです。それより、景一郎さんに頼みたいことがある。長い旅をしてきた景一郎さんにとっては、迷惑なことかもしれないけれど」

「聞いてから、決めますよ。できるかできないか」

「これから、二人で山に入って貰いたいのです。景一郎さんの剣の腕前を勝手に当てにしているのだが」

「山に、なにかあるのですか？」

「疫病だよ。いや、疫病と藩が勝手に決めてしまっているが、人から人に移る疫病ではない。毒になるものを食べて、何人もが死んでいるということです。私はそこに毒消しを持って行こうとしたのだが、藩から何人もの人間が来て、私が山に行くのを止めた。藩医が、疫病だと決めたというのです」

「それで、武士が養生所を見張っていたのですね」

「何人も景一郎さんに斬られて、こちらはどうでもよくなったのでしょう。みんな、山へ行ったのですよ。疫病が出たという三つの村を封鎖して、人が出入りできなくしているのです。疫病が終熄するまでそれを続けるらしいが、村人は次々に死んでいる。いや、藩が殺そうとしているのかもしれない。私には、そうとしか思えないのだ」

「二人、村から逃げてきましてね。ひどい状態だったのですが、先生の毒消しを使うと、三日で元気になりました」

宗遠が口を挟んだ。複雑な話なのだろう、と景一郎は思った。疫病か食中りか、というようなことではなさそうだ。

「元気になった二人は」

「斬られたのですね」

「そうです」

宗遠の眼が光った。

「農地を捨てた逃散ということで、養生所を出るとすぐに捕えられ、館の中でその日のうちに斬られてしまったようです」

難しいことを、景一郎は考えたくなかった。修理が、山の村へ行きたがっている。毒消しを届ければ、村人を助けられると思っている。それだけのことだった。

「行きましょうか、修理殿」

「しかし景一郎さん、藩士が多数集まっているかもしれないのだ」

「行ってみなければ、わかりませんよ、いるかどうか」

「思わず頼んでしまったが、ほんとうにいいのかい？」

「行きたいのでしょう、修理殿は。行けば、疫病かそうでないかも、はっきりするのでしょう？」

「村の人たちと、会うことができれば」

「毒消しは、私が持ちましょう。山の村まで、どれぐらいあるのですか？」

「二里というところだな」

景一郎が立ちあがると、修理と宗遠は慌(あわ)てて薬箱の準備をはじめた。

「宗遠は、留守を守りなさい。森之助さんも一緒にそうしてくれ」

宗遠は、不服そうな表情をしていた。

「雉子の肉は、切り分けて少し火で炙(あぶ)るのだ、森之助。宗遠殿は、薬草の種子も播かねばならん。多三郎さんを見ているから、おまえは要領がわかるだろう」

「はい」

景一郎は、玄関に出て草鞋(わらじ)を履き、薬箱をぶらさげた。筒袖(つつそで)に野袴というのが、景一郎の旅の装(よそお)いだが、江戸にいる時もほとんどその身なりは変らなかった。

「ほんとうに、危険なのだ、景一郎さん」

養生所を出て山にむかうと、怯(おび)えたような声で修理が言った。男が二人、尾行してきている。気にしなかった。山に入れば、どうにでもなるのだ。

「三つの村の出入りを完全に封じることなど、できませんよ。何百人いてもです。私は焼物のために土を求めて、よく山の中を歩きましたから、わかります。村へ入る道は、どこかにあるはずです」

野宿した廃屋の前を通った。屍体(したい)は、すべて片付けられている。

景一郎は小石をいくつか拾い、懐(ふところ)に入れた。道が少しずつ狭くなる。林の中から、いきなり雉子が飛び立ちかけた。その時景一郎は飛礫を打っていたので、羽を拡げたまま雉子は枝にひっかかった。首を摑(つか)み、血を抜いただけで、景一郎はそれを腰にぶらさげた。

「やあ、田村藩領に入ってから、これで雉子は二羽目ですよ。修理殿にひもじい思いをさせなくて済む」

「おかしな人だね、景一郎さんは。とても人を斬るとは思えないのだが、いま石を投げた技など、やはり常人のものではないという気もする」

「山を歩いていると、こんなことは身についてしまうのです」

緑の深い山だった。こういうところには、あまりいい粘土はない。そう思いがちだが、樹木が不意に低く小さくなる場所が時々ある。そこは、掘ると大抵粘土が出た。粘土は、樹木を豊かに育てる土ではないのだ。

「江戸からの道中、飢饉がひどかったのではないか？」

「餓死する人が、めずらしくありませんでしたね」

「田村藩も、ひどい。昨年も一昨年も、どうしようもないほどの凶作だった。時々、館の米倉を開き、施米をしたりするので、餓死者はあまり出ず、一揆も起きたりはしていないが、みんな躰は弱っている。病に倒れることが多いね」

一里以上、歩いていた。

かすかに、人の気配が伝わってくる。それも、二人や三人の気配ではなかった。多分、道を塞いでいるのだろう。

道が大きな岩を巻くように曲がったところで、景一郎は足を止めた。しばらくすると、尾行ていた二人が現われ、景一郎が立っているのを見ると、とっさに身構えた。町人の身なりだが、構えは武士だ。

懐に入れていたやや大き目の石を、景一郎は続けざまに打った。腹を押さえて、二人がうずくまった。

「道を変えます。ちょっとつらいかもしれませんが」

「あの二人は？」

「養生所から、ずっと」

「そうか、私は気づかなかった」

水音がしている。渓流があるようだ。その音に背をむけるように、景一郎は反対側の斜面を登りはじめた。

4

修理の呼吸が荒くなっていた。

景一郎がひと跳びであがれる岩も、修理はよじ登るようにしていた。

「川沿いに行くのかと思ったら、まるで反対だね。高いところ高いところを選んで、歩いている」

道だけでなく、渓流や谷間（たにあい）にも柵（さく）が設けられ、十人ほどの武士が守っていた。つまり、人が歩きそうなところは、全部塞いでいるということだ。景一郎が歩いてきたのは、獣の道だった。ほとんど道とは思えないところだが、よく見ると獣の足跡はあった。

岩に腰を降ろした修理は、噴き出した汗を拭（ぬぐ）っている。あまりに苦しそうな息遣いになったので、ひと休みしたところだった。

「もうすぐ、村ですよ。どうやら、猟師もいる村のようですね。すでに毀（こわ）れてしまった罠が、二つほどありました」

「私には、まるでわからなかった。歩くだけで精一杯でね。猟師がいるのは、確かだよ。薬を、兎の肉で買おうとしたりする者がいるからね」

「疫病が出たら、どうするのです？」

「まず、病んだ人間を隔離だな。それから、なにが原因か確かめる。原因を除けば、あとはなんとかなる。鼠などの小さな動物のこともあれば、水であることもある」

「村ごと、封鎖してしまうというのは？」

「よほどひどい時は、そうするしかないだろう。それでも、病んでいる者とそうでない者は、区別するよ」

「それは、医師がやるのでしょう？」

「医師は勿論、多少は心得がある、という者の手も必要になるね」

「ただ封鎖するというのは？」

「みんな死ね、と言っているようなものじゃないか、それでは」

「なるほど」

「疫病でないと私は思っているが、確かめるのはこれからだ。もしほんとうに疫病だったら、移るよ。景一郎さんは、こわくないのか？」

「病む時は病むし、死ぬ時は死にます。それが人でしょう」

「まったくだ。しかし、なかなかそうは思い切れない。私は医師だから、どんなところでも行かなければならないが」

十五歳で祖父と旅をはじめた時は、死がこわかった。刀を見ただけで、失禁してしまったこともある。しかし気づくと、死がこわくなくなっていた。それが生と同じものだ、と思うようになっていた。

死と生の間の線を、何度も跨いだからなのだろうか。あれは、実に長い旅だった。旅を終えた時、景一郎は二十歳になっていたのだ。父を斬るための旅。しかしなぜ父を斬らなければならないのか、そのわけを景一郎に語ることなく、祖父は死んだ。そして、景一郎ひとりで、父を斬った。そのための旅だったからだ。

「行きますよ、修理殿。もう少しで、村が見降ろせるところに出るはずです」

修理が頷き、立ちあがった。

尾根を半刻ほど歩くと、眼下に村の家が見えた。およそ百戸ほどか。平地が拡がり、田が作られている。村人の姿が、いくつか小さく見えた。武士の姿はない。

景一郎は修理を休ませ、村へ降りる道を捜した。すぐに、猟師が使っているらしい道が見つかった。ほとんど道とは見えず、猟師だけが知っているのだろう。

景一郎は、修理の帯に刀の下緒を結び、それを摑んで降りていった。景一郎ひとりなら駈け降りることもできるが、修理は転げ落ちてしまいそうだった。

村の通りに出た。

軒下に腰を降ろしていた男が、ぼんやりした眼をむけてきた。すぐには反応しない。やがて男は、地面に両手をついて、緩慢な動作で立ちあがろうとした。

「立たなくていい。じっとしていなさい。まだ元気な人間がいたら、私の手伝いをして欲しい」

修理は、腰を降ろしている男のそばにかがみこみ、両手で顔を挟んで、眼や口の中を調べた。村の家から、七、八人の男たちが出てきた。

「毒消しを持ってきた。これをみんなに飲ませなさい。いや、待て。この村の人たちは、どこの井戸の水を飲んでいる？」

「井戸じゃなく、せせらぎから水を引いてきています」

白髪混じりの男が、弱々しい声で言った。

「すぐ案内しなさい、そこへ」

修理が走りはじめる。荒い呼吸で山を歩いていたのが、嘘のようだ。

子供が這ってきて、景一郎が腰にぶらさげた雉子に見入りはじめた。顔色はひどく悪い。そして、痩せていた。

「分けてやりたいが、村人みんなに行きわたるほどはない。だから、誰にもやらぬ」

「お侍様は、どこから来られました。あのお方は、一関の養生所の、丸尾修理先生でございましょう?」

「山から来た。尾根の高いところを選んで歩いたのです」

「そうですか」

喋(しゃべ)っている男は、額に傷を作っていた。血がかたまり、こびりついている。それを気にしている様子もなかった。

さらに十人ばかりの人間が集まってきた。女も交じっているが、みんな一様に顔色が悪かった。

「この村は、道を閉ざされて、もう十日以上になります。疫病(えきびょう)ということで、外へ出ることを禁じられました」

「疫病かどうか、先生が調べに来られたのです。もうすぐ、わかるでしょう」

「隣村も、そのむこうの村も、やはり疫病だそうです。病人がいなくなるまで、村の外に出るなと言われていますが、わしら、田を作らなければなりません」

修理が、駈け戻ってくるのが見えた。

「信じられん。こんなことがあっていいのか。これでは、村は全滅する」

修理の眼は血走り、口の端には唾(つば)が白い泡のようになって溜(た)まっていた。

「庄屋(しょうや)さんは、どこです?」

両脇(わき)を支えられた老人が、修理の前に立って頭を下げた。

「水を飲んではいけません。すぐに、村人たちみんなに知らせなさい。決して、せせらぎから引いた水を飲んではならないと」

「なぜでございましょう。ずっと、村の者はその水を飲んできました」

「毒が入れられている。間違いないと思う。あとで詳しく調べるが、とりあえず毒消しを配ります。水を飲んでは駄目です。湯でも。苦くても、そのまま飲むのです」

元気のある者が二、三人、水を飲むなと叫びながら駈け回った。家から次々に人が出てきて、百人ほどの数になった。

「藩のお役人が来ます」

誰かが叫んだ。

そちらに眼をむけようともせず、修理は薬を配り続けている。

5

駈けつけてきた武士は、六人だった。

「丸尾修理、これはなんの真似(まね)だ。村への立入りは、禁止されている」

指揮者らしい武士が、指を突きつけて叫んだ。景一郎を警戒しているのか、躰(からだ)はほとんど景一郎の方をむいていた。庄屋の老人が、間に入るようにして出てきた。

「これは山田奉行の加瀬様。お役目御苦労様でございます。丸尾先生は、疫病の治療に来てくださったのでございます」

「うぬらに訊いているのではない。丸尾修理、立入りが禁じられている村に、なぜ入った？」

「ですから」

「黙れ。丸尾修理に訊いている。第一、どこからこの村に入ったのだ」

「道から谷間にかけての、柵を避けて。案内したのは、私です」

景一郎が言った。加瀬と呼ばれた男は、不意討ちでも食らったように景一郎に顔をむけたが、眼が合うと開きかけた口を閉じた。

役人が来たのも気づかないように、毒消しの薬を小さな包みにしていた修理が、立ちあがって加瀬の方を見た。

「疫病が出たので、この村の立入りが禁じられているのですね、加瀬殿。疫病が拡がるのを防ぐために」

「そうだ」

「ならば、この村に入ってしまった私は、すでに疫病に感染しているかもしれない。ただ、御心配には及びません。私は疫病を終熄させるまでこの村を出ませんから、外に拡がる恐れはないのです」

「そんなことを言っているのではない」

「では、なにをおっしゃっているのです、加瀬殿。第一、あなたはここへ入ってきて、疫病が移るとは思っておられないようだ。大した疫病ではないのではありませんか？」

「人が死んでいるし、この村を封鎖するのは私の役目だ」

「加瀬殿」

修理が、二、三歩踏み出した。

「この村に入られることを、まったく恐れておられませんな。それに敬意を表して、水を一杯振舞いたいのだが」

「なに、水だと」

「まさか、飲めぬとはおっしゃいますまい。水さえ飲まなければ、疫病には罹らない。そんなことがあるはずはない。それなら、水を飲むなと村人に触れを出せばいいのですから。私が振舞う水を、一杯飲んでいただけませんか？」

「私は、役目として」

「水を飲め」

修理の声は、低いが怒りに満ちていて、周囲の空気を不気味にふるわせた。

「水を飲め。村の人たちの前で、水を飲んでみせろ。それができぬなら、速やかに去ね。藩の重役に言うがいい。この疫病は、丸尾修理が終熄させてみせると」

しばらく、修理は加瀬と睨み合っていた。景一郎は、動かなかった。加瀬にまったく殺気などがなかったからだ。しばらくして加瀬はうつむき、かすかな舌打ちを残して駈け去っていった。

修理はすぐに、また毒消しの包みを作りはじめた。

「ほんとうに、この村にいていただけるのですか、丸尾先生？」

「いますとも、庄屋さん。これは疫病ではない。移ったりはしないのです。私が配る毒消しで、軽い人たちはすぐに回復します。重い人たちには、違う薬も試みてみましょう。ただ、飲む水がない。それをなんとかしなければ」

「もう十二年前になりますが、渇水の時に掘った井戸があります。それを掘れば、多分水は出ると思うのですが」

「まず、それをやりましょう。ほかの二つの村にも、とりあえず水は飲むなと、知らせていただけますか？」

「若い者が、もう駈けております。やはり二つともせせらぎの水を飲み水にしておりますが、使える井戸もあるはずです。二つの村の庄屋も、私が兼ねておりますので、ほかになんなりとお申しつけを」

「村人の数は？」

「この村が、ほぼ四百人。隣が百、もうひとつは、八軒だけで、三十人にもなりません」

「では、この村からです。すべてのものを調べます。食べ物などすべてです。手があいていて、まだ力が残っている人は、井戸を掘ってください」

「私がやりましょう、それは」

景一郎が言った。

「いや、まず先生方には、私の家を使っていただくとして、その準備をさせますので」

「無用です。廃屋になった家でもあれば、それを借りましょう。とにかく、飲める水を手に入れることです」

喋りながらも、修理は毒消しの包みを作り続けている。

景一郎は、すぐ前の家の軒下にあった鍬（くわ）を執った。若い者が三人、大きな竹籠（たけかご）と縄を持ってついてくる。

井戸は、庄屋の家の前だった。石積みで囲い、板で塞（ふさ）いである。太い棒を横にわたし、それにかけた縄につかまって、景一郎は井戸の底に降りた。それほど深くはない。完全に涸（か）れていて、小石があるばかりだった。

降ろされてきた竹籠に、まず小石などを全部放りこみ、鍬を入れた。竹籠はすぐに、土で一杯になった。引きあげられ、空になった竹籠が降ろされてくる。中は狭く、ひとりが作業をするのも窮屈なほどだった。

十数回、籠が引きあげられた。腰の丈ほどの深さを掘ると、粘土になった。こんな地の奥にも、粘土はある。山中で、身の丈ほどの穴を掘り、焼物のための粘土を採ったことはあるが、これほど深いところの粘土を見たのは、はじめてだった。粘りが、普通の粘土よりも強いと感じられた。鍬ではなく、手で掘ってみても、それははっきりとわかる。

「お侍様、いくらなんでも、お疲れでしょう。代ります」

「気にしないでください。それより、水の匂いがしています」

粘土は、水を含んでいた。揉みあげるのに手頃なほどの水気だ。なんとなくしぶとそうな粘土だ、と景一郎は思った。かつては焼物のための粘土にこだわり、方々に旅をして集めたものだったが、いまは手近のものでいいという気になっている。

この粘土は、少し持ち帰ってみたい、と景一郎は思った。

やがて、粘土の層が終った。すでに一間以上は掘っている。鍬を打ちこむと、土にやわらかな感触があり、かなりの勢いで水が湧き出してきた。景一郎は土が半分入った竹籠に、鍬を放りこんだ。再び降りてきた縄に摑まると、なにもしなくても上へ引きあげられた。

掘り出した土が、山のようになっていた。

「かなり大きな水脈に当たったようです」

一刻ほどは掘り続けていたようだ。井戸の底には、すでに水が溜りはじめている。

「この竹籠を、借りても構いませんか？」

まわりに立っていた村人たちが、なんとなくという感じで頷いた。景一郎は、籠に粘土をつめると担ぎあげた。

眼を見開いた村人が案内したのは、庄屋の二軒隣の家だった。

いくつかの器に入れた水を前にして、修理が腕を組んでいる。囲炉裏に火が入れられ、そこに雉子の肉がかけられていた。奥には蒲団も敷いてある。

「いまのところ、水以外はなんの問題もない。しかし人は、水を飲まずにいられないからな」

呟くように、修理が言った。いい粘土が手に入った、と景一郎は考えていた。

村人が二人、桶に水を入れて運んできた。手拭いが添えられていて、躰を洗えということらしかった。

「お侍様、あの籠に土を入れて、どうしてひとりで担げるのですか？」

「さあ、要領のようなものだと思うが」

景一郎には、それほど重たいものではなかった。

「井戸の水も、一応は調べておこうか」

修理が立ちあがり、桶から器に水を汲んだ。

6

佐吉という若者が、猪が通る道を知っていると言ったので、夜明け前に山に入ったのだ。

佐吉は、田を作るかたわら、山に罠を仕掛けて、兎や鳥を獲っていたという。猟師のように鉄砲は持っていないが、獣の道を見分ける方法はよく知っていた。

夜明けに、猪が二頭出てきた。一頭を倒すと、もう一頭は怒りなのか恐怖なのか、猛然と突っこんできた。それも、たやすく倒した。ともに、首筋から来国行でひと刺しにしたのだ。前肢の骨と骨の間。わずかだが、そこに刀が通る道がある。それは、祖父が熊を倒した時に、教えられたことだった。すべての獣が同じだ、と祖父は言った。

「すごいや、景一郎さんは。力も、やっとうの腕前も。粘土の入った籠をひょいと担いだ時、俺はこの人は普通の人じゃないと思った」

棒に、二頭の猪をぶらさげ、担いで山を降りるところだったが、佐吉はすぐに息をあげた。その気になれば、景一郎は二頭を担いで降りることができたが、急ぐこともなかった。村の、すぐ上の山なのだ。

「おまえは、どうして猟師にならなかった？」

「猟師の村じゃないからね。田は作らなけりゃならなかった。だけど、庄屋さんが時々兎や雉子を獲ってこいと言うんだよ。さすがに猪とは言わなかったが、俺は通る道をいつもしっかりと見ていたさ」

「猟師のいる村だと思った。山の中に、踏み跡がかすかに残っていたし、毀れた罠もあった」

「全部、俺と親父だよ。親父は、猟のやり方を祖父さんから習ったと言ってた」

佐吉の親父は、今度の疫病騒ぎで死んだのだという。村で、ほぼ六十人の人間が死んでいた。佐吉以外にも、猟をする男が二人いたというが、それが修理の養生所へ駈けこんできた者たちだろう。佐吉も、その気になれば村を抜けられたはずだが、病んだ親父を放っておくことができなかったという。

「藩のやつら、俺たちの村を皆殺しにする気だったんだ。なぜなんだ。景一郎さんは、どう思う？」

「さあな」

理由を考えるという習慣が、景一郎にはなかった。自分のことであれ、他人のことであれだ。わかることは、いずれわかる。わからないことは、考えてもわからない。

「一気に村まで降りるぞ、佐吉。足の運びに気をつけていろ」

「気張ってみるよ。山歩きでも景一郎さんにゃかなわないが、根性は見せたい」

昨夜は、庄屋から届けられた粥を辞退して、修理と二人で雉子を食った。村には、米の粥などを食っている人間はいなかった。

修理は、寝ることも忘れたように、薬草を使ってなにかやっていた。夜明け前に景一郎が出かけた時も、どこへ行くのかさえ訊こうとしなかった。ほかの村からの水も、届けられていたのだ。

猪を見ると、村の人間たちが集まってきた。米の粥どころか、稗と野草を混ぜた薄い粥のようなものを、みんな食っていた。それも、ほんの少量だ。昨夜、修理と景一郎に出された薄い米の粥は、とっておきのものだったのだろう。

井戸のそばに置いた猪の処理を、庄屋の指図に任せ、景一郎は家へ入っていった。

修理が、薬研で薬草を潰していた。額には、汗の粒が浮かんでいる。囲炉裏でも薬草が煮こまれているらしく、鼻をつく匂いがたちこめていた。

「軽い者は、すぐに回復する。しかし重い者は、別の薬が必要だ。それに、滋養もつけなければならん」

「猪を二頭、獲ってきました」

「なに、猪。そうか。やはり景一郎さんに来て貰ってよかった」

外に出て、修理は大声で庄屋を呼んだ。

「骨を、大鍋で煮つめるのでございますね。内臓も、洗って刻んで煮こむ。骨から出た汁は重い者に、内臓は血も一緒に煮こみます。あとは、肉を薄く切って、元気な者に分け与えます。三日は、それで食いのばすように、みんなに伝えます」

庄屋は、両脇を支えられ、小さく萎びた顔をしていたが、垂れた目蓋からかすかに覗く眼は、光を取り戻しているようだった。

景一郎は、竹籠の粘土を板の上に置き、平たくのばした。村人が三人ばかり、なにをしているのかという表情で見ている。井戸のそばでは、猪が解体されはじめていた。

佐吉が叫びながら駈けてきた時、景一郎はすでに気配を感じ取っていた。井戸へ行き、粘土にまみれた手を洗った。

「それは、俺らを殺しに来たんだぞ」

誰かが言っている。村へ入ってくる道に、若い者が何人か見張りで立っていたようだ。

「三人なら、みんなで打ちかかれば」

そう言う声も聞えた。

景一郎は家へ戻ると、来国行を腰に差した。修理は、ちょっとそれに眼をむけただけで、なにも言わず薬の調合をしていた。

村の端まで歩いたとき、三人が坂を登ってくるのが見えた。景一郎の背後に、棒や鎌を持った村人が集まっている。

「あの三人は、私に用事があるのです。村の人は、退がっていてください」

「だけど、景一郎さん」

佐吉は、竹槍を構えていた。それを手で制し、景一郎は歩きはじめた。すぐに三人との距離が縮まった。

「田村藩士を六人斬ったという話だが、まさかおぬしひとりではあるまい。何人で潜入したか訊いても、吐きはしまいな」

三人は、山田奉行の役人とはまるで違っていた。田村藩士とも違う、という気がする。そして景一郎を、隠密だと決めつけていた。

「できれば、生かして捕えたい。そう思っているのだが」

「もともと、私に殺される理由はない」

三人が近づいてきた。まだ、刀の柄には手をかけていない。気も、内に秘めていた。居合いだろう、と景一郎は感じた。居合いは、鞘内の勝負と言われている。つまり、抜く前に勝負はついている。

気を発しても、受け流すだけだった。そのくせ、三方向から間合いをじりじりと詰めてくる。景一郎は、ただじっと待った。

ふっと、ひとりの姿が消えた。跳躍したのだ。景一郎は動かなかった。地に降り立った男は、抜刀していた。景一郎の動きを予測して、跳んだのだろう。

二人目。横に走った。景一郎は動かなかった。正面の男の腰から、白い光が迸るように出てきた。横。ほんとうの攻撃は、そっちからだ。景一郎が跳んだ瞬間、すさまじい斬撃が来た。降り立った時、その男は構えたまま前にのめって倒れた。

すでに、勝負はついている。二人は抜刀して構えているが、景一郎は斬られていないのだ。つっ、と景一郎は前に出た。横一文字に斬りつけてきた刀を一寸ほどでかわし、来国行を静かに振り降ろした。二人目が、横に倒れていく。三人目は、それでも落ち着いていた。構えは、見事だった。しかし、構えで人を斬るわけではない。下段に構えた景一郎に応じるように、ゆっくりと頭上に刀をあげた。男が、先に踏みこんできた。擦れ違う。男が倒れたのは、景一郎が刀を鞘に収めてからだった。

「屍体は、坂の下まで運んでくれ、佐吉」

口を開けて立っている佐吉にそう言い、景一郎は村の方へ戻っていった。

7

庄屋は、治兵衛という名だった。

若い者が五十人ほど集められ、竹槍も用意された。ほかの二つの村の者も、数人やってきている。症状が重くて起きあがれない者が、全部合わせて百名ほどだという。

治兵衛は、老いて萎びたような風貌(ふうぼう)には似合わず、決断力があり、村人もなにも言わずに従った。

「これでは戦(いくさ)だ、治兵衛さん。そして戦は、武士の領分だよ。一揆(いっき)として、この村を押し潰す、いい理由になってしまうではないか」

「わかっております、先生。しかし、藩はわしらを皆殺しにする気です。なぜ、黙って殺されねばならんのです。わしのような老いぼれはいいとしても、子供もいるのです。いままでに、何人も死にました」

「もう、これから死ぬ者は出さない。私がいるかぎり」

「竹槍は、隠しておきます。見張りも、三人ずつにします。しかし、誰がどうするかは決めておきます。今度は、大人数で来て、村ごと押し潰そうとするでしょうから」

「しかし、なにがあるのだ、この村に」

「年貢(ねんぐ)は、血を吐くような思いで納めました。それなのに殺すと言われれば、わしらも闘うしかありません」

　大人数で来ることは、間違いないだろう、と景一郎は思った。しかしいままで襲ってきた者たちを見るかぎり、田村藩にそれほどの手練(てだ)れはいない。三万石の小藩が、数百人もの兵を出せるとも思えなかった。

「日向様がお斬りになった三人は、田村藩のお侍ではない、とわしは思っています。顔を見た者たちも、そう言っております」

「なにがあるというのだ、この村に」

修理が、何度か頭を振った。治兵衛の家の前では火が焚かれ、大鍋代りの五右衛門風呂がかけられている。修理の指示で、猪の頭から骨まで、煮こまれているのだ。

「景一郎さん、もう一度山へ行ってくれませんか？」

佐吉がそばへ来て、小声で言った。

「俺はずっと考えてたんだけど、気になることがあってね。ひとりじゃ、度胸が決められない」

「いつ？」

「できるだけ、早い方がいいと思う」

「じゃ、行こう」

景一郎が歩きはじめると、佐吉が慌ててついてきた。

「人がいるかもしれないんだ、景一郎さん」

「それを確かめに、行こうと言っているんだろう、おまえ。いまから行って、いつごろ戻れそうだ？」

「さあ、多分、宵の口には」

「それまでは、またなにか起きるということはないだろう。今朝歩いた時より、私はずっと速く歩けるが、おまえはどうだ」

「急ぐよ。景一郎さんに追いつけないのは、よくわかったけど」

山に登り、尾根を歩いた。今朝、猪を獲ったけもの道とは違う。かすかな踏跡は、人がつけたものと思えた。

「半年ばかり前から、藩の役人が何度も山へ入った。村を避けるようにしてだよ。十人いなかったと思うんだけど、一度、五十人ほど山の中にいるのを見た、と春吉（はるきち）が言ったことがある。春吉は、村を出て行っちまったけど、俺の猟仲間だった」

ならば、養生所に駈（か）けこみ、回復してから、藩の役人に捕縛され斬られたという者のひとりだろう。

「藩のやつらが、村ごと皆殺しにしようというなら、それも関係あることじゃないかって気がする。この半年で、変ったことと言えばそれだけだ」

尾根から下りに入り、すぐにまた登った。山をひとつ越え、二つ目にさしかかったということだ。佐吉の息遣いが、乱れはじめている。

「俺は、理由もわからず殺されるのは、いやだよ、景一郎さん。犬や猫じゃないんだ。親父も爺（じい）さんも、そのまた爺さんも、ずっと田を作って年貢を納めてきた。御天道様（おてんとうさま）に恥じることは、なにもしてねえ」

二つ目の山に登った。

「この下だよ、景一郎さん。谷を渡ってもうひとつ山を越える。そこから、伊達(だて)藩領になるんだ。そこからずっと伊達藩さ。俺は、入ったことはないが、親父は熊を追って一度入ったと言ってた」

「ここで待て、佐吉」

「なんで?」

「死なせたくない」

谷の方からあがってくる気配は、ほとんど殺気に近かった。よほどの警戒をしているか、すでに景一郎と佐吉が近づいたのに気づいているかだ。

景一郎は、岩から岩に跳び移るようにして、谷へ降りていった。せせらぎの手前で、三人が迎え撃ってきた。武士の剣ではない。跳躍しながら、景一郎はそう思った。岩に降り立った時、二人を斬り倒していた。

残ったひとりが、飛礫(つぶて)のようなものを打って、駈け去った。その駈け方も、尋常ではなかった。飛礫と見えたのは、鉄の玉のようだ。そばの木の幹に、ひとつ食いこんでいた。

せせらぎに面した、平坦(へいたん)な草地に駈け降りた時、七、八人が飛び出してきた。人数はさらに増え、十四人になった。全員が、大刀よりかなり短い剣を遣っている。構えも、一様に低かった。

武器は剣だけではない。そう感じた時、景一郎はすでに二度跳躍し、せせらぎを越えて林の中に立っていた。飛んできたなにかを、景一郎は払い落とした。落としてから、それが二尺にも満たない、短い矢であることを見てとった。

三方から、斬撃が来た。林の中で、景一郎は跳躍することができず、地を這うように低く、来国行を遣った。ひとり。確実に斬り倒したのはそれだけで、もうひとりは腕を斬り落としただけだった。三人目には、刀をむける余裕もなかった。鉄の玉が、四方から飛んできた。伏せる時に、ひとつが肩を掠めた。それだけでも、皮膚は破れたようだ。出血を確かめる前に、景一郎は駈けはじめていた。岩があれば、そこで跳躍する。八人目を斬り倒した時、ようやく相手に怯みが見えた。だいぶ前から、景一郎は口で息をしていた。斬撃とともに、鉄の玉が飛んで来る。それをかわしながら、打ちこんでくる相手を斬り倒すには、ただの斬り合いの数倍の動きが必要だった。さらに二人を斬り倒した時、残った四人が駈け去った。

景一郎は、せせらぎを溯っていった。途中で一度、来国行を洗った。ほとんど、脂は巻いていない。脂をはじいてしまうほど、来国行は研ぎあげられている。

小屋があった。そのそばに、洞穴の入口があった。洞穴としか見えないが、人の手によって掘られたという痕跡を、景一郎はいくつか見つけた。人の気配は、もうどこにも感じられない。

「佐吉、降りてこい」

景一郎は山上にむかって声をあげ、洞穴に入っていった。入口にあった蠟燭を手に持っている。太い杭で支えられた洞穴で、ちょっと背を曲げれば歩ける程度だった。三十歩ほどで、広い場所に出た。景一郎は腰を屈め、砕かれた石のひとつを拾った。

外に出ると、佐吉が立っていた。

「また、人を斬ったんだね、景一郎さん」

「私は、けだものと言われていた。いまもそうだな。いくらか人に近づいたが」

「小屋には、米が三俵あった。それ以外は、なにもない。五十人は泊れる小屋だろうけど」

襲ってきたのは、ここを守っていた者たちだろう。穴を掘っていた人夫は、どこかに移されているようだ。

「じゃ、米だけでもいただいていこうか」

「えっ、二人であの俵を」

「私が二つ担ぐ。おまえはひとつでいい」

景一郎は小屋へ入り、俵を二つ担いだ。佐吉もひとつ担ぎあげたが、顔面に血を昇らせている。

「私は先に戻る。おまえは、休みながらでいいから、俵だけは持ってこい」

土を詰めた俵と較べると、軽いものだった。景一郎は、岩から岩へ跳ぶようにして、斜面を登っていった。

8

ただの石だ、としか景一郎には思えなかった。

無論、それが金の鉱石であることは、わかっている。だから、あの穴の奥からひとつ拾ってきたのだ。金が、人が命を賭けて奪い合うものであることも知っている。

「つまりは、金山があるということだな」

修理が言った。ほかには治兵衛とその息子の加助、それに佐吉と村の若い者を束ねているという栄次という男だけだった。

猪の骨で取った汁とわずかな肉、それに芋の入った薄い粥を景一郎は食ったばかりだった。担いできた米で、粥ぐらいは作れるようになったのだ。佐吉も、一刻は景一郎に遅れたが、俵をひとつ担いで戻ってきた。

すでに夜は更けていた。

囲炉裏の火があるだけで、ほかに明りはなかった。

「金山があることを、知られたくない。まず、それだろうな。知られたくないということは、つまり幕府に知られたくないわけだな。景一郎さんの話でも、新しい鉱山のようだし」

「そのために、俺らを皆殺しにするのですか。女や子供まで」

言った栄次の眼は、炎を照り返して別のもののように光を放っていた。

「あの山の近くの村というのは、ここだけなのだろう。三つを合わせたこの盆地の村だ。そこで疫病が出てみんな死んだとなると、人は近づかぬ。幕府の隠密も、そこへ近づこうとはしないだろう」

「だからって、俺たちの命はどうでもいいんですかい、先生。鼠でも始末するように、毒を盛って殺してしまうんですかい」

「待て、栄次」

治兵衛が言ったが、皺に隠れて眼が開いているのか閉じているのか、よくわからなかった。指は小枝を弄んでいるが、それを火にくべようとはしない。

「どうも、根が深いような気がする。疫病で村を全滅させて人が近づかないようにする、というのは先生が言われた通りだろうが」

「どう根が深くったって、俺らが殺されようとしていることは、間違いないでしょう。先生が来てくださらなかったら、やはり俺らも疫病だと思って、次々に人が死んでいくのを見ていたはずです。庄屋様、俺は佐吉らと話をしましたが、村の人間の命は、自分らで守るしかない、ということになりました」

「そうしなけりゃならん。それはわかっているが、相手をしっかり見きわめるのだ。それも考えずに、なにができる。わしが根が深いと言ったのは、それだ」

「藩の侍は、せいぜい百五十から二百というところでしょう。若くて元気なのは、それぐらいです。こっちから攻めるのは無理でも、村は守れると思います。毒にやられたやつらも、持ち直してきていますし」

「藩には、鉄砲もあるぞ。それに」

「なにを気にしておられるんです、庄屋様？」

「昼間、日向様がお斬りになった、三人の侍。あれは田村藩士ではあるまい」

「どこからか雇ってきた、浪人でしょう」

「違う」

景一郎が言った。

「斬り合えばなんとなくわかるが、あれは藩士だ。田村藩かどうかは別にしてな」

「そうなんですか」

「それに、鉱山を守っていた十数名は、武士ではなかった。つまり、まともな剣を遣うのではなく、忍びの技を心得ていた。そんな者が十数名も、田村藩にいるとは思えない」

「三万石の、小藩ですからな」

「では、どこから？」

「考えてみろ、栄次」

治兵衛が、指で弄んでいた小枝を、ようやく火の中に放りこんだ。束の間、炎が大きくなり、ぱちぱちと音がした。

「鉱山から山ひとつ越えると」

「伊達藩、ですか」

「近いという意味では、伊達藩は近い。もしかすると、相手は伊達藩なのだということも考えておかねばならんぞ」

「しかし庄屋様、なぜ伊達藩が」

「田村藩が金で潤えば、すぐに目立つ。三万石が五万石に移封され、ここは天領となることは充分に考えられる。しかし、伊達藩なら、懐が深い。幕府の隠密も、たやすくは入れないところだ」

「みすみす、伊達藩に金を？」

「そこがわからんところだが、なにか取引があるのかもしれん」

全員が、黙りこんだ。しばらく、火の燃える音だけが聞えていた。

「村は守るぞ、栄次、佐吉。ただ、肚を据えてかからねばなるまいよ。なにしろ、東北一の大藩が相手なのかもしれんのでな」

「私も、できるかぎり村人を元気にする。こんなことは、あってはならぬことだ」

　修理が言った。

　その夜の会合は、それで終りになった。

「浅ましいな。金を掘るなら掘るでいい。その金で食料を調達すれば、飢えている領民をたやすく救えるというのに」

　二人きりになると、修理が呟くように言った。

「それにしても、景一郎さんはずいぶんと人を斬ったのだな」

「けだものだとか、夜叉だとか、伯父に言われています。私はただ、薬草の種子を届けに来ただけなのですが、なぜか屍の山を築いてしまいます。五年経っても、十年経っても、人にはなりきれていないということでしょう」

「どこから、五年や十年なのだね？」

「実の父を、斬り殺してからですよ」

　修理は、じっと火を見つめたまま、身動ぎもしなかった。景一郎は、木の枝を折って火に放りこんだ。枯木の折れる乾いた音が、いつまでも闇の中に響いていた。

「人は斬ったが、景一郎さんは人間に戻っているよ。この村へ来てからやったことは、村人を守るためじゃないか。食料も、しばらく食い繋げるほど手に入れてくれた」

「人を斬って、悔いたことはないのですよ。その意味を考えたことも」

修理が、こめかみを指で押さえた。村へ来てから、ほとんど眠っていないはずだ。

「ところで景一郎さん、薬草が足りない。一関の宗遠に、文を届ける方法はないだろうか？」

「佐吉に、行かせましょう。夜明け前に、発つように言います」

「ならば、必要なものを書いておこう。できれば、宗遠もここへ呼びたい。森之助ひとりになるが、心配はないはずだ。宗遠は、医術はいまひとつでも、そういうことは気が回る。いまごろは、二人とも安全なところにいる」

「森之助も、呼びましょう。あれでも薬草をいじっていて、少しは役に立つはずです」

「しかし」

修理が言うのをすべて聞かず、景一郎は腰をあげた。

佐吉は、村の端の小屋にいた。用件を伝えると、すぐに頷いた。

「俺は、躰に元気が戻ってきた。猪肉や、骨の煮汁のおかげかな。兎を追う時のように、走っていけると思う」

小屋には、栄次をはじめ、村の若い者が十人ほど集まっていた。

「長くなるかもしれない。その覚悟をしようという話をしていた。ひどい目に遭っているが、運がいいところもあるってね。修理先生と景一郎さんがいてくれた」

それには答えず、景一郎は踵を返して家に戻った。
修理は、囲炉裏のそばで泥のように眠っていた。

第二章　山が血を流す

1

ひとりも死なせない、と言った。

しかし、すでに二人死んでいた。助けられないかもしれない、と思う者が三十四、五人いる。あとは、なんとか回復させられそうだった。比較的元気だった者たちは、この三日でほとんど元の状態に戻っている。

しかし、これからなにも起きないとは考えられない、と修理(しゅり)は思っていた。実際、山田奉行は来たし、三人の武士ははじめから殺気を孕(はら)んで現われたようだ。山中の鉱山には、十数人の忍者(にんじゃ)がいたという。

景一郎がいなければ、なにひとつできなかった、と修理は思った。自分ひとりでは、この村に辿り着く前に捕えられていただろう。これからも、景一郎に人を斬らせることになると考えると、心が痛んだ。江戸の薬種問屋杉屋の向島の薬草園に滞留した時、魔神のような剣を遣うと聞かされた。言ったのは、杉屋清六ひとりではない。しかし土を揉み、焼物を焼いている景一郎を見て、修理にはどうしてもその話が信じられなかった。

もの静かで、口数の少ない男だったが、修理とはよく喋った。焼物の手ほどきもしてくれた。まるで違う一面があると実感したのは、一関で再会してからだ。

十年前、実の父を斬ったのだという。その事情を、修理は知ろうとは思わなかった。景一郎がいつも湛えている、人を寄せつけないような雰囲気が、どこから来ているのかなんとなくわかるような気がしただけだ。

できることなら、景一郎に人を斬らせたくなかった。しかしそうしなければ、村人が死ぬことになる。景一郎を利用しているという忸怩たる思いはあるが、いまは眼をつぶることにした。なぜこの村がという理不尽に対する怒りも、できるだけ忘れようとした。いまは、死にかけている村人の、何人を助けられるか、ということだけを考えたい。

景一郎が獲ってきた二頭の猪で、村人の栄養はかなり改善されるはずだ。しかしそれも、長くは続かない。食べられる野草の類いは、集められるだけ集めさせているが、穀類がどうしようもなく不足するはずだった。

それも、誰かの力を頼るしかない。薬草の調合だけでも、自分の手には余る。

早朝に出かけた佐吉が、夕刻になってようやく戻ってきた。宗遠と森之助も一緒で、三人とも大きな荷を背負っていた。

「一関は、疫病の予防で大騒動になっています。養生所への監視はなかったのですが、用心して、薬草などはすべて妙蓮院に移しておきました。それで、すぐに出発することができたのです」

三人が運んできたのは、養生所にあったすべての薬草だった。

「この村へ来る道の警戒は、大変なものです。反対側の山から、佐吉の案内で、ずっと山中を歩いてきました。森之助が音をあげるかと思ったのですが、とんでもない。三人の中で、一番しっかりしていました」

ひと通りの報告をすると、宗遠は疲れきったように手足を投げ出した。

一関が、疫病予防で騒いでいるのは、多分、幕府の眼をくらませるためだろう。藩士の死者が不自然に多くても、疫病のためという理由は立つ。

「この村は、疫病ではなかったのですね、先生」

「多分、二種類の木の根の毒を、どこかで飲み水に溶かしこんでいる。ずっと変らぬところを見ると、大きな袋にでも入れて、川底に沈めてあるのかもしれん」

「ひどいことを。大方のことは、佐吉から聞きましたが」

「死ぬ人間を、ひとりでも少なくするのが、私たちの役目だ。いまは、余計なことを考えるのは、やめにしよう」

「わかりました」

「風通しのいい小屋の床を、張り替えて貰(もら)った。症状の重い者は、そこに集めようと思う。軽い者は、自分でここへやってくる」

「とりあえず、私は薬草の整理をいたします。森之助が、なかなか役に立つのですよ。江戸で、ずいぶんと手伝いなどをしたようで」

「景一郎さんも、そう言っていた」

「日向(ひなた)さんは、どうしておられるのです。佐吉は、好きだがこわいと言っておりました」

こわい、などという言葉で表現できるものではない、と修理は思っていた。修理も景一郎を好きだったが、こわいと感じたことはまったくない。

「とにかく、景一郎さんがいてくれたので、助かっている。それにおまえが加わった。この村に、疫病はない。それを、天下に堂々と言うことはできるはずだ」

「いまのところ、藩の封鎖が厳しいのですが、やがて領民はみんな気づくと思います。私は、薬草の調合を急ぎます。できることから、やるしかありませんから」

「調合は、書いておいた。四種類の薬包を作り、村人に配る。まず、それをおまえに任せよう」

村へ登ってくる道には見張り小屋が建てられているが、井戸のそばにも見張りをひとり置くようにしていた。飲み水に毒を入れたのが、村人かもしれないという疑いを、修理はどうしても捨てきれないのだった。

修理は、病人を収容するための小屋を見に、外に出た。景一郎が、陽に干した粘土をしゃがみこんで指で触れていた。修理は、龕燈（がんどう）を景一郎の手もとにむけた。

「別に光はいりませんよ、修理殿。というより、月明りで充分なのです」

「景一郎さんは、夜でも眼が見えるのだね」

「すべてが見えるというわけではありませんが、見たいものは見えます。いつか、そんなふうになりました」

「焼物の土か」

修理は、景一郎のそばにしゃがみこんだ。

「ちょっと変った土だ、という気がします」

「金が混じっている、なんて言うんじゃあるまいね。ここには窯（かま）もないので焼くことはできないだろうが」

「少し選別をするのです。軽いものを、全部除きます。それから俵に詰めて、江戸へ持ち帰ります。前には、よくやっていたのですよ。いつからか、どんな土でもいい、と思うようになった。きちんと土を納得させてやればいいと」

「羨しいな」

景一郎は、土と語り合えるのだろう、と修理は思った。それを羨しいと言ったのだが、景一郎はなにも答えなかった。人の躰に巣くっている病と語り合えないものか、と修理は昔からよく考えたものだった。なんの目的で、この人間の躰を侵しているのか。病と語り合ってそんなことを知れば、もっと多くの人間を救うことができたはずだ。

「これから、さらにひどいことになりそうな気がする。私はただ、いま衰弱している人間を助けることしか考えていないが」

「それでいいのでしょう。人には、それぞれやれることがあります」

気づくと、森之助がそばに来ていた。

「宗遠の手伝いをしてくれないか、森之助」

「はい。兄上にも、そう言われています」

それでも、森之助はすぐ家に入ろうとはしなかった。肩に、縄の束を担いでいる。

景一郎は、昼間、山に入っていた。なにをしていたのかわからないが、やはり縄の束を担いでいた。罠でも仕掛けたのかもしれない。また猪でも獲れれば、村人はさらに滋養を摂ることができる。弱った躰には、獣肉はよく効くと修理は考えていた。

「修理殿も、少しは眠られた方がいいと思います。張りつめた糸は、いつか切れてしまうものですよ」

「景一郎さんもだ」

「私は、いつでもどこでも、眠れます。修理殿が思っておられるほど、動き回ってはいないのですよ」

景一郎は腰をあげ、森之助から縄の束を受け取った。森之助が、家の中に駈けこんでいく。修理も立ちあがり、一度月を見ると、小屋にむかって歩いた。

2

まるで、軍使という恰好だった。

家老の稲葉重明が、陣羽織を着た恰好でやってきたのだ。馬の轡をとった供がひとりだけだった。

治兵衛が、若い者に両脇を支えられて出ていったが、集まった村人に声が届くところで立ち止まった。稲葉重明が、馬から降りてくる。小藩の家老にしては惜しいほどの切れ者だ、という噂は修理も知っていた。

「疫病は、水が原因だと聞いた」

「疫病ではございません。何者かが、水に毒を入れたのです。それに気づかなかったばかりに、六十人以上の者を死なせてしまいました。口惜しいかぎりです」

「村人を、詮議したい。村人の飲み水に毒を入れたのなら、村人の仕業ということも充分に考えられる」

「詮議なら、ほかにすべきことがございましょう、御家老様。この村は、皆殺しの日に遭うところだったのでございます。それに、一関では、やはり疫病だということで、騒いでいるそうではございませんか」

「なぜ、一関の様子がおまえたちにわかる？」

「なんとなく、伝わってくるものでございます。とにかく、疫病ではございません。まず、この村の封鎖をお解きください」

「それはできぬ。騒ぎになってしまっているのでな」

「疫病ではないことは、私が証明します」

修理が、前へ出て言った。稲葉重明は、修理に眼をくれようともしなかった。

「詮議ののちに、村ごと別の土地に移そう、と私は考えている。ここより広く、肥沃な土地だ。移住するための費用として、一軒あたり十両を支給しよう」

「父祖代々の土地でございます」

「この土地は、しばらく放置する。この土地でできた米を、年貢として納めることも許さぬ。しかし、おまえたちは年貢を納めなければならぬ。これを、どうする？」

「滅びの道を、選びます」

「村人のすべてが、それでよいというのか？」

「心は、ひとつでございますので」

「移住したい者は、申し出よ」

稲葉重明が、大声で言った。まだ四十歳になっていないが、家格と能力がともに備って、二十代のころから重役である。

「庄屋が決めたことより、当然藩の決定が優先する。その当たり前のことを、みんな考えてみるがいい」

言い放って、稲葉重明は再び馬に乗った。馬上から、はじめて修理に眼をむけた。

「丸尾修理。この度のことは、殊勝である。いずれ、藩医に取り立てられる道も開けよう」

「そんなことは、望んではおりません」

「わかっているが、藩医として働いて欲しいと思っている。二百石は出そう。この土地は三年放置して、毒を抜く。それから、開墾を望む者を、入植させる」

稲葉重明は、にやりと笑い、馬首を返した。

しばらくして、村人がざわつきはじめた。十両と言っている者がいる。年貢が、という声も聞える。かすかだが、村人の心に動揺は走っているのだろう。

「惑わされてはならぬ。藩は、わしらを皆殺しにしようとしているのだぞ。それに、新しい土地が、どこにあると思う。村の者を分裂させるために、御家老自らが出馬してきたのだ。ひとつにまとまっていなければ、必ず皆殺しにされる」

治兵衛の声には、張りがあった。気力も漲っていた。村人の動揺は、すぐに収ったようだ。

景一郎は、人の輪の外にいた。そばに、森之助が立っている。

その日の午後から、重病人の搬送がはじまった。戸板に乗せられて、次々に小屋に運びこまれてくる。修理も宗遠も、その処置に忙殺された。搬送は、翌日も続いた。四十名に近い人数なのだ。ほかの二つの村の村人も、これを機にここに集まってきた。

山へ行っていたらしい景一郎が、兎を三羽と雉子を二羽、ぶらさげて戻ってきた。それもやはり、大鍋で煮こまれることになった。

治兵衛の家の納屋の奥に、大きな穴が掘ってあり、そこにかなりの量の芋があった。最後の最後に手をつけるものとして、蓄えてあったようだ。粥は薄いが、必ず芋が入るようになった。

「ほう、熊か」

「はい。足跡や糞を見つけた、と兄上が佐吉さんに言っておられました。兄上ならば、熊が二頭でも三頭でも、仕留められると思います。私は、蛇を捜しているのですが」

修理は、森之助と二人で薬研を遣っていた。薬草は大量に運びこんだとはいえ、村人全員が病と考えると、心もとないものがあった。ただ、若い者たちは、ほぼ元気を回復している。田に入って草取りをしている者も、十数人はいた。

「森之助は、薬研の遣い方が巧みだな」

「幽影先生のお手伝いを、よくしていますから」

幽影は、薬草園の近くの、恵芳寺という寺で養生所を開いていた。修理よりいくつか歳上で、悪いところを切り取って病を治すという施術を、何度か修理に見せてくれた。特に右脇腹の激烈な痛みは、それで治せることが多かった。放置すれば、大抵は腹の中が膿だらけになって死ぬ。一関の養生所で、修理は二度その施術を試み、ひとりを死なせ、ひとりを助けていた。

「森之助は、剣の腕前も十歳とは思えない、と杉屋さんに聞いたが」

「未熟です。人を斬ったことはあるのですが、兄上のようにひと太刀で両断するなどということは、とてもできません」

十歳で、人を斬ったと平然と言えるところが、修理には驚きだった。この兄弟には、修理の理解を超えたところがある。

「大人になったら、兄上に勝てそうか？」

「わかりませんが、いつかは兄上を斬らなければなりません」

「なにを言うのだ、森之助」

修理は、薬研を遣う手を止めた。

「仕方がないのです。父の仇ですから。伯父上にも、兄上にも、そう言われています」

景一郎が、実の父を斬った。同じ父を持つ森之助にとって、確かに父の仇だが、兄弟同士なのだ。この兄弟は、自分には縁のない無明の中を生きている、と修理は思わざるを得なかった。それでも、なぜか二人とも修理を魅きつける。

「熊が一頭獲れると、助かるのだが」

修理は気圧されるような思いで、話題を変えた。

翌朝、養生小屋の病人を手当てしている時、治兵衛がやってきた。様子を見に来たのかと思ったが、違う話があるようだった。

「なに、十二人も」

山の方から、村を出て行った人間が、それだけいたという。栄次らは、見て見ぬふりをして出したらしい。そして、後を追った。

「子供が四人交じっています。その十二人は死ぬと思いますが、それで村の者がほんとうのことがわかればいい、という気もいたします」

「景一郎さんは?」

「栄次や佐吉と一緒に、行かれました。日向様も、十二人が出ていくのに気づきながら、黙っておられたようです」

「治兵衛さんは？」

「わしは、気づいておりました。ただ、止めても、また別の者が出ていこうとするだろう、と考えましまして」

「そうか」

「日向様がおられます。理由はないのですが、それで安心できる、とわしはなぜか思っております」

治兵衛の眼は皺のように細く、修理には表情が読み取れなかった。

3

夕刻だった。

道の方から、騒然とした気配が這い登ってきた。見張り小屋のところまで行くと、すでに若い者が二十名ほど集まり、竹槍を用意していた。人はさらに増え、すぐに五十人を超えた。村の方から、見張り小屋を見ている人間は、さらに多い。

誰かが、走ってきた。佐吉と栄次だ。二人とも、子供を抱いていた。子供は泣き叫んでいる。子供を渡すと、佐吉と栄次はすさまじい眼をして駈け戻っていった。

やがて、女が三人と男がひとり、よろけながら道を駈け登ってくる。修理は、子供二人の躰を調べた。泣けるだけの、元気はある。四人の大人は、恐怖で顔をひきつらせていた。女が、子供を抱き竦（すく）めてしゃがみこむ。栄次と佐吉が、女をひとり抱えてきた。修理は宗遠に命じ、重病人の小屋に床をひとつ用意させた。

運ばれてきた女は、胸のあたりを斬られ、背中を突かれているようだった。

その場で、修理はすぐに血止めをした。血は着物に拡（ひろ）がり、滴（したた）るようで、すでに女の顔に生の色はなくなりかけていた。

「戸板に乗せて運べ。できるだけ、動かすな」

景一郎が、なにもなかったように、坂道を登ってきた。ただ、景一郎の全身は血に染っている。竹槍を構えた若い者たちも、息を呑（の）んだ。返り血だろう、と景一郎のわずかに見える顔の色から、修理は判断した。

重病人の小屋へ行く。女は左の乳房から腹まで断ち割られ、背中の突き傷は肺に達したようで、呼吸のたびにいやな音をたてていた。

傷を縫っている途中で、女は死んだ。死ぬ前に、子供の名を呼ぶのが、わずかに聞き取れた。

「残念だ。血を失いすぎている」

外へ出て、修理は言った。

大人四人と子供二人。夜明け前に村を捨てて出ていった十二人のうち、生きて戻ったのはそれだけだった。

「山から、一関の近くまで行きました」

女のひとりが、治兵衛の前に座りこんで、ようやく喋りはじめた。子供を抱いた女二人が、最初に気力を取り戻したようだった。

「山を降りると、藩の役人がいるところへ行きました。取り囲まれて、疫病持ちだから殺してすぐに焼けと」

「そこに、栄次さんたちが飛びこんで来てくれて」

もうひとりの女が言った。

「でも、男衆は刀で斬られたり、槍で突かれたりして。子供二人も、藁人形でも突くみたいに。ひどい話です、庄屋様。あれは、この世の地獄だと思います」

村の広場は、それきりしんとなった。

晴れた一日が、終ろうとしていた。修理は、景一郎のそばに腰を降ろした。森之助が運んできた桶の水で、景一郎は黙って返り血を拭っていた。

「助けきれなかった」

栄次の声がした。集まった村人は、やはりしんとしている。

「もっと早く追いついていれば、助けられたかもしれねえ。村の人間は、見つけ次第殺して焼く。藩は、そう決めていやがる。ひでえ話だ」

「俺は、恐ろしい。俺たちも、子供を抱いて走るのが精一杯だった。俺はいやだ。もう、この村からは出ねえ」

　佐吉が、喚くように言っている。

　死んだ六人は、見せしめだったのかもしれない、と修理は思った。栄次と佐吉が話し合い、景一郎は黙ってそれに乗った。治兵衛も、あらかじめ承知していたことかもしれない。景一郎がその気になれば、六人も死なせずに済んだという気がする。

　景一郎は、黙々と血を拭っている。修理は、なにも訊けなかった。六人の見せしめは、仕方がなかったことかもしれない。次々に村人の逃亡が続けば、稲葉重明の思う壺なのだ。これで、逃亡を考える村人は出ないだろう。特に、子供二人が藁人形のように突き殺されたということが、村人に大きな衝撃を与えていることがわかった。

　稲葉重明は、事を急ぎすぎた。どこかに、焦りがある。村を封鎖して、もう何日になるのか。疫病の噂は、他藩にも聞えているはずだ。十二人の逃亡者を、藩が手厚く扱っていれば、次々に村人は続いたはずだ。

「子は、村の宝だ」

　治兵衛の静かな声がした。

「わしらのような、年寄りが死ぬのはいい。しかし、子を死なせてはならん。藁人形のように突き殺し、焼いてしまうなど」

村には、闇が迫っていた。

「吾一、おまえは十両の金に眼がくらんで村を逃げ、子二人を死なせて、おめおめ戻ってきたのか。わしは、それが許せん」

一カ所で、篝が燃やされはじめた。

「おまえは、死ね。生きる資格はない」

「しかし、庄屋様」

とりなそうとした栄次を、治兵衛が杖で突き飛ばしたようだ。ひとりだけ逃げ戻った男が立たされ、あっという間に枝に縄で吊された。痙攣する男を見ても、修理は腰をあげられなかった。

「生きて戻った二人の子は、取りあげる。村の子として育てる。三人の女は、やはり吊されるべきだ。しかし、まだ若く、子が産める。日向様、丸尾先生、村田先生のお世話をして、子種を頂戴するがいい。どれほど努めるかを見てから、吊しても遅くない。これが、わしの庄屋としての決定だ。異論のある者は、いま申せ。あとからの文句は受け付けんぞ」

誰も、異論は言わなかった。修理は景一郎を見たが、なにも聞えていないように無表情だった。

「みんなもうよい。散れ。若い者で、丸尾先生に働いてもよいと言われた者だけ、ここに残れ」

　五十人ほどの男たちが残り、まず吊された吾一の屍体を降ろし、墓へ運んで行った。村の墓地は山が崖になって切り立ったすぐ下のところにあり、小さな建物もあった。それは寺らしく、清掃などは行き届いていたが、住持はいない。村の人間が手入れをしているだけのようだ。疫病騒ぎの前は、その建物に子供を集め、大人たち数人が読み書きを教えていたと、誰かに聞いた。重態の者をそこに収容しようとも考えたが、あまりに狭すぎて、十名を寝かせるのが精一杯だった。

　養生小屋を看て回った。女が二人付いてきたので、世話の仕方を教えた。逃げて戻ってきた、三人のうちの二人だった。症状が重い者の中には、ひとりで用を足せない者もいる。宗遠は、そういう者の世話が苦痛のようだった。学問を中心に医術をやったという者の、弱いところだった。かつては修理もそうだったが、養生所をやるようになってから、どんなことも気にならなくなった。

　死んでいる者が、ひとりいた。それは外に運び出し、筵に寝かせた。治兵衛に言っておくと、墓地に埋める。

　投薬を終え、家に戻った。

景一郎が、刀に打粉を打っていた。若い女がひとり、そばで小さくなっている。なにも言われないので、どうしていいかわからないのだろう。

「養生小屋へ行きなさい。そこの手伝いをして貰う」

女が、激しく首を振った。

どうすればいいか、修理にもわからなかった。囲炉裏のそばでは、宗遠と森之助が眠りこんでいる。修理も、横たわった。どこからか、人の声が聞えてくる。元気な者は、まだ眠らず、働いているようだ。

4

二重の柵が、作られていた。

村の入口のところである。道を塞いでいるだけでなく、谷へ続く緩い斜面にも、柵は作られつつあった。

この村は、外界と一本の道で結ばれている。ほかに山中を通るけもの道のようなものが、何本かある。修理自身も、景一郎に導かれてその道を通り、藩の監視を逃れた。村人でも、そういう道を知っている者は、何人かいるだろう。あとは、道ではないが、谷川沿いに遡ってくる、という方法がある。修理も、はじめはそうやって村に入ろうと考えていた。

道から谷までの斜面を柵で塞ぐということは、一応は外界からの接触をすべて遮断するという恰好(かっこう)になる。少なくとも、その意思表示は、村の内外のすべての人間に間違いなく伝わる。

若い者たちの指図をしているのは、栄次と佐吉のようだった。柵は、かなりしっかりしたものだ。治兵衛が村の端まで出て、作業をじっと見降ろしている。

「肚(はら)を決めてしまったのかな、治兵衛さんは？」

「これは先生。きのうのようなことがあった以上、こうするしかありますまい。皆殺しになるとしても、ただ虫のように殺されたくはありません」

「病人のことで頭が一杯で、いろいろな事情を考えるのは後回しにしてきた。昨夜、ちょっとだけ考えたよ。要は、藩は金の鉱山の所在を隠そうとしている。鉱山を消してしまうことはできないが、所在が明らかになれば、この村の人間を殺す理由もないのではないかな」

「まず第一に」

治兵衛は杖を動かし、躰(からだ)を修理の方にむけた。皺のような眼の奥から、強い意志の光が出ていて、修理をたじろがせた。

「すでに、村は封鎖されております。外へ出れば殺される状況だということは、きのうのことで先生もおわかりでしょう。たとえひとり二人、殺されずに外へ出たとしても、逃げ出した百姓が鉱山のことを喋って、誰が信用いたしましょうか」

確かに、治兵衛の言う通りではあった。下手をすると、疫病の流行地域へ人を集めようとする、悪質な流言と取られかねない。

「もうひとつは、これは田村藩だけの問題ではないのかもしれない、ということです。鉱山は伊達藩領に近く、田村藩士ではない者たちも、動いている気配があります」

「伊達藩が絡んでいるとなると」

「それだけではございません。藩主は両方とも江戸です。重役同士の話し合いで、なにかが行われていることも考えられるのです」

「そこまでになると、私にはなにも見えない」

「わしは、考えに考えました。わしの命は仕方がないにしても、村人はできるかぎり死なせたくありません。そのためには、疫病ではなく、叛乱だということが、周辺の藩や、それから特に幕府にも聞えることだと思いました。叛乱の張本は罰せられましょう。中心になった者の何人かも。しかし、村人の多くは、ただ庄屋の指示に従ったということで、死罪にまではなりません。考えた末に、わしはこれがよりよい方法だと思いました」

「なるほどな。治兵衛さんが考えていることは、わかった」

「丸尾先生、村田先生は、わしらが監禁したということにいたします。それで助かるかどうかはわかりませんが。日向様には、御自分のお力でなんとかしていただくしかありません。大きな恩を受けながら、申し訳ないと思うのですが」

「それはいいさ。乗りかかった船、というやつだから」

不意に、治兵衛が膝をついた。皺だらけの顔に、涙が流れている。肩をふるわせながら、両手も地についた。

「この治兵衛、鬼になっております。鬼になって、もうしばらくだけ、生きます」

「庄屋としての、治兵衛さんの苦しさは、私にもわかる。私たちのことより、村人のために生きることを考えてください」

それ以上は言えず、修理は養生小屋の方へ足をむけた。

宗遠と森之助が、薬包を配っていた。二人の女たちが、それを飲ませている。風通しのよい小屋に移してから、顔の色がだいぶよくなったものが、何人かいた。

「森之助、景一郎さんは？」

「ひとりで、山へ。多分、仕掛けた罠を調べにいったのだと思います。私は、宗遠先生の手伝いをするように言われました」

景一郎は、自分ができることをやろうとしているのだろう、と修理は思った。兎が一羽でも二羽でも、いまは助かる。滋養をつけるのには獣肉が一番で、村人は誰もが滋養を必要としていた。

宗遠が来たので、修理の仕事はだいぶ楽になった。村人ひとりひとりの、躰の状態の推移を、書きとめる作業をはじめた。養生所では、必ずそれをやっている。

不思議な、充実感だった。藩の役人が襲ってきて、自分も殺されることになるかもしれないということが、切実なものとしてまったく迫ってこなかった。医師として働ける。それだけでいいと思った。一関では、これほどの充実感は感じたことがない。これからは怪我人が出るかもしれず、それすら心の底では待っているような気さえした。

景一郎が、兎を五羽と雉子を一羽捕えてきた。それだけで、村人たちの表情は明るくなる。飢饉が嘘のように、村人の栄養の状態はよくなりはじめていた。ただ、山で捕えられる兎や雉子の数も、かぎられてはいるだろう。

今年は雨もあり、田に水はあるが、稲の収穫はまだ先のことだった。

「見よう見真似で罠を作ってみたのですが、どうも雉子には見破られてしまったのかもしれません。何羽も、遠くに見かけたのですから」

修理が外へ行くと、景一郎はのんびりした口調で言った。

「この山の森には、熊もいますね。新しい糞を見つけましたよ」

「熊が一頭あれば」

言ってから、修理は苦笑した。虫が良すぎる。いまのところ、芋と野草以外のこの村の食物は、すべて景一郎が運んできたものだった。飢えた状態が続いていれば、死人の数は倍にもなったかもしれない。

「景一郎さん」

修理は、晴れた空をちょっと見あげた。若い者たちの作業はまだ続いているらしく、誰も戻ってこない。柵を作ること以外にも、なにかやっているのかもしれなかった。

「景一郎さんと森之助には、もう充分だと言うべきなのだろう。充分すぎるほど、助けて貰ったと。だから、もう江戸へ戻ってくれと。景一郎さんなら、たやすく山を抜けられるだろうし」

景一郎は、澄んだ眼を修理にむけてきた。こんな眼をした男が、数えきれないほど人を斬っている。いまは、それも不思議とは思わない。命というものが、自分と景一郎では違う意味を持っているだけのことだ。

「いてくれないだろうか、この村に。私は、ただそう頼みたい。頼むしかない」

なにも言わず、景一郎は頷いた。

一日が終った。

また二人、死んだ。もともと別の病があり、毒でそちらもひどくなっていたのだ。

脈のない手首に触れたり、開いてしまった瞳を見たりすると、束の間、無力感に襲われる。それも、すぐに忘れる。

暗くなったころ、ようやく作業をしていた若い者たちが戻ってきた。みんな無言で、栄次や佐吉ら数人は、治兵衛の家に入っていった。

夕食の粥（かゆ）とわずかな獣肉を食べると、宗遠と森之助はすぐに眠りはじめた。景一郎も戻ってきて横たわった。女がひとり、どうしていいかわからず、景一郎のそばに座りこんでいる。

修理も、いつの間にか眠った。

眼を開いたのは、喚声のようなものが聞えたからだ。跳ね起きた。

囲炉裏のそばに、景一郎の姿はなかった。

5

まるで戦（いくさ）だった。

夜が明けてくると、修理にもようやく状況が見えてきた。谷の斜面の方から、柵を越えようとしてきたようだ。それに対して、二度、岩と木材を落としている。数人の藩の役人の躰が、転がっているのが見えた。その下の方に、五十人ほどがかたまっている。

村人は、柵の外に出て竹槍（たけやり）を持っていた。やはり、五十人ほどだ。栄次や佐吉が、先頭で指揮をしているようだった。景一郎の姿は見えない。

「夜明け前に、襲ってきました。柵を越えようとしたのは、岩や木材を落として防ぎましたが、しばしばそこの斜面を登ってきては、ぶつかって引きあげます。二人、死にました。傷を負った者も、四人ばかり」

そばに、治兵衛が立っていた。毒にやられていたのが回復したのか、杖があれば両脇を支えられなくても歩けるようになっている。

「怪我人は、どこに？」

「まだ闘える、と申しております。血止めをしただけで、あの中にいます」

谷の方から、役人たちが駈け登ってきた。声はほとんどあげていない。白い襷をかけず具足でも着けていれば、軍勢という感じの動きだった。村人も、ひとかたまりになって、降りて行く。声があがったのは、ぶつかりはじめてからだった。それほど激しいものではない。刀と竹槍が触れ合うという感じで、怪我人が出たようにも修理には見えなかった。

「ああやって、隙でも探っているのでございましょうか。攻めて来て引きあげるのは、もう五度目でございますよ」

斜面に放置された、役人の躰が気になった。助けあげていこうとしないのは、すでに死んでいるからなのか。

「やってみれば、武士も大したことはない、などと申した者がいます。実際、死人の数はむこうは十人近くになっているはずです」

「私は、怪我人が気になるのだ、治兵衛さん。村人もそうだが、武士の方もだ」

「これは、殺し合いでございます、先生」

「わかっている。だから死んだ者は仕方がない。しかし、助けられる怪我人は、助けたい」

晴れた日が続いている。ただ、雨が多かった時期があるので、渇水(かっすい)の心配はいまのところないようだ。

「わしは、とうに死んだ気でおります。この闘いをやめれば、皆殺しなのです。十人でも二十人でも生き残れば、それはわしらの勝ちです」

「死ねればよい。怪我で苦しむ者も多いはずだぞ」

「役に立たなくなった者は、殺します。昔から、この村でも苦しい時は間引きをいたしました。子が出てくる時、母が股(また)を締めつけて殺すのです。娘を売ったこともあります。新田の開墾などをして、いまはいくらかましになっておりますが、生き残る者のために死ぬのは、百姓にとっては当たり前であったのです。死ぬ覚悟は、なにもお侍にかぎったことではございません」

「私には、想像できぬ。そういう世界が、ほんとうにあるのだな」

「だから、死で怯(ひる)むことはございません」

治兵衛は、遠く山のむこうに眼をむけているようだった。

しばらくして、また武士たちが斜面を這い登ってきた。六度目なのか。五度目と、いくらか違うような気がした。武士たちの眼の光が、鋭くなっている。

栄次と佐吉を先頭にして、村人たちが斜面を駈け降りる勢いを利用して、突っかけた。しかし、武士は退がらなかった。竹槍にむかって刀を振り、逆に押し返すほどの奮闘をしている。叫び声や気合いが交錯する。血が飛ぶのも見えた。

坂の下。修理の全身に、不意に冷や汗が滲み出してきた。武士の一団。四、五十人はいる。それが、道を駈け登ってきている。挟み撃たれる。そう思ったが、修理は声も出せなかった。先頭の武士たちは、槍を構えている。

「退がれ。柵の中へ戻れ」

老人とは思えない声で、治兵衛が叫んだ。しかしその時は、もう二、三人が槍に突き倒されていた。栄次が暴れる。佐吉が、槍を一本奪って、振り回している。しかし、村人は次々に突き倒され、斬られていた。

鳥が。そんな気がした。反対側の斜面から、舞い降りてきた。ほとんど空を飛んだように見えたが、岩から岩を跳びながら降りてきていたのだった。日向景一郎。武士たちの頭上から舞い降り、その時、四、五人が斬り倒されていた。村人たちが、柵にむかって駈けてくる。柵を開け、入口で四、五人が叫び続けた。その間も、景一郎の刀が、まるで別の動物のように動いていた。それは光の尾を曳き、白い蛇のように見えた。景一郎ひとりに圧倒され、村人を追ってきたのは、十四、五人にすぎなかった。栄次たち数人が、最後尾でそれを食い止めながら退がっている。

武士は、次々に倒れた。倒れた武士に躓く者もいる。

五人、十人と柵の中に駈け戻ってきた。栄次たちが柵のそばに達した時、追いついた武士の二人が、すさまじい勢いで斬りつけてきた。小さな影が走った。刀を振りあげたまま、ひとりの武士が叫び声をあげ、倒れた。森之助だった。もうひとりの刀が、栄次の肩を斬った。また小さな影が走り、武士の脇腹から白い光が抜けてきた。

佐吉に支えられた栄次が柵の中に転がりこみ、それから森之助が刀を正眼に構えたまま退がってきた。

景一郎の姿が、跳躍した。岩から岩。けだもののように斜面を駈け登り、見る間にその姿は武士たちの前から消えた。

しばらくして、武士たちも倒れた者を助け起こし、引きあげていった。坂道から、谷への斜面にかけて、ちょっと見ただけでも、四、五十人の躰が転がっていた。

「おまえは、戻ってきた怪我人の手当てだ」

宗遠にそう言い、修理は柵の外へ駈け出した。斜面の下には、まだ武士たちの姿があるが、構ってはいられなかった。

血止めができる者は、していく。怪我で唸っているほとんどは村人で、武士は全員死んでいるようだった。躰を二つに断ち割ったように斬られた者もいれば、竹槍が数本突き立っている者もいる。

「戸板を」

修理は叫んだ。二十五、六人の村人が倒れていて、すでに死んでいる者も二十人近くいる。血止めで、修理の指さきは赤く染った。縛れる傷、縫える傷、布を当てているしかない傷。

「なんとか歩ける者は、助けあげて行きましたが、重傷の者は止めを刺していました」

気づくと、景一郎が後ろに立っていた。

「ただ」

景一郎が指さした方に、武士がひとり倒れていた。胸に竹槍が突き立っているが、息をしているのははっきりわかった。景一郎が、じっと修理を見ている。返り血に染った顔をよく見る前に、修理は倒れた武士に駈け寄っていた。

「戸板だ。これは助けられる」

修理は叫んだが、戸板を持った村人は立ち竦んだ。

「なにをやっている。急げ」

怒声に動かされたように、若い武士がようやく戸板に乗せられた。

6

ひと通りの治療が終ったのは、もう夕刻に近いころだった。それから手の血を洗い、養生小屋の病人を見て回った。二人死んでいたが、これから先は死人は出そうではなかった。ただ、怪我人の方で、助かりそうもない者が二人いる。死人は最初に二人、次に十九人で、いまのところ二十一人だ。

家に戻ると、森之助が囲炉裏のそばにいた。自在鉤に鍋がかけられ、いい匂いがしている。猪の骨の煮汁で粥を作り、さらに肉もいくらか加えたものらしい。芋も多かった。

「これは？」

「兄上が作りました。先生には、たくさん召しあがっていただくようにと」

あとから戻ってきた宗遠が、鍋を覗いて声をあげた。森之助が、椀二つに粥をなみなみと注いで差し出した。

「景一郎さんは？」

「山へ。また兎を獲るのだと思います」

「とにかく食べようか、宗遠。これは精がつきそうだ」

脂が浮いた粥だった。口に入れると、全身にしみこむようにうまかった。宗遠が、大きな息を吐いている。

粥を啜りこむと、すぐに眠った。夜明けまで、一瞬だったような気がする。

すでに、村人は動きはじめていた。きのうの怪我人のうちのひとりは死に、もうひとりは死のうとしているところだった。血を大量に失っても、丸一日保てば、修理には助ける自信があった。眠るように、死んでいく。そういう時は、どうしようもなかった。

きのうからの闘いで、死んだ者が二十三人になった。みんな若く元気な者だ。養生小屋も見て回った。こちらの方は、これ以上の死人は出さなくても済みそうだ。

武士がひとり、養生小屋の外に放置されていた。二人の女に手伝わせ、養生小屋に運んだ。肺を竹槍で突かれ、しばしば血を喀いているが、量は少なくなっている。もう片方の肺は動いているので、傷が癒えていけば回復するはずだ。

「あの武士を殺せと、みんなが押しかけてきていますが」

井戸の水質を調べている時、宗遠が駈けてきて言った。水質を調べるのは、修理の朝の日課になっている。

「なぜ？」

「それは、敵だからでしょう」

「怪我人だ。それも、手当てをすれば助かるのだぞ」

修理は腰をあげ、養生小屋へ行った。森之助がひとりで、七、八人の若者とむかい合っていた。気圧(けお)されたように、若者たちは立ち尽している。

「斬ると言ってもな、森之助さん」

「よしなさい」

修理は、間へ入った。刀の柄(つか)に手をかけていた森之助が、一歩退いた。栄次や佐吉だけでなく、治兵衛の姿も見えない。

「これは、庄屋(しょうや)さんも承知していることですか?」

「そんなんじゃなく、俺らの仲間を殺した人間は許せねえ。それだけのことです」

「きのう、闘った人たちではありませんね」

「まだ、躰から毒が抜けねぇんです。だけど、きのう二十人以上殺された。俺らも、あの侍をぶち殺してから、外の作業に加わるんでさ。侍が来やがったら、闘います」

「行きなさい。この養生小屋は、私が預っているのだ。誰であろうと、勝手にはさせない」

「先生、あの野郎は、俺らの仲間を殺したんですぜ」

「それとこれとは別だ。怪我人の治療は、誰彼の区別なく私はやる。それは、私が医師だからだ。もう一度言う。行きなさい」

男たちは動かず、しかしさすがに修理に手出ししようともしなかった。しばらく、睨(にら)

み合う恰好になった。

山の方から、黒い塊が降りてくるのが見えた。熊だ、とひとりが叫んだ。全員が及び腰になった。藪をかき分けるようにして、熊は進んでくる。なにかおかしい、と修理は思った。あの藪は、かなり深いはずだ。

熊の下に、人の姿があった。景一郎だ。どれほどの重さがあるのか、修理には見当もつかなかった。景一郎は、そのまま養生小屋の前を歩き、井戸のそばに熊の屍体を投げ降ろした。人が集まってくる。治兵衛も呼ばれ、養生小屋の武士の一件はうやむやになった。

午を過ぎたころ、庄屋の家の前に穀類が集められはじめた。村人がわずかに持っていたもののすべてが、供出されたという。ほとんどが稗で、全部合わせても一俵もなかった。ほかに、景一郎が鉱山の小屋から担いできた米が二俵と半分、庄屋の納屋の穴の芋がほぼ四俵分だった。

「今後は、村で炊き出しをやり、一日ひとり椀一杯の粥を配る。日向様が獲ってこられた熊があるので、肉がある。骨を煮出した汁で粥を作るのが、最も精がつくと丸尾先生が言われたので、それを出す。躰が動く者は、みんな作業に加われ。女は、田の稲を見る。男は、それぞれ頭を決め、その下に組み入れる」

栄次や佐吉らは、槍や刀などをかなり集めていた。刀には、鞘などはない。ほとんどは武士が残していったものだ。肩を斬られた栄次は浅傷で、縫って血止めをしてある。腕を吊っていれば、動けるのだ。

柵の外の作業に加わる者が、百名を超えた。まだ躰から毒が抜けきっていない者が多いが、薬を飲み続ければ、いずれ元気になるはずだった。ほかに、柵の内側で作業する者も五十名ほど決められた。その人間たちは、歩いては休むということをくり返す程の、体力しかなかった。田の作業をする女が、ほぼ六十人。あとは老人や子供と、症状がひどく、作業に耐えられない者だけだった。

「二十人以上も死ぬとは、思っておりませんでした。いま考えると、谷の方から何度も攻め登って、わしらを安心させたようです。日向様が出て来てくださらなかったら、柵の外にいた者たちは、全滅していたかもしれません」

それぞれに村人が散り、栄次と佐吉を伴った治兵衛が残った。

「戦のやり方を、指図していただけないでしょうか、日向様。私は、この村全体を城のようなものにしようと思っております。図面も作りました。しかし、戦のやり方はわかりません。そこを、日向様に」

「私は、焼物をやり、人を斬るだけです。人に教えるなどということは、できません」

「しかし、森之助さんは、村の大人たち以上の働きをしました。まだ幼いのにです。日向様が、教えられたからでしょう」

「自ら、学んだのです、森之助は。それに、歩きはじめた時から、剣を執り、五歳ですでに何人か斬っています」

「わしらは、刀を持ったこともない者ばかりです」

「だったら、戦などしなければいい。死ぬ気になれば、闘えます。勝とうと思わないことです。それだけでいい」

「しかし」

「私は、修理殿のお供にすぎません」

治兵衛がそれ以上言えないほど、景一郎の言葉はよそよそしかった。

「熊をひとりで獲ってこられる。そんなことは」

人間業ではない。治兵衛はそう続けたようだが、呟きに近く聞き取れなかった。三人が立ち去っていく。井戸端では熊の解体がはじまり、遠くでは土や材木を運んでいる者たちの姿があった。

二十人も死ぬまで、景一郎は黙って見ていたのだ、と修理は思った。機を測っていたのか。いや、景一郎の腕なら、ひとりも突き殺されない時に、飛び出してくることはできたはずだ。二十人ほどが突き殺されるのを見届けてから、鳥のように舞い降りてきた。なんのためにそうしたのか。考えるだけで、修理には訊くことができなかった。

「森之助が、養生小屋を守ってくれましたよ」

修理は、それだけ言った。景一郎は、空を見ていた。

死人は、まとめて崖(がけ)の下の墓地に埋められた。そこには、さらに大きな穴が、また掘られているという。

藩側の死人がどう扱われたのか、修理は知らなかった。

第三章　奇襲の朝

1

兎が一羽しか獲れなかった。

罠が頑丈すぎたのかもしれない、と佐吉は思った。猪でも掛かれば、という気があったのだ。大物用の罠は、別にした方がいいのかもしれない。

あれから四日経つが、藩の役人がまた攻めてくるということはなかった。柵を、土と石でさらに補強した。見張りのための櫓も、坂の途中にひとつと、柵の出入口のところにひとつ立てた。庄屋の納屋にあった半鐘をぶらさげてある。

武器も、揃った。槍はいいが、刀では負ける、と言ったのは景一郎だった。栄次と相談し、刀はすべて柄をはずし、樫の棒の先にしっかりと縛りつけて、薙刀のようなものにした。弓で狙われた時のことも考えて、戸板を何十枚も作った。弓に対抗できるのは、石を投げるしかない。方々に、石の山も築いた。

戦は、できる。いや、やるしかない。藩は、村ごと皆殺しにしようとしているのだ。誰に訴えることもできない。

戦ができるというのはいまの状態で、もし景一郎と丸尾修理がいなかったら、まだ毒で死ぬ者が続いていたか、藩の侍に襲われて皆殺しにされていただろう。どちらかひとりが欠けていても、そうなった。だから運に見はなされてはいない、と治兵衛は言った。

闘うと決めてから、ここ数年でひどく老いぼれてきたと思っていた治兵衛が、急に元気を出した。藩と徹底的に闘うと決めたのも、治兵衛である。闘って闘い抜き、勝とうが負けようが自分は死に、それが死に花になるとでも考えているように見えた。

村を砦のようにしてしまうというのも、治兵衛の指図がなければばたやすくはできなかっただろう。栄次や佐吉が言うだけでは、動く村人はせいぜい十人前後である。治兵衛には、やはり三十年以上も村をまとめてきたという、大きな実績がある。飢饉や水害を乗り切ったことは何度もあり、村人同士の争いについてもいつも公平だった。昔は、厳しい庄屋だった。そんな記憶がある。村から逃げ出し、また戻ってきた者の処分を見ると、昔の厳しさ以上だという気もしてくる。

とにかく、村はいま一丸だった。咎められるようなことは、なにもしていない。しかし、闘わなければ殺される。それで、ひとつにまとまった。人とは、簡単なものだ。ついこの間までは、疫病があると思い、寝こんだ者がいる家には、誰も近づかなかったのだ。

いま村に必要なのは、食いものだった。考えてみれば、芋を除いた大部分は、やはり景一郎が手に入れてきたものだった。獣の骨を煮出したもので粥を作れと言ったのは修理だが、確かにただの粥より力がつくという気がする。一日に椀一杯でも、飢えて苦しいという感じはない。山に罠を仕掛けるために村を出ることは、治兵衛や栄次の同意を得ている。とにかく、自分らの手でなんとかしなければならない。

兎一羽では、情無さすぎる。佐吉は、そう思った。もっと山の深いところに、大きな罠を仕掛けた方がいいのかもしれない。少なくとも、猪ぐらいは獲りたい。しかし、佐吉には猪を獲った経験がなかった。景一郎は、出会った猪を、刀で倒した。熊も同じようにして倒したのだろうか。

信じられないが、信じるしかない。何十人もの侍を、あっという間に斬り倒してしまうのは、この眼で見たのだ。

猪の足跡を求めて山へ深く深く入っている間に、伊達藩領のすぐそばまで来ていることに、佐吉は気づいた。少々山へ入ったところで、見張っている者などいない。

そう思った時、佐吉は山の斜面に十名ほどの武士の姿を見た。いや、十人はほんの一部で、点々と武士の集団がいるようだ。這うようにして、佐吉は移動を続けた。田村藩領との境に、実に数百人の武士がいる。

「どういうことだ、これは」

思わず、佐吉は声に出して呟いた。

「なんだってこんなに、伊達の侍がいやがるんだ」

武士たちは、各所に小屋を建て、腰を据えているようだった。森の下草に身を潜めたまま、佐吉はもう一度武士の数を勘定した。およそ四百。そんなものだろう。

しばらく這うようにして戻り、森をひとつ抜けると、駈けた。木の下枝が躰を打ち、草が足を取った。伊達藩の侍が、何百人も村を襲ってきたらどうなるのか。いくら景一郎でも、そんな人数を相手にできるわけがない。ほんとうなら自分たちを守るべきである田村藩は、逆に皆殺しにしようとしている。

どこにも、逃げ道がない。どう闘おうと、結局は皆殺しにされ、疫病で村が全滅ということにされるだけではないのか。

息があがってきた。しばらく歩き、佐吉は呼吸を整えた。もともと、死ぬ覚悟はしている。ただ、どこかに勝ちたいという気があって、闘ってもいる。勝てるわけがないと感じたことで、自分は慌てたのだ、と佐吉は思った。

なるようになる。しばらく歩くと、そう思えてきた。攻められた時、それを撃退する備えは、いろいろと考えてある。しかし、こちらが攻めることなど、考えてもいない。どこかで、このことが世に拡(ひろ)まる。耐えながら闘えば、いつかはそうなる。それを待つのだ、と治兵衛も言った。

　村の上の山に達した。作業をやっている人の姿が、次第にはっきり見えてきた。女たちは、田の手入れだ。見える姿は、男ばかりだった。

　途中であった栄次に声をかけ、なにごともなかったように、二人で治兵衛の家へ行った。

　治兵衛は、書きものをしていた。なにがあったか、はじめから詳しく書き残す、と言っていたのは三日前だった。

「やつら、そのうち村に押し寄せてくるんじゃあるまいか」

　佐吉の話を聞き、先に口を開いたのは栄次だった。治兵衛はなにも言わず、村の周辺の山まで描きこんだ絵図を拡げた。藩の境も、線で描いてある。そこに、治兵衛は伊達藩が出している人数を、黙って書き加えた。

「はじめから、わしは言ってる。相手は伊達藩かもしれないとな。いまのところ、疫病を防ぐために人を出している、という名目だろう。山の方から、すぐに攻めてくるとは思えん。伊達藩にも、幕府の隠密(おんみつ)は潜入しているはずだ。人数を動かすにも、名目はいる」

「つまり、俺らは袋の鼠ってことですか、庄屋様？」

「もともと、袋の鼠だろう、栄次。その鼠が、どこかで袋を食い破るという闘いを、わしらはやっておるのだ」

念のために、山にも見張り小屋を造るという話になり、どの場所がいいか、佐吉が意見を言った。話は、それで終った。

「明日から、柵の補強だぞ、佐吉」

治兵衛の家を出ると、栄次が言った。

2

森之助が、刀を振っていた。

毎朝やっていることで、よく飽きないものだと佐吉は思うが、表情はものに憑かれたような薄気味の悪さがあった。それ以外の時、森之助は佐吉などよりずっと礼儀正しく、よく躾られた子供としか見えなかった。

こいつが、二人も斬った。見るたびに、佐吉はそう思う。それも、佐吉や栄次を助けるようなかたちでだ。礼は、言い損ねた。死人が多く出たので、それどころではなかったということもあるが、子供に助けられたことが気持にひっかかってもいる。

　景一郎は、いままでいた家の隣に移っていた。そこも、空屋になったからだ。修理と宗遠(そうえん)はもとの家のままで、女二人は養生小屋の方にいる。景一郎の家には、すえがいた。亭主も子供も死なせて、逃げ戻ってきた女だ。

　女たちが田の仕事に出るようになってから、冷たくあしらわれることが目立つようになっていた。すえはなにか働きたいという素ぶりを見せるが、誰も仕事には加えない。景一郎についていて世話をし、子種を貰(もら)えと治兵衛に言われていることを、みんな理由にしている。

　子は宝だ、と治兵衛は言った。それは半分ほんとうで、半分嘘(うそ)だと佐吉は思った。飢饉の時、子は邪魔にされることもめずらしくなかった。子種を貰えというのは、躰で景一郎や修理を繋(つな)ぎとめろということだったのだろう。二人が村からいなくなれば、それですべてが終ることは眼に見えていた。しかし、修理や宗遠だけでなく、景一郎も女体に関心を持っているようではなかった。

　景一郎は、村の防備にもあまり関心はないらしく、掘り出した粘土を、陽に当てて乾かすことに熱中していた。粘土は、乾くと石のようになる。それを打ち砕くと、粗い粉のようなものになる。どこまでも乾かせば、多分息ひとつで舞いあがる、細かい粉になっていくだろう。

「景一郎さん、また山に猪を獲りに行かないか。獣肉が、だいぶ減ってきた。俺ひとりじゃ、なかなかうまくいかないし」

景一郎が家から出てきたのを見て、佐吉は近づいていった。森之助は、まだ刀を振り続けている。

「骨を煮出した汁で粥を炊くと、確かに精がつく。景一郎さんなら、あと二頭でも三頭でも仕留められると思うね」

「無理だな」

「だって、熊だって」

「ここの山に、もう大きな獣はいない」

「そんなこと、わかるもんか」

「いるなら、おまえが行けばいい。私は、ここで土揉みをしてみようと思っている」

「土揉みって？」

「焼物のために、土を揉む。窯も、簡単なものなら造れそうだし」

家の前に、子供の頭ほどの石が、山のように集められていた。なにかの武器にするつもりなのだろうとみんな言っていたが、もしかするとそれで窯を造るつもりなのかもしれない。薪も、かなり集められている。

「庄屋さんの納屋に、釉薬にできそうな鉛の細工物などがあった。山にある石や砂からも、それが作れる。なかなか難しいが、それができたら、ここでも皿が焼けるぞ」

「皿ったって」

言って、佐吉は首を振った。村の中では、自分が一番景一郎と親しいつもりだが、理解できないところはまだ多すぎた。どういう男かわかる前に、好きになった。そんな気もした。

家から、すえがふらりと出てきた。しゃがみこんで乾いた粘土を見ている景一郎のそばに立っていたが、諦めたように井戸の方へ歩いていった。

「あいつ、そのうち首を吊るな。誰も、あいつを相手にしない。まともな仕事をしてねえからな。まあ、口減らしにはなるだろうさ。亭主と子供は死んでるし、生きてたってしょうがねえよな」

景一郎は、平らな石を擦り合わせるようにして、乾いた粘土の粒をさらに細かくしていた。森之助が、やっと素振りをやめ、井戸へ行って、汲みあげた水で汗を拭いはじめた。すえが、そばに立ってじっと見ている。

「あいつ、そのうち森之助にも股を開くな。森之助は、人を斬ったことはあっても、女は知らねえよな、景一郎さん？」

「佐吉、おまえが抱いてやれ」

「すえは、罪人なんだよ、景一郎さん。こんな時は、庄屋の老いぼれが言うことが絶対でね。景一郎さんの子種を貰うのが、あの女の仕事ってわけだ。放っておけよ。放っておけば、あいつはいたたまれなくて首を吊る」

「佐吉、辰砂が出るようなところは知らないか？」

「辰砂って、水銀にするやつかい？」

「そうだ、顔料を作るものだが」

「知らないな」

しばらく考えて、佐吉は言った。なぜそんなことを言うのか、考えなかった。どうせ、焼物に使うとでも言うのだろう。

佐吉は、栄次がいる方へ歩いて行った。二日前から、若い元気な者に竹槍の稽古をさせている。しないよりした方がいいだろう、と栄次と話し合ったのだ。竹はいくらでもあるので、折れてしまうぐらいの激しい稽古をさせた。ただひたすら、土の山を突くだけである。鍬や鋤を遣うのと要領は違うが、みんな力だけはあった。佐吉も、その稽古に加わった。五十回もやると、汗が噴き出してくる。森之助は毎朝刀を何百回も振っていて、侍というのは幼いころからあんなことをしているのだと思うと、軽い竹槍がふとなんの役にも立たないものにも思えた。

田に出ていた女たちが、帰ってきた。日は真上にあり、井戸の水を飲むために一度戻ってくるのだ。すえが、井戸端から追い払われるのが見えた。罵声も浴びせられている。

すえは、ふらふらと藪の方へ歩き、身を隠した。そろそろ首を吊るころだろう、と佐吉は思った。はじめから、吊してやればよかったのだ。何日も、女たちに苛め抜かれるのを見るのは、愉快なものではなかった。

藪から、悲鳴があがった。景一郎が、すえの躰を担いで出てきた。裾がまくれ、すえの下半身は陽の光に晒され、別のもののように白かった。景一郎は、そのまますえを空屋になっている家の一軒に担ぎこんだ。

佐吉は、舌打ちをした。景一郎も、ただの普通の男だ。そうだとしても、あれほど露骨にやることはない。

やがて、空屋から、すえの啜り泣くような声が洩れてきた。井戸端で水を飲んでいた女たちが、薄笑いを浮かべている。ひとりが空屋を覗きに行き、駈け戻ってくる。すえの啜り泣きは、まだ続いていた。またひとりが覗きに行った。早く終っちまえ。佐吉は、低く声を出して呟いた。

井戸端の女たちの表情が変ってきたのは、半刻以上経ってからだった。すえの啜り泣きは、けだものの哮え声のようになってまだ続いていた。時々、押し潰されたような叫び声にもなる。家全体が、揺れているような気さえした。あっちの方も、とんでもねえや。佐吉は、また呟いていた。

それからさらに半刻も叫び声が続くと、さすがに佐吉も気味が悪くなってきた。井戸端の女たちは、うつむいて表情を硬くしている。途切れかかった声が、絶叫に変る。そして、けだものが唸(うな)るような声。さらに半刻が過ぎた。すえの声は絶え絶えで、生きているというのがようやくわかるが、時々絶叫があがる。そのたびに、死んだろう、と佐吉は思った。

いつの間にか、修理が出てきて佐吉のそばに立っていた。すえの声が、まったくしなくなった。なにもなかったように、景一郎ひとりが、空屋から出てきた。

「治兵衛殿、あの女は使いものにならない。お返しします」

景一郎が言う。男たちも集まっていた。

修理が空屋を覗き、戸板と叫んだ。

大きく拡がったすえの脚が、戸板の両側からぶらさがっていた。股の関節がはずれているのが、佐吉にもわかった。股間(こかん)の毛には、どす黒い血がこびりつき、見知らぬ動物の口のように開いた秘処からは、まだ新しい血が流れ続けていた。白眼を剝(む)いたまま、すえは養生小屋に運ばれていった。

景一郎は、干した粘土のそばにしゃがみこみ、息を吹きかけていた。白い煙のようなものが舞いあがり、どこかに消えていく。

「あんなにまでしなくてもいいのによ。ありゃひどすぎるぜ、景一郎さん」

「そうだな」

ふり返り、他人事のように景一郎はそう言った。

3

二日間、なにも起きなかった。病人たちの手当てに、修理は専念していた。宗遠が、よく働いた。剣を振っている時以外は、森之助も宗遠の手伝いをしている。

景一郎に抱かれて悶絶（もんぜつ）したすえは、まだ声をあげたり、全身をふるわせたりしていた。股（また）の関節は整復し、局所の治療も終えていた。なぜ苦しむのかと思ったが、実は間歇（かんけつ）的に快感に襲われているのだということに、修理は二日目になって気づいた。

異様な気分になったが、まだ恐怖に怯（おび）えているのだと、周囲の者たちに修理は説明した。

女については、よくわからないところがある。十年以上も前に一度妻帯したが、商家の娘だった妻は、一年半で貧窮に耐えかねたのか実家へ帰った。それ以来、女には触れないようにしてきたのだ。

いまのところ、食糧はまだあるようで、骨の煮汁で作った粥（かゆ）は、養生小屋で寝ている者たちにも、等しく配られてきた。煙と熱に晒して腐らないようにした獣肉もかなり残っていて、粥の中に肉片がひとつ必ず浮いている。

景一郎は、粘土を乾かして粉にしたものの一部を集め、水をくれて土揉みをはじめていた。村人が土塁を築いていることなどには、まったく関心を示していない。

藩も、どうしていいかわからないでいるのかもしれない、と修理は思った。いつまでも皆殺しなどにこだわるほど、稲葉重明は愚かではないだろう。話し合いの糸口を探ろうとしているに違いない、という気がする。金の鉱山について、村人がなにも喋らなければいいはずなのだ。

養生小屋を出ることは、あまりなかった。怪我人を除き、寝ている者の大部分は、すでに躰から毒は抜けていた。ただ、ひどく衰弱して、回復が遅れている者が多い。若い武士をひとりだけ、離れて寝かせてある。喀血が止まると、回復は速かった。いまは、痰に血が混じる程度になっていた。

修理は、時々座りこんで話をした。二十二歳で、早坂直介という下級藩士だった。一関のみならず、藩領全域で、この村に疫病が蔓延していると信じられているようだった。警戒に当たっている藩士も次々に罹患して、死者が続出している、ということになっているらしい。早坂直介も、回復にむかうと、傷よりも疫病の方に怯えはじめた。疫病ではないと何度も説明し、ようやく納得しはじめていた。疫病の拡がりを防ぐためには、村ごと始末するしか方法がない、と下士は説明されているようだった。

「殺し尽して、焼いてしまう。それが一関を守る唯一の方法だと、私は信じていました」

　金の鉱山が関係しているという話を、修理は早坂にした。秘密を守ろうとするから、村人の皆殺しという発想が生まれる。だから、知っている人間が多ければ多いほど、皆殺しの意味はなくなるのだ。そう思った。

「疫病ではなかったのですね。それが、ようやくわかってきました」

「村人が、何人も倒れ、死んだ。疫病だと思っても仕方がないところはある。しかし、毒なのだよ。飲み水に入れられた毒で、そうなったのだ」

「金山のことについては、下の者はなにも知りません。伊達藩が関係しているかもしれない、ということも。江戸の殿がこれをどこまで御存知なのかも、私にはわからない」

「こんなことはやめさせたいのだが、医者である私にできることは、かぎられている。自分の力の無さを嘆くしかない」

「元気になってここを出ていく人を、私は何人も見ました」

「いずれ、早坂さんもそうなる。痰に血が混じることがなくなれば、動いてもいい」

　早坂直介が歩き回れば、村人が放っておくはずがない、と修理は思った。しかし、怪我は治すしかなかった。それが、自分の仕事なのだ。しかし、早坂が殺されるなら、なんのための治療だったのか。

　養生小屋の外から、佐吉の声がした。

籠に入った薬草が、四つ並べてある。すぐに使える薬草を、山で採ってきて貰ったのだ。一関の養生所にあるすべての薬草を運んでいたが、やがてそれもなくなるかもしれない。

「これぐらいで、足りますか、先生？」

「もっと欲しい。この二倍でも、三倍でも」

「それじゃ、明日はもう少し山の奥まで行ってみます。人数も増やしましょう」

「ところで佐吉、怪我をした侍の話だが」

「その話は、聞けませんや。栄次とも話しましたが、養生小屋にいる間は、手を出しません。外に出たら、そりゃ吊すか、竹槍の稽古台に使うしかありませんや。怪我が治りゃ、野郎は外に出てくるわけですよね。その時は、先生が口を挟むことじゃなくなってます」

「私は、なんのために治療をしたことになるのだ？」

「それは先生が医者だからで、俺らが稲を大事にするように、病人や怪我人を大事にされるのだと思っております」

「その稲が、踏み躙られたら？」

「やつらは、ずっとそれをやってきました。おまけに、今度は皆殺しだ」

修理は腕を組み、空を見あげた。相変らず晴れていた。

「俺ら、先生がなさることに、納得しているわけじゃありません。野郎は、ひとり分の食いものを減らすわけですし。だけど、先生がこの村に入ってこられたのも、俺らにゃわかりません。そのおかげで、俺らは助かったわけですし。だから、養生小屋の中で先生がなさることは、黙って認めるしかねえんです。養生小屋の中では」

佐吉の言っていることは、よく理解できた。しかし、早坂が殺されるのを、自分は黙って見ていることができるだろうか。

「明日は、この三倍は集めてきますんで」

佐吉が頭を下げ、駈け去った。

修理は宗遠と森之助を呼び、籠の薬草の仕分けをした。日に干して、水気を抜いてから使った方がいいものがある。そのまま煎じればいいものもある。

「日向さんは、朝からずっと土を採んでおられますが」

「なにかあるのだろう、土の中に。景一郎さんの背中を見ていると、そう思えてしまう」

「私には、日向景一郎という人が、どうしてもわかりません」

「わかる必要などない。いや、あの人をほんとうにわかる人間など、いないな」

森之助が、日に干す薬を拡げはじめた。修理がなにも言わなくても、やらなければならないことを、森之助はきちんとわかっている。修理は、また空を仰いだ。やはり晴れていた。晴れすぎているのもむなしい、と修理はなんとなく考えた。

4

薬草を、煎じていた。大鍋からは湯気とともに強い匂いがたちのぼり、修理も宗遠も全身が汗で濡れていた。森之助だけは、平然としている。この家の中の暑さは、刀を振ることと較べると、大したものではないのかもしれない。すでに壺に二つ、煮つめた煎じ薬ができていた。

騒ぎが起きた。修理は、外へ出ようとはしなかった。なにが起きようと、この村の騒ぎで自分が力になれることはない。騒ぎなら怪我人が出るだろうし、その手当てのことだけを考えればいいのだ。

「ちょっと変です。見てきます」

宗遠が飛び出して行った。

「先生、すぐに」

駈け戻ってきて、宗遠が叫ぶ。とっさに腰をあげ、修理は外へ出た。薬箱を抱えた森之助がついてくる。

なにが起きたのか、すぐにはわからなかった。五、六十人が、倒れたり四ツ這いになったりしている。粥を炊く五右衛門風呂からは、盛大に湯気がたちのぼっていた。五、六人が、修理の姿を見て這い寄り、激しく吐いた。それきり力が尽きたように、地面に顔を突っこんでいる。さらに、次々に倒れる者が続出していた。

「粥を食うな。もう食べた者は、のどに指を突っこんで吐き出せ」

修理は、まずそれだけを叫んだ。すでに絶命している者が、何人もいるのがわかった。薬箱の中から小刀を取り出し、修理は死んだ者の腹を切り裂いた。肝の臓に、黒々とした斑点が浮き出している。胃を破るようなものではなく、血に回る毒だ。それは、回ることに時がかかることを意味してもいた。

「粥を食べた者は、吐くだけ吐け。そして、解毒の薬を飲むのだ」

薬を貰おうと駈け寄ってきた者が、百名以上いた。その者たちも、次々に倒れていく。倒れて苦しみはじめた者には、手の施しようがなかった。折り重なるように倒れる人の群れを、修理は茫然と立ち尽して見ているしかなかった。宗遠が、懸命に解毒の薬を飲ませようとしている。いたるところ、吐瀉物だらけだった。まるで、地面に花が咲き乱れたような感じがする。

夕刻だった。だいぶ前から粥が配られはじめていたはずで、これから毒が回って苦しむ者が相当いるだろう。

佐吉や栄次が駈けつけてきて、立ち竦んだ。治兵衛も、信じられないものでも見るような表情で、皺のように細い眼を見開いていた。

「地獄だ」

佐吉が、呟くのが聞えた。粥をすでに食べた者とそうでない者を、修理はまず分けた。二百人は、粥を食べていた。絶望的な気分を押しのけながら、修理は四種類の解毒薬を配った。

「食べたばかりの者は、できるだけ水を飲んで吐け。何度もそれをくり返せ」

すでに、百人以上が倒れている。井戸で、奪い合うようにして水を飲んでいる者も、二、三十人いた。

生きている者と、死んでいる者を分けた。

まだ粥を食べていなかった者たちは、声もなく立ち尽している。嘔吐と呻き。聞えるのはそれだけである。

「すぐに効く毒ではない。食べて間もない者は、吐け。水を飲んでは吐け。死ぬ気になって、吐くのだ」

解毒の薬は、またたく間に底をついた。生きている者には、とにかく二倍、三倍の量を飲ませたのだ。その薬さえ吐き出す者は、もう駄目だった。何人が死んでいるのか、もうわからなかった。もう一度、修理は死んで間もない者の腹を断ち割り、肝の臓を調べた。やはり、黒っぽい斑点が浮き出している。胃の腑の内側は、わずかに爛れがあるだけで、粥はほとんど残っていない。

胃ではなく、腸にまで達してから、効いてくる毒であることは間違いなかった。ならば、早く吐いてしまった者は、助けられるかもしれない。

解毒以外の薬は、飲ませなかった。薬は、背中合わせに毒の作用も持つ。いまは、ひたすら毒を消すだけだ。

倒れて苦しんでいても、死なない者が出はじめた。修理は、一度立ちあがって腰をのばした。森之助が、濡れた手拭いを差し出してくる。切り刻んだのは屍体だから、血は飛びはしなかったが、内臓の中に突っこんだ手の方々は黒い血の塊で汚れていた。

いくつも篝が焚かれている。すでに夜が更けているようだ。

治兵衛が指示をしたのか、死んだ者が崖の下の墓地に運ばれていた。まだ生きているのは、四十人ほどだ。何人死んだかは、わからなかった。

「水を飲ませろ。できるだけ水を飲ませて、躰の中を洗うのだ」

それ以外に、もう方法は思いつかなかった。死んだ者は、まだ並んで寝かされている。次々に戸板に乗せられてはいるが、いつまでも終らないように修理には思えた。

結局、まだ粥を口にしていなかった者は、どこも変るところがなかった。大鍋代りの五右衛門風呂に、誰かが毒を入れたのだ。村人の中の、誰か。粥を口にせず、まだ元気でいる者の中の誰か。

治兵衛を中心にして、十人ばかりが集まっていた。壮年の者は見張りについていたり、竹槍の稽古をしたりしていたので、死んだのは女と老人、そして子供が多かった。

修理は、あとで毒がなにか調べるために、椀一杯の粥を家に運ばせた。それから生き残った者を養生小屋に移した。

景一郎が、なにもなかったように、養生小屋のそばの石に腰を降ろしていた。

「大変なことになった。村人の中に、毒を入れた者がいる。飲み水のせせらぎに毒を仕込んだのも、多分同じ人間だろう」

「昼間、坂の下の方から、煙があがりましたよ。狼煙のようなものだった」

「煙は、毎日あがっているのではないか」

「二本。いつもは途切れ途切れなのが、半刻ばかり、ふた筋の煙がずっとあがっていました」

「それが合図だとしたら、村の中に藩に通じている者がいるということだろうか？」

「はじめから、いましたよ。私たちが、ここへ来る前から。だから修理殿は、井戸に見張りを立てさせたのでしょう？」

「確かにな」

「少し眠ったらいかがです。今度からは、五右衛門風呂の方にも、見張りを立てればいい」

「半数近くの者が、死んだのだよ、景一郎さん。私は、ひとりも死なせないと言ったのに」

「それは、修理殿のせいではないでしょう」

「しかし、なぜだ。なぜ、村人が村人を殺そうとする。私には、わけがわからん」

「自分だけ助かりたい。そんな人間は、これまでもいたではありませんか」

「助かると思っているのか、そんなことをして。最後に生き残っても、どうせ斬られるに決まっている。そんなことぐらい、わかっているだろう」

景一郎が、かすかに笑ったようだった。人はもっと愚かだ、と言われたような気分になった。確かに、そうだ。自分の中にも、その愚かさはある。

松明を持って、十四、五人の集団がこちらへやってくるのが見えた。

「私に、なにか？」

「いや、先生にではなく、養生小屋の侍に用があります」

先頭にいるのは、治兵衛の息子の加助だった。その後ろに、佐吉や栄次もいる。

「昼間、狼煙が二つあがったのを見た者がいる。多分、侍になにか合図したのです。これはもう、殺しておくしかない」

「治兵衛さんは？」

「父は、家に籠っています。なにやら呟き続け、われわれの相談にも加わろうとしません。とにかく、あの侍は連れて行きます」

「それはならん。いま動かすと、ようやく塞がりかけた肺の穴が、また大きくなる」

「なにを言っておられるのです、先生。どうせ殺すのです。あの侍が毒を入れたのですから、当然でしょう」

「医師として、それは許せん」

「もともと、先生があの侍を助けたために」

不意に、修理の前に景一郎の躰が出てきた。白い光が闇を走って、消えた。景一郎が刀を抜き、鞘に収めたのだった。

加助が倒れ、口を開けている。松明が、血を照らし出した。それほどひどい出血ではないが、加助の着物は二つになり、臍の下まで躰が剝き出しになっていた。

「景一郎さん」

「それを調べてみるんですね、修理殿」

加助の懐から落ちたらしい、小さな袋が地面にあった。加助は顎を痙攣させているが、うまく口が閉じられないようだった。

「毒の匂いがしますよ」

全員が硬直した。まさか、と誰かが呟いたが、その声も闇に吸いこまれた。

5

加助を、縛りあげた。

懐から落ちた小さな袋の中身が毒であることを、修理が確かめたのだ。縛りあげはしたが、それ以上どうすればいいか、佐吉にはわからなかった。なにしろ次の庄屋で、これまでも治兵衛の名代をしばしば務めてきた。

口だけのところがある。庄屋の倅とはそんなものだろう、と幼いころから佐吉は思っていた。先頭に立って闘うことなどしなかったが、それを不満に思ったこともない。一関の商家から嫁を貰っている。きれいな女で、自分の母親と較べると、同じ女でもこんなに違うものか、とよく思ったものだった。いまも、出会うと眩しくて眼を伏せる。

「どうする、佐吉?」

困惑したように、栄次が言った。治兵衛に知らせるかどうか、ということだろう。答を求めるように、栄次はほかの者の顔も見回したが、みんな眼を伏せるだけだった。

「庄屋様を呼んでこい、誰か」

叫ぶように、佐吉が言った。二人が駈け出していった。まだ方々で篝が焚かれているので、闇は深くない。

「なんで、こんなことになるんだ、佐吉？」

「知るかよ、俺が。わかってるのは、加助さんの懐から、毒の袋が出てきたってことだけだろう。あとは、わからねえ」

加助は、小便を垂れ流してうなだれていた。土に触ったこともないような男。町場の女の白い躰（からだ）を、何年も弄（もてあそ）んできた男。そんなことはいい。しかしなぜ、村の人間を殺さなければならないのだ。佐吉は、加助の腹のあたりを蹴（け）りつけた。

「十遍殺しても足りねえぞ、あんた」

加助はぐったりとしたままで、顔をあげようとはしなかった。

そう言えば、治兵衛は飲み水の毒にやられたようだが、加助と女房と息子は、何事もないようだった。自分の家族を守りながら、この男は何百人もの村の人間を死なせたのか。しかし、なぜだ。

「せせらぎに毒を仕込んだのも、あんただろう、加助さん？」

加助は、うなだれたままだった。

不意に、佐吉はどうにもならない不安に襲われた。なにか大きなものが、押し寄せてくる。そんな気がした。

「見張りを増やそう、栄次。こいつが、藩の役人と組んでいたりしたら」

「そうだ、見張りだ。い組とろ組で、それに当たれ。夜に騙（だま）されるんじゃねえぞ。怪しい音でも気配でも、なんでも知らせろ」

栄次は、やるべきことを見つけたようで、佐吉の言葉を遮るようにそう言った。い組とろ組。それで三十人になる。全員、粥はまだ口にしていなかった。

治兵衛が、両脇を支えられるようにしてやってきた。皺のように細い眼を見開いて、全身を痙攣させた。

「毒というのは？」

「これが、加助さんの懐から出てきた。鳥兜の根も入っているし、ほかの樹の皮も入っている。景一郎さんが気づいたのだが、私も驚いた。せせらぎに毒を仕込んだのも、加助さんではないかと思う」

修理が言った。治兵衛の躰が、さらに大きく痙攣した。松明に照らされた顔に、血の筋が浮き出している。

景一郎が、治兵衛に歩み寄った。そう思った時、治兵衛の躰はくずおれかかり、景一郎に抱きかかえられていた。

「景一郎さん、私の家の方へ運んでくれ。気を鎮める薬を与えよう。しばらく、眠って貰った方がよさそうだ」

景一郎が修理の家に治兵衛を運びこみ、すぐに出てきた。宗遠と森之助が、軒下に立ってじっと成行を見守っていることに、佐吉ははじめて気づいた。軒下は暗く、闇は人の姿を呑みこんでしまう。

「加助の女房と餓鬼だ。ふん縛って来い、佐吉。一緒に吊すぞ」

「吊すったってな、栄次」

「なんだ、おまえ。怖じ気づいてやがんのか」

「そんなんじゃねえが、庄屋様しか吊すなんてことを決めちゃなんねえと、俺は思う」

「自分の倅だぞ。吊せるかよ。だから、俺たちで吊しといてやるのよ。第一、庄屋の家に生まれたから庄屋、なんてのがおかしいんだ。俺ら小作は、一生小作だ。おかしいと思わねえか」

　村の半分以上の田が、庄屋のものだった。自分の田畠を持った者は、三十人ほどだろう。その田畠のほとんども、小作が耕している。

　それがおかしい、とはあまり考えなかった。父も祖父も、代々がそうだったのだ。それに佐吉には狩猟という技があり、それが重宝がられてあまり貧しい思いはしてこなかった。

「なにを考えてやがんだ、佐吉?」

「吊すかどうかはな、栄次」

「おまえができねえんなら、ほかの者に行かせるぞ」

「俺が行く」

言った時、修理が出てきた。

「みんな、もう解散しろ。治兵衛さんは、景一郎さんの当身が効いたのか、私の薬が効いたのか、多分両方だろうが、しばらくは眼を醒さない。少し頭を冷やし、夜が明けてからみんなで話し合えばいいだろう。私は、今夜はもう、これ以上の死人は見たくない」

「しかし先生、先生に見たくねえ死人を山ほど見せたのは、この野郎なんですぜ」

「ほんとうにそうかどうかも含めて、明日決めなさい。景一郎さんが動かなければ、おまえたちは養生小屋の藩士を吊していただろう。それも、加助に指示されてだ」

修理の声は、疲れきったように嗄れていた。

「明日だ。庄屋様も含めて、みんなで話し合えばいい。それまで、加助さんの女房と子供には、見張りをつけておけばいいだろう」

誰かが言った。佐吉は、黙って頷いた。栄次が、大きく息を吐いた。

加助を、木の幹に縛りつけた。女房と子供の見張りには、二人が当たることになった。

加助は、景一郎に着物を切られて、ほとんど裸同然だった。傷は浅く、血は止まってしまっているようだ。

「景一郎さんには、どうして加助さんが毒を入れたとわかったんだい？」

みんながいなくなってから、佐吉は訊いた。景一郎は、一日中土揉みをしていたのだ。

「いいのか？」

景一郎は、違うことを言った。

「なにが？」

「粥に毒を入れる。それだけで終らない、と私は思う」

「これ以上、なにかあるって、景一郎さんは言うのかい。そうか、俺たちが右往左往している時を狙って、やっぱり藩のやつらが攻めてくるのか。そのための、毒だったのか」

今度攻めてくる時は、藩の侍も意地になっているだろう。ほんとうの、戦のようになるはずだ。

「私の力を、当てにするなよ、佐吉。私は、ただ修理殿のお供をしているだけだ。それは、これからも変らない」

「だけど」

肝腎な時には、助けてくれた。食い物も、景一郎が集めてきたようなものだ。

しかしこれは、村の闘いだった。景一郎に当てにするなと言われれば、確かにその通りなのだ。襲われてからでは、遅い。見張りに出ているのは、い組とろ組の三十人だった。は組とに組の三十人で、別な準備をした方がいい。ほ組の十五人は年長者ばかりで、ぶつかり合いになった時の力としては、あまり期待できない。い組からほ組までの七十五人が、粥を食うのが最後になっていたのが、不幸中の幸いだった。

「景一郎さん、土揉みって面白いのかい？」

「どうかな。面白いというのとは、ちょっと違う。佐吉も、やってみるか」

「いや」

数えきれないぐらいの村人が死んだのに、自分はなんの話をしているのだ、と佐吉は思った。じゃ、とだけ言い、佐吉は柵(さく)の方へ駈(か)けていった。

6

なにかが、近づいてくる。

佐吉は、肌ではっきりとそれを感じた。なにか途方もないもので、押し返すことなどできるわけがない、と思った。できることなら、このまま山へ逃げこんでしまいたい。

「来るぞ」

低い声で、佐吉は言った。率いているのは、い組とろ組の三十名である。は組とに組は、栄次が率いて別の場所にいる。

動悸(どうき)が激しくなった。じっとしているのに、佐吉は肩で息をしていた。ちくしょう。口に出して呟(つぶや)く。虫けらを踏み殺すように、殺されてたまるか。相手が侍であろうと、人間に変りはないのだ。槍で突けば、死ぬ。それはこの手で確かめていた。

闇。声は聞えないが、気配は大きくなってきた。やがて、黒い塊が坂道を登ってくるのが見えた。人数などわからない。黒い巨大な塊だ。動悸が、さらに激しくなった。

斜面の下の道。黒い塊。佐吉は雄叫びをあげ、槍を突き出して斜面を駈け降りた。

下からも声があがったが、その時佐吉はひとりに槍を突き立てていた。引き抜く。刀が襲ってきたので、佐吉は引き抜いた槍を振りあげて叩いた。突くには、距離が縮まりすぎていた。槍の柄が、頭に当たったようだ。二、三歩退がり、うずくまった侍に槍を突き出した。二人。充分だろう。ほかにも、四、五人は倒れている。

「逃げろ」

佐吉は叫んだ。侍たちも、同時に後退しはじめた。背中で、はらわたを痺れさせるような音が響いた。走れ。佐吉は叫び続けた。音は、まだ続いている。

柵まで、もう少しだった。岩がひとつある。柵の内側に、篝がひとつだけ見える。それを結んだ真直ぐの線。走った。走り続け、柵の中に飛びこんだ。

二十二人。帰ってきたのはそれだけだった。八人は、いくら待っても姿を見せず、やがて侍の集団が押し寄せてきた。

見張りの櫓で、半鐘を叩きはじめた。柵越しに、石を投げる。それはもう、侍たちのところに届いていた。喚声があがり、侍が突っこんでくる。

それが、悲鳴に変った。柵に沿うように、落とし穴を作ってあったのだ。十四、五人は落ちただろう。侍の集団が退がりはじめる。そこに、斜面から石が転がり落ちてきた。地が響いた。次に落ちてきたのが、丸太だった。喚声が聞えると同時に、佐吉は再び柵を飛び出した。逃げる侍に追いすがり、ひとりに槍を突き立てる。斜面から駈け降りてきた栄次たちも、次々に侍に襲いかかる。侍たちが、さらに退がった。勢いがついた。追いすぎている。頭に、ふとそれがよぎった。次の瞬間、弾けるような音が重なった。四、五人が、同時に倒れた。音は、また一斉に起きた。五、六人が倒れる。

「走れ。逃げるんだ」

佐吉と栄次が、同時に叫んでいた。走っていても、音は追ってきた。何人倒れているのか。侍たちが、再びひと塊になり、押し寄せてきた。佐吉は、後から来た者たちを、柵の中へ入れた。追ってくる侍は、それまで自分が止めなければならない。

すでに薄明るくなっていた。槍を構えて侍たちを止めようとしているのは、佐吉や栄次のほか、七名ほどだった。

不意に、侍の動きが止まった。五人ほどが前に出てきて、片膝立ちになった。鉄砲を構えている。しばらくして、ようやくそれが佐吉には理解できた。撃たれる。そういうことだ。死ぬのはくやしいが、どうにもならない。

力のかぎり、暴れた。佐吉はそう思った。どうせ死ぬにしても、惨めなだけではなかった。

銃声がした。佐吉は眼を閉じたが、痛みはどこにもなかった。

続けざまに、また銃声がした。弾が当たったという感じは、やはりなかった。薄く眼を開く。鉄砲を持った者が倒れていて、別の五人が前へ出てきたところだった。筒先は、別の方をむいている。空気を裂くような音がし、片膝立ちになりかかった二人が、のけぞるように倒れ、銃声とともに空に弾が吸いこまれていった。三人の鉄砲は、一カ所にむけて撃たれたが、岩が弾けただけのように見えた。その岩から、景一郎が飛び出してきた。六、七人が斬り倒され、侍たちは一斉に後退していった。

叫び声があがった。落とし穴に落ちた者を、村人が槍で突いていた。叫び声はしばらく続き、やがて静かになった。

穴の底に、侍の屍体が六つあった。修理が飛び出してきたが、穴の底は一度見ただけで、方々に倒れている者のところへ駈けた。侍たちは死人だけ残し、怪我人は連れ去ったようだ。戸板で運ばれるのは、村人ばかりだった。景一郎は、それにはもう関心がないようで、刀の血を死んだ侍の袴で拭っていた。

佐吉も栄次も、しばらく立ち尽していた。い組からに組までの六十人のうち、何人が死に、何人が怪我をしたのか。すぐに確かめようという気にはなれなかった。

「助けるんなら、なぜはじめから助けてくれなかったんだ、景一郎さん」

しばらくして、斜面を登って行こうとする景一郎を追いかけ、佐吉は詰るように言った。

「なあ、景一郎さん、あんたは、俺らが殺されるのをしばらく見物してから、助けに出てくるじゃねえかよ。はじめから出てきてくれたら、こんなに死ぬことはねえのに」

「佐吉、これはおまえたちの闘いだろう」

「なら、なぜ助けるんだよ？」

「助けられるところは、助けようと思っている。しかし、鉄砲に斬りこんで行くわけにはいかない。だから、機会を待った。はじめに襲った時、鉄砲があることはわかっていたんだろう。なのに、なぜ二度目も襲ったんだ？」

「それは」

「二度目の無謀な攻めをやめていれば、犠牲は最初の人数だけで済んだはずだ。はじめから私が姿を見せれば、鉄砲はすべて私にむけられる。だから、隠れているしかなかった」

佐吉は黙った。

景一郎は、めずらしくきちんと説明をしてくれた。言われてみれば、すべてが当然だった。景一郎がまた斜面を登りはじめたが、佐吉はもう追わなかった。

栄次がいるところへ戻った。

ひどい状態だった。並べられた屍体は、実に三十を超えていた。それも、若い、先頭で闘う者たちばかりだ。養生小屋へ運ばれた者もいるのだろう。い組からに組まで全員集めてみたが、十四人しかいなかった。

「やられた。鉄砲があるってわかってたのに、俺が言わなかったのが悪かったんだ」

「いや、佐吉。俺にだって、鉄砲の音は聞えていた。仕掛けがうまくいったんで、つい追っちまった。やっぱりよ、兵法とかなんとか知らなきゃ、こんなもんだ」

栄次は、眼を血走らせていた。

一緒に闘ってきた者が、こんなに死んだ。毒入りの粥を食って死んだ者も含めると、どれほど村の人間が死んだのか。

「俺ら、やっぱり皆殺しにされるんだろうか、栄次？」

「されてたまるかよ。藩の侍だって、相当死んだんだ。それにいざとなりゃ、俺は江戸へ行って、殿様にでも公方(くぼう)様にでも、直訴してやる」

この村を出られるのか。そう思ったが、佐吉は口に出さなかった。

陽が高くなり、赤くなった土が、見知らぬ地衣をまとったように見える。村の方で、誰かが泣き喚(わめ)く声が聞えた。

第四章　土の色

1

顔が並んでいた。

どの顔も、眼が飛び出したようで、異様な光を帯びていた。

修理と宗遠は、ようやく怪我人の治療を終えたところだった。鉄砲の弾を取り出すのは、それほどの手間ではなかった。斬られた傷も、縫えばいい。槍の傷は小さいが深く、内臓を傷つけていることを考えなければならなかった。切り開き、内臓も縫ってはみたが、どれほど回復するかはわからない。

夜が明けてしばらくしてから、治兵衛が眼を醒ました。どういう闘いがあったのか、宗遠が説明したようだ。治兵衛は、床に端座して眼を閉じていた。それから栄次(えいじ)を呼び、村人を集めさせたのだった。

加助(かすけ)が縛りつけられた木のところまで、治兵衛はしっかりした足取りで歩いてきた。

「まず、加助だ」

低い、静かな声で、治兵衛が言った。

「なぜこんなことをしたのか、訊(き)いてみる。それから、わしがどうするか決める」

「庄屋(しょうや)様、まさか」

「黙っておれ、栄次。わしが決めたことに不満があったら、その時に言え。お清(きよ)も、幸(こう)太(た)もいるな」

お清が加助の妻で、幸太は息子だった。治兵衛が落ち着いているので、それほどひどいことにはなるまい、と修理は思った。加助は仕方がないにしても、妻子の命までということにはならないだろう。

治兵衛は、丸太をひとつ運ばせてそれに腰を降ろし、眼を閉じて喋(しゃべ)りはじめた。

「どういう因縁なのか、この村に災厄が襲っている。天が与えるものではなく、村を守るべき藩の侍たちがもたらす災厄だ。ゆえに、わしらは命がけで闘うことを決めた」

治兵衛の声は、相変らず静かだった。

「何百人も死んだ。こんなことが、あってよいのか。しかも、それにわしの息子である加助が手を貸していた」

　しばらくは、治兵衛の声だけが続いていた。

陽が照りつけている。木に縛りつけられ、うなだれた加助は、涙を流していた。お清と幸太の顔色もない。

　やがて、加助は、治兵衛が問うことに、ぽつぽつと答えはじめた。

山から金が出ることを知ったのは一年近く前で、家老の稲葉重明(いなばしげあき)とそれをどうするべきか話し合った。稲葉重明は金脈の規模を測り、一藩だけでは手に余ると考え、伊達(だて)藩に話を持ちこんだ。小藩が金で潤(うるお)えば、必ず移封され、ここは天領にされる。それよりも、伊達藩とともに金を隠匿(いんとく)し、小出しに使った方が藩の財政には好結果をもたらす。ただそのためには、採掘の秘密を守り通さなければならない。

　それで出てきたのが、疫病(えきびょう)による村人の全滅という考えだった。疫病がほかへ拡(ひろ)がらないように、数年間、この地域全体を封鎖することもできる。

　考えてみれば、疫病とは巧妙な方法だった。数年の封鎖の間に金を掘り尽し、鉱山を埋めることもできるに違いない。

　村の飲み水であるせせらぎに、毒を仕込んだのも、加助だった。藩医が調合した毒で、せせらぎの底を掘って、毒の袋を埋めてあるという。ほかにも、毒は何袋かあったが、井戸に仕込むことはできず、強い毒を粥(かゆ)の中に入れたのだった。稲葉重明から、そうしろという連絡が、狼煙で伝えられたという。そして、今朝の鉄砲による攻撃だった。

加助と妻子の三人分の飲み水は、毒のない川から三日に一度運んでいた。毒は緩慢に効き、躰の弱った者から死んでいく。それは、治兵衛も例外ではなかったようだ。

治兵衛は、眼を閉じたまま、じっとうつむき、時々質問を口にする。

「家老との関係は？」

「お清の実家の義父が、稲葉様と親しいのです。大きな商家ですが、この村のことが終れば、私は江戸に出て、商いをやることになっていました。田村藩と、それから伊達藩の米の一部を扱い、そこからはじめて、大名貸しまでしようと」

喋り続けていると、楽になったのか、加助の口調にはよどみがなかった。

全員が、しんとしている。治兵衛が、皺のような眼を見開いた。

「ほかに、なにか訊きたいという者はいるか？」

治兵衛が言う。

「どうするか、言って貰いてえ、庄屋様」

「それは、わしがいま決める。それより先に、わしはちょっと日向様にお尋ねしたい」

景一郎は、人の輪からはずれたところに、腰を降ろしていた。人の眼が注がれても、背中をむけたままだ。

「なぜ、加助が毒を使ったと、おわかりになったのでしょうか？」

「顔色が、違った」

景一郎は立ちあがり、治兵衛が腰かけている丸太に並んで座った。

「いまでこそ戻っていますが、栄次や佐吉など、まだ元気を残していた者たちも、私たちが村に入った時は、ひどい顔色をしていました。黒ずんだ土のような。加助の一家だけは、顔色が違ったのです。それに、動きもおかしかった。たえず井戸を気にしていたし、粥を炊いている場所にも、何度も姿を見せた。きのうの朝からです。そして、養生小屋の藩士を吊そうという時だけ、なぜか先頭に立っていた。そうやって見ていれば、おかしいとわかるのです。毒が一番見つからない方法は、身につけていることでしょう」

「わかりました。日向様の見られたことは、間違いございますまい」

治兵衛が立ちあがった。

「わしの決定を伝えるが、その前にひとつだけ頼みがある」

栄次や佐吉の眼が、異様な光を放った。お清と幸太の命は助けたい、とみんなに頼むのだろう、と修理は思った。加助は殺されても仕方がないが、あとは女と子供だ。

「幸太はまだ幼い。すぐに死なせてやって欲しいのだが」

「どういう意味です、庄屋様？」

栄次が、前に出てきて言った。

「すぐに、この場で死なせたい。加助とお清には、時をかけて死んで貰う。眼の前で息子が殺されるのを見るのも、加助に対する罰だ。それから、お清が死んで行くだろう」

「三人とも、最後には殺すのですね？」

「四人だ。三人の扱い方を決めたら、わしを好きにするがいい。村人を何百人も殺したのは、わしの伜だ」

「庄屋様まで、殺そうとは思わねえですよ」

「伜や孫を殺して、わしが生きていたがると思うのか、栄次。好きに殺していい。八ツ裂きにしようと吊そうと」

「いや、庄屋様には生きて貰う。生き残った者をまとめるのも、庄屋様の責任です。死ぬ方が楽だというのは、俺にもよくわかります。庄屋様が罰を受けるとしたら、そりゃ死なねえことです」

「そうか。死ぬことを、許されんのか」

治兵衛が、眼を閉じた。なんということだ、と修理は思ったが、口には出せなかった。

「すぐに、幸太を殺してくれ。いますぐに」

呟くように、治兵衛が言った。幸太とお清は、離れたところに縛って置かれている。

誰も、幸太の方へ行こうとしなかった。

「森之助」

言って、景一郎が立ちあがり、脇差しを抜いて幸太を縛った縄を切った。

「この子供の首を刎ねろ。仕損じるな。一刀のもとにだ」

「はい、兄上」

森之助が進み出て、刀を抜いた。頭の横に構える。それ以上、森之助の躰は動かなかった。蒼白になった顔面に、汗の粒が浮き出している。

「臆したか。おまえの刀は、竹光か。この子供は、死なねばならん。それは、おまえにもわかるだろう。斬れ」

森之助の躰が、激しくふるえはじめた。幸太は、ただ無表情に立ち尽している。誰も、声ひとつあげなかった。森之助の気合が、修理の耳を衝いた。

人々の頭の上まで、幸太の首が舞いあがった。

2

加助の躰が、しっかりと木の幹に縛り直された。お清は着物を剝がれ、地面に打ちこんだ二本の杭に、両手首を縛りつけられた。

二人とも、幸太の首が飛んだのを見て絶叫し続けていたが、それもやみ、いまは放心したようになっている。

「水もやれ。食いものも。この世の地獄を、できるだけ長く見せてやれ」

それだけ言い、治兵衛は蹌踉と家の方へ戻っていった。

「景一郎さん、これは」

修理は、景一郎のそばに立って言った。森之助は、まだ刀を抜いたままだ。

「刀の血を拭え、森之助。それから修理殿、治兵衛殿についていた方がいい、と私は思いますが」

言われて、修理ははっとした。治兵衛が自害をする。それは間違いないことだろう、と修理にも思えた。

治兵衛を追うようにして修理は走り、家に飛びこんだ。治兵衛が、縄を梁にかけようとしているところだった。ひったくるようにそれを取り、修理は治兵衛を押さえつけた。

「あんただけ、罰から逃れようというのか、治兵衛さん。生きるというのが、あんたの受けた罰だろう」

「この地獄を、生きるのですか、先生。わしに、生きろと言われるのですか?」

「あなたは、死ぬ覚悟をして、藩との闘いを選んだはずだ。だから、死ぬのはたやすいことでしょう。それを、選ぶのですか。死んで行った多くの人に、それで申し訳が立つのですか。自分のために死ぬことなど、あなたに許されるはずがない」

「わしも、人間だ」

「鬼になればいい。夜叉(やしゃ)になればいい。そうやって藩と闘い、この不条理を天下に知らしめるのです。それがあなたのなすべきことだ」

「この地獄を、わしはやはり生きるのか」

治兵衛の眼に、ほとんど光らしい光はなかった。これで死ぬことはないだろう、と修理は思った。人が自ら命を断とうとする時は、生き続けるよりもっと大きな生命の力を必要とすることもあるのだ。

それでも修理は、念のために治兵衛を自分の家に連れていくことにした。養生小屋の惨状も、はっきり見せてやった方がいいだろう。気を鎮(しず)める薬も、与えられる。

加助は、放心したように頭を木の幹に凭(もた)せかけていた。そのそばで、両手を杭に繋(つな)がれたお清は、腰から下を横にし、片腿(もも)で恥部を隠そうとしていた。そうやっていても、尻(しり)の間から局所が剝き出しになって見える。はじめは羞恥(しゅうち)のためか、両腿を腹に引きつけていたのだが、もうその力もないらしい。

村人は、誰もそこに近づこうとはしていなかった。

佐吉が、新しい粥を作るための相談に来た。残っている肉を、全部五右衛門風呂(ごえもんぶろ)で煮こむことにした。それには毎日一度火を入れて、煮立たせる。それで、腐ることは防げる。粥は庄屋の納屋にあった大釜(がま)で炊(た)く。その時の水に、肉の煮汁を桶(おけ)に二杯加える。煮汁の方には水を足すが、滋養が薄れてくるのは仕方がなかった。また景一郎が、猪(いのしし)

か熊を獲ってきてくれるのを待つしかない。

「薬草集めも、続けられるか、佐吉?」

「若い者は、十八人しか動けねえんです。怪我をしてても、大丈夫だってやつまで含めてです。い組からに組まで、とにかくやられ尽しましたから。十五人残ってるのは、ほ組だけです。それは見張りが仕事ですが、一日五人割くように、栄次に言います」

「ずいぶんと、村から人の姿が減った」

「墓地に掘った大穴じゃ間に合わなくて、いまは浅く掘って屍体を並べ、土を被せているだけでさ。雨でも降ったら、土の中から出てくるかもしれません」

「医師として、私は駄目だな。こんなに死人を出してしまった。井戸の水を見張らせたのと同じように、粥の番も立てるのだった」

「先生のせいじゃねえでしょう。俺らも、庄屋様の決定には納得しましたし」

解毒の薬は、もう底をついていた。養生小屋には、まだ解毒を続ける必要がある者が多数いるが、それはどうしようもなかった。

「ところで、あのお清だが、死なせてしまうというわけにはいかないのかね?」

「俺らの慰みものにするために、ああして繋いであるんです。慰みものになりながら、あの女は死んでいくんです。あの女は、土に汚れたこともねえ。みんな、あの躰にゃ憧れていたんだ」

「おまえもか、佐吉？」

「俺は」

残酷なことだなどという言葉は、この村にはもう存在していない。森之助が幸太の首を刎ねた時も、なぜそこまでと思いはしたが、不思議に残酷だという気はしなかった。景一郎が土揉みをしているそばで、森之助も同じことをやっているのが見えた。幸太の首を刎ねたことを、土の中に紛れこませようとしている、と修理は思った。それほど、森之助は一心に土を揉んでいた。

養生小屋の裏で、宗遠が汗にまみれながら穴を掘っていた。養生小屋は、患者で満杯になった。糞便を捨てる穴も、足りなくなっている。このところ、宗遠は患者に触れることをいやがらなくなった。腹を断ち割っても、傷口に手首まで突っこんで、懸命に血の管を縛ろうとしている姿も見た。しばしば取り乱す自分よりも、吐いてうずくまることもない。

しばしば取り乱す自分よりも、ほんとうはしっかりしているのかもしれない、と修理は感じはじめていた。

「また、藩兵とぶつかったそうですね」

夕刻、養生小屋を回ると、早坂直介が言った。痰に混じる血は、だいぶ少なくなっている。もう歩かせてもいいかもしれないが、寝ていろ、と修理は言い続けるつもりだった。

「こうして寝ていると、さまざまなことを考えます、修理殿」

「せっかく拾った命だ。もうしばらく寝ていなさい」

「しかし」

それ以上、早坂はなにも言おうとしなかった。生き延びてどうすればいいと問われても、修理には返す言葉がなかった。

夜が更けた。

家の囲炉裏にかけた鍋では、薬草を煎じ続けた。宗遠は干した薬草を仕分けし、そのそばでは治兵衛が放心したように座っていた。ただ、なにがあったか書きとめることだけは、続けているらしい。

不意に、女の悲鳴が聞えた。

修理は、躰を硬くした。宗遠の手の動きも止まっている。抵抗するような悲鳴の中に、加助のものらしい叫び声も重なっている。治兵衛は、眠っているように動かなかった。

悲鳴が不意に途絶え、長く尾を曳く叫び声になった。やがてそれが泣き声になり、聞えなくなった。ひとり終った、と修理は思った。しばらくして、また叫び声があがった。最初の叫び声と較べると、ずっと小さかった。それでも、啜り泣きは修理の耳に届いた。

三人目、四人目と、気配だけはわかった。用を足すふりをして、修理は家の外に出た。

喘ぐような声が聞え、しばらくしてひとりが通りすぎた。不意に、また大きな叫び声が聞えた。泣き声が続き、それが熄んだ時、ひとりが闇の中を歩き去った。

「尻の穴に突っこんでやった」

誰の声だかわからなかった。

修理はただ、股間で怒張した、自分のものだけを感じていた。

3

翌朝、八名が村から脱け出している、という騒ぎが起きた。

修理は、ひと晩凌辱を受け続けた、お清の手当てをしていた。白い肌で豊かな躰をしていて、放心していてもその顔立ちは美しいと思った。裂けている局所や肛門を拭ったが、お清は眉ひとつ動かさなかった。激しい凌辱を受けても、かつて自分の妻だった女の局所と較べると、お清のものは整っていてきれいだった。陰毛もいくらか控え目で、腿の付け根や下腹の肉付きなど、思わず手をのばして触れたくなるほどだった。乳房には、摑まれた痕が何カ所も痣になって残っていたが、かたちの美しさは失われていない。

首筋や肩には、歯形が残っている。

消えた八名をどうするか、とみんなが騒いでいた。前のように、助かりたい一心というのではなく、この村にいたたまれなくなったのだろう。どうせ死ぬなら、賭けてみようという心境になったに違いない。

助かるわけがない、と修理は思った。

お清の肛門が不意にうごめき、脱糞をはじめた。かがみこんでいた修理は、それが人の眼に触れないように、ちょっと躰を寄せ、出たものを始末すると、肛門を拭った。

薄く開いたお清の眼が、修理を見ていた。修理は戸惑い、眼をそらすと腰をあげた。

宗遠が駈けてきた。養生小屋で、何人かが死にかけているようだ。

なにができるというのだ。そう思いながらも、修理は養生小屋へ入った。とうとう毒に耐えきれなかった者が、すでに二人死に、十一人が死にかけていた。

「解毒の薬が、もっとあれば」

呻くように、宗遠が言った。修理は、静かに十一人が死ぬのを見守った。

なんのために、自分はここにいるのだ。修理はふと思った。人の死を確認するためだけにいるのか。

屍体が運び出されていく。満杯だった養生小屋に、いくらか余裕ができた。そんなことを考えている自分が、情無かった。

村の広場に、人が集まっていた。井戸があり、五右衛門風呂で肉が煮られ、そのそばにいまは火が落ちているが大鍋がかけられている。

景一郎と森之助は、相変らず土を揉んでいるようだ。修理のいるところからは、二人の背中だけが見える。その手前にある木の幹に加助が縛りつけられ、お清の白い躰も腿からさきだけが覗いていた。それは動かないが、生きたなまめかしい色をしている。

「どうなってしまうのでしょう、先生。医師がなすべきことが、まだこの村にあるのでしょうか？」

「養生小屋には、まだ人が溢れている」

「そうですね。確かにそうです」

集まっているのは、百数十名というところだろう。数える気力も、修理にはなかった。

「疫病となら、私は闘えます。これは殺し合いです。それを止めるために、医師になにができるのだろうと、私は昨夜からずっと考え続けていました」

「病んだり、傷を負ったりしている人間がいる。そういう人間がいるかぎり」

言いながら、自分がどうしようもないむなしさに襲われているのを、修理は感じていた。手の施しようもなく死んでいく病人を、これまで何度も見てきた。無力感に打ちのめされれば、医師を続けてはいられない。死はひとつの帰結だ、と思い定めるしかなかった。しかしこの大量の死も、やはり帰結なのか。

「追わなくても、どうせ殺される」

誰かが言っていた。村を脱け出した人間をどうするか、話し合われているらしい。八名が、なにかを、いや自分自身の命を賭(か)けて、この村を出た。その人数が多いのか少ないのか、修理にはわからなかった。

大声があがり、やがて怒号が交錯した。それが険悪な空気だとは、修理はもう感じなかった。この村は、はじめから死の淵(ふち)に立っているのだ。

怒号が、少しずつ低くなり、やがて熄んだ。治兵衛が、歩いてきている。足取りはしっかりしていた。

「庄屋(しょうや)様」

誰かが言いかけたのを、治兵衛は手で制した。

「逃げた八人は、すぐには殺されない、という気がする。わしは、そう思う。その八人を、わしらの見えるところに連れてくる。逃げてくれれば、ほれこの通り無事だぞと教えて、逃亡を誘う。稲葉重明なら、それぐらいのことは考えているだろう」

「それで、どうなるのです。助かるのですか？」

「助かるものか、佐吉。これだけの死人をこの村で出したことを幕府に知られれば、当然藩は取り潰(つぶ)しなのだ。ただ、誘い出して殺せば、手間はかからぬ。あの八人は、多分その餌(えさ)にされるだろう」

「誰も、逃げはしません」

「いや、こんな事態でも、八人逃げたのだ。今夜になれば十人、明日の夜になれば二十人逃げるかもしれん。それは、仕方がない、とわしは思う。少しでも光のある方へ、人は行こうとするものだ」

「そんなことを、庄屋様が言われるのか？」

「よく聞け、佐吉。去るのも死、残るのも死。どちらに光が多いか、わしには言えなくなったということだ。村の者は、ひとりひとりが自分で決めればいい。残る者は、生き延びるために、力を尽して闘おう。去る者は、ひとりでも生き残り、この村で起きていることを世に伝えるのだ」

「そんなことを言ったら」

「もうひとつだけ、言えることがある。わしらに姿を見せるのが、逃げた八人全員だとしたら、それは逃げられないということだ。七人であったら、ひとりは逃げおおせたことも考えられる」

全員が、しんとしていた。

不意に、頭上を叫び声が通り過ぎた。木に縛りつけられた加助があげる、鳥の啼声(なきごえ)にも似た叫びだった。早朝から、加助はしばしばそういう叫びをあげている。

治兵衛は、その叫びが聞えなかったように、表情ひとつ動かさなかった。

それぞれが、作業に入った。動ける者は、極端に少なくなっている。田にむかったのは十名ほどで、ほかに十名ほどが大鍋と五右衛門風呂のまわりにいた。あとは、栄次や佐吉に指図されて、土塁をさらに高くする仕事にとりかかっている。槍(やり)の稽古(けいこ)などをする気力は、誰にもないらしい。

修理は、養生小屋に戻った。

何事もなかったように土採みを続ける景一郎とは、言葉を交わす気になれなかった。

傷の手当てをしていく。膿(う)んだものは切り開き、できるかぎり悪化しないようにする。解毒の薬はないので、毒にやられた者は、もう自力で回復するしかないのだ。

「治兵衛殿が」

女三人と一緒に、寝ている者の下の世話をしていた宗遠が、そばへ来て囁(ささや)いた。

「早坂という武士と喋(しゃべ)りたい、と言われているのですが?」

拒む理由はなかった。修理が許しさえすれば、早坂は起きあがれるのだ。

治兵衛が、早坂に会ってなにを話そうとしているのかも考えず、ただ修理は頷(うなず)いた。

4

夕方、粥(かゆ)が配られた。

はじめ、誰も手をつけようとしなかったが、景一郎と森之助がうまそうに啜り終えると、ひとり二人と椀(わん)を口に運んだ。

見張りの櫓で、半鐘が打たれはじめた。

みんなが、柵の方へ駈け出した。椀を手にしたままの者もいる。

「昨夜、村を出た者たちがいるようです」

宗遠が言った。確かに、八名の村の者たちが、縛られもせずに立っていた。村へ追い返そうとしているのではないことは、両側に五名ずつ武士が立っているのでわかった。

「殺されることはないぞ」

村人のひとりの声が、かすかに届いた。

「俺らは、握り飯を食わせていただいた。藩では、村の土地に誰も入らないようにしたいだけなのだ。俺らを殺そうとしているのではなく、土地なのだ」

柵の内側の村人たちは、身を硬くしてそれを聞いていた。殺されるわけではない。土地だけが必要なのだ。そんなことがあり得るはずがないのに、聞いているうちに修理もほんとうかもしれない、とどこかで思いはじめていた。

「治兵衛殿が言っていた通りですね」

宗遠が小声で言った。

修理は、養生小屋の方を見ていた。治兵衛と早坂直介が、並んで出てくるところだった。早坂の顔色は悪いが、足取りはしっかりしていて、治兵衛を支えて歩いてくる、という感じだ。

治兵衛が合図をし、柵の一部が開かれた。そこから、早坂がひとりで出ていった。

「山田奉行配下の、早坂直介だ。みんな聞いてくれ」

早坂の声は、かん高いがしっかりしていた。

「この村に、疫病などはない。私が、こうして生きているのが、その証だ。疫病ではなく、すべて毒殺だ。稲葉重明殿が、伊達藩と談合しておられる。なんのためか」

そこで、早坂の言葉は途切れた。ゆっくりと、早坂の躰が倒れていく。脇腹に、短い矢が突き立っているのが、はっきり見えた。治兵衛が、柵から飛び出して行こうとした。それが止められた。景一郎だった。

景一郎は、それほど急ぐでもなく、ゆっくりと倒れた早坂の躰に歩み寄った。その間、景一郎の躰を何本もの矢が掠めたが、なぜか当たらなかった。早坂の躰を担ぎあげた景一郎が、脇差しを抜いた。こちらへ戻ってくる間、景一郎は脇差しで矢を打ち落としていた。

「先生」

誰かが叫んだ。修理は、早坂の躰のそばにしゃがみこんだが、ただ無意識に躰がそう動いただけだった。傷がどの程度のものかも、ぼんやりしてわからなかった。視界に薄い膜がかかっているような気がする。

「大丈夫だ、これは。傷ついた肺腑をまた傷つけたが、槍の時よりずっと小さな傷だ。

動き回らなかったので、肺腑に血も溜っていない」

言ったのは、宗遠だった。確かにその通りだ、と修理は思った。矢をうまく抜き、血止めを施して安静にさせれば、回復は難しくない傷だった。

「戸板」

修理は短く言った。

「鏃があるので、少し切らなければ抜けん。宗遠、血止めの準備だ。藩は、この武士さえも殺そうとした。やはり、金の鉱山の話は、誰も知っていてはならないのだ」

修理は、眼の前にかかった膜のようなものを、ふり払うように語気を強くした。

「死なせんぞ、この早坂直介は」

養生小屋で、傷口をわずかに切り拡げ、鏃とともに矢を抜いた。その間、早坂は木の枝を口にくわえていた。処置が終った時、その枝にはくっきりと歯形がついていた。

「大丈夫だ。生命力は取り戻している。それからの怪我だから、命に別条はない」

宗遠が、大きく頷いた。

治兵衛が入ってきて、早坂のそばに端座し、深々と頭を下げた。

陽が落ち、並べられていた八名の村人たちも、どこかへ連れ去られた。修理は、家の前に出て、空を見あげた。やはり、晴れた日が続きそうだった。

「また、日向様に助けていただきました」

気づくと、治兵衛がそばに立っていた。自害しようという激情は、鎮まっているようだ。

「私は、景一郎さんのやり方がわからん。魔神のような剣を振って、はじめから闘ってくれればいいのに。私が頼んでついてきて貰ったのだが、やはりわからん」

「日向様は、できるかぎりのことを、やってくださっているのだと思います。斬り合いでも、決して無傷というわけではないのです。浅いが、小さな傷は多く受けておられます。森之助さんが、そこに薬を塗っているのを、わしは見ました」

「そうか、無傷というわけではないのか」

「先生の手を煩わせるほどのものではない、と思われているのでしょう。あの方は、魔神ではなく、人です。わしは、そう思います」

「そのうち、傷のことを訊いてみよう」

「隠されはしますまい。手当てが必要だとも申されますまい。そういうお方です。わしは、家へ戻ります。あったことはすべて、書き残しておきます。この地獄を、生きることに決めました。わしの自害の御心配など、どうかなされませんよう」

そう言って、治兵衛は自分の家の方へ歩いていった。

修理は、長い間、家の外に立っていた。

お清が繋がれた方へ、四人の男が行った。しかしそれからは、誰も近づく様子はなかった。お清の白い腿を、修理は思い浮かべた。時々、加助の発する奇声が聞える。

ふっと、また眼の前に膜がかかったようになった。

気づいた時、修理はお清の前に立っていた。白い躰が、闇に浮き出している。加助の奇声があがったが、それは遠いものに感じられた。しゃがみこみ、お清の体に手をのばした。腿。手を、少しずつ股の方へあげていった。べとついた恥毛に触れた。男たちが放った精だろう。それを、修理は懐の布で拭った。

「先生、ですね」

かすかな声だが、はっきりそう聞えた。

「来てくださる、と思っていました」

「なぜ?」

「あたしの姿を見て、心を痛めておいででしたから」

「私は」

「抱いてください。汚れきっていますが、あたしは先生に抱かれることで、少しは救われます」

「あなたは、この村の囚人なのだ」

「だから、誰が抱いてもいいのです。死ぬ前に、やさしさを持った殿方に抱かれたいと思います。憎しみや、獣欲だけの男ではなく、心を痛めることを知っている殿方に」

「しかし」

股間の怒張したものを、修理は思わず摑んでいた。

視界にかかった膜が、二重にも三重にもなったような気がした。気づいた時、修理は自らをお清の局所に突き入れていた。

不思議な温さだった。局所の襞が動き、時として修理のものを強く締めつけた。そのたびに、修理は抗い難い快感に襲われ、低く呻きながら頭をのけぞらせた。

精を放った瞬間、修理は自分のものの根もとが強く締めつけられるのを感じ、呻きながら全身を痙攣させた。お清の局所の襞は、修理のものを奥へ奥へと吸いこむように、激しく動いている。

しばらく、修理は上体を起こすことすらできなかった。

「あたしは、なにも知らないのです。すべて、加助がやったことです。なのに、子供まで奪われてしまった」

躰を離そうとした時、耳もとでお清が言った。

「明日の夜も、来てください。あたしが生きている間、先生の精を躰に注いでください。あたしは、それで救われます」

立ちあがった。まだ自分のものが脈打っているのを、修理は感じていた。

5

宗遠の手伝いが終ると、森之助は黙って土を揉みはじめた。薬草の量が減り、森之助の仕事も少なくなったようだ。

景一郎は、すでに土を揉みあげていた。それを、どういうかたちにしようか、じっと見つめた。揉みあげた土を見ていると、やがてかたちが浮かんでくる。陶車などないので、手でそのかたちを作り出せばいい。

土を揉む森之助の息遣いは、穏やかだった。気の乱れもない。一心に土を揉んでいることが、よくわかった。森之助は、土の中に死をひとつ閉じこめようとしている。

なんの抵抗もしない童の首を、刎ねさせた。なにかを教えるという思いなど、景一郎にはもともとない。ただ、できるだけ人を斬らせようとは考えていた。立合で斬るだけが、人を斬ることではない。抵抗をしない者でさえ、ほとんど無感動に斬ることができる。祖父の将監がそうだった。自分も、そうなりつつあるのかもしれない。

森之助に童の首を刎ねさせたのは、はなむけのようなものだった。斬ったことで、しばらくは苦しむ人間がいる。その人間の記憶からは、決して消えることがない。それが、たとえ短い間でも、あの童がこの世で生きたという証だろう。

童の首を刎ねた手で、森之助は一心に土を揉みはじめた。なにも教えていないので、景一郎のやり方をただ真似ているだけだったが、明らかに森之助は土と語りはじめていた。あの童の死は、多分、森之助の手に余るのだ。

「景一郎さん、兎か雉子でいいんだけどよ。熊や猪とは言わないから、一緒に獲りに行ってくれないか?」

佐吉が、そばへ来て言った。

元気のある若い者の数は、極端に減った。養生小屋へ運びこまれてから死んだ者も、かなりの数だ。この村では、死はめずらしいものではなくなっている。

「食う人間が減ったからね。兎や雉子でも、粥を炊くための汁は煮出すことができる。丸尾先生がそう言ったよ」

佐吉の口調はのんびりしていた。表情にも、とげとげしさがなくなっている。人が死にすぎて、もう心が動かなくなってしまっているのだ。そこは、景一郎と似ていないこともなかった。

「やめよう」

「なんで、腹が減るのは、景一郎さんも森之助も同じじゃないか?」

「山に、獲物はいない」

「行ってみなけりゃ、わからねえだろう。熊だって、いるかもしれねえ」

「獣は、人よりも血の匂(にお)いを嗅(か)ぎ取る。死の気配もだ。だから、近くの山には、もういない」

「そんなこと」

「無駄に力を使うな、佐吉。次の殺し合いに備えていろ」

「馬鹿馬鹿(ばかばか)しくてね。今朝になったら、二十人ばかりがいなくなっていた。村を出て助かる見込みなんか、ひとつもないのに」

「治兵衛殿も言っていたではないか。ちょっとでも光のある方へ、人は行こうとすると。消えた二十人は、村の外に光を感じたのだろう。そしてそれは、正しいことかもしれない」

「本気で、そう言ってんのかい、景一郎さん？」

「誰も、どこに光があるか、見えていないのだろうということだ」

佐吉が、かすかな舌打ちをした。視線は、土揉みをしている森之助の方をむいている。相変らず、森之助に気の乱れはなかった。

「昨夜、丸尾先生がお清のところへ行った。抱こうと思って行ったやつが、それを見てきたんだ。知ってたか、景一郎さん？」

知っていた。知ったからどうしようとも、景一郎は思っていなかった。修理はあの女に魅(ひ)かれた。それだけのことだ。

「女はあてがってあるのに、なんで、俺たちみんなが抱くための女なんだよ。それも、何人もが弄(もてあそ)んだあとだぜ」

「そんなことを、私に訊くな」

「確かに、お清って女は、いい女だったさ。みんな、手が届かねえと思ってた。それがああだ。なにをやったっていい。尻(しり)の穴に突っこんだやつだっていた。そんなあとに、丸尾先生さ。やりたけりゃ、最初にやったって、誰も文句は言わなかったぜ」

村の周辺では、鳥の啼声(なきごえ)もしなくなっていた。聞えるのは、時々加助があげる笑い声ばかりだ。きのうまでは叫び声だったのが、今朝からは笑い声になっている。

「丸尾先生が、たとえお清に惚(ほ)れたって、俺たちは最後には殺すよ。あそこに竹槍(たけやり)を突っこんで、口まで貫いてやろうかと言った野郎もいる。明日の朝は、そうなってるかもしれねえ」

「おまえたちが、生きていればな」

「ほんとのことを言うと、俺はいま、自分が生きているか死んでいるかも、わからねえ。もしかすると、景一郎さんも俺も死んでいて、地獄でこんなことを喋(しゃべ)っている、という気もする」

「なるほど。ここは確かに地獄だ」

地獄の釜(かま)のような壺(つぼ)を作ろう。景一郎は、ふとそう思った。思った時は、手が動きはじめていた。二刻ほどかけて、景一郎は壺のかたちを作りあげた。森之助は、まだ土を揉み続けている。

村の入口の土塁には、人が蟻のように這い登り、降りてきていた。もう、竹槍の稽古などをしようという者はいない。

景一郎は、集めていた石を積みはじめた。隙間は、余った粘土で塞いでいく。小さな窯だった。造作もなく仕あがった。

夜になると、景一郎は窯の中で小さな火を燃やした。いきなり強い火を燃やすと、熱で窯が崩れることがある。

森之助は、深夜まで土を揉み続け、それから家に入って眠ったようだった。見張りの櫓で呼び交わす声が聞える。時々闇を裂くのは、加助の笑い声だ。水も粥も与えられているので、元気は失っていない。

修理が出てきて、お清の方へ歩いて行った。しばらくして、お清の喘ぐ声が聞えてきた。昨夜、修理がお清を抱いてからは、村の者は誰も手を出そうとはしなかったようだ。加助の笑い声が、また闇を裂いた。

戻ってきた修理が、窯のそばにいる景一郎の前に立った。窯の火は熾になっていて、もう音もたてていなかった。

「私を軽蔑するか、景一郎さん？」

「なぜ？」

「知っているだろう。私は昨夜、お清を抱いた。今夜は耐えようと思ったが、また抱いた。多分、明日も耐えられないような気がする。お清と一緒に逃げることも考えた。藩は、私を受け入れるのではないかと」

「修理殿のお供をしてきた私は、どうなるのです？」

「景一郎さんは、その気になれば森之助と二人で逃げられるはずだ」

「宗遠殿は？」

「それは、私が藩と話をする」

「養生小屋の、病人や怪我人は？」

「どうせ、みんな死ぬのだ。この村に必要なのは、医師ではなかった」

「別に、私は止めませんよ、修理殿」

修理は、景一郎の脇に腰を降ろした。沈黙のあと、低い笑い声をあげはじめる。

「藩が、私を生かしておくはずはない。そんなことは、わかっているのだ。それでも、考えてしまう。おかしいのだ、景一郎さん。お清という女のことを考えると、どうしようもない気分になってしまう。はじめてだ、女にこんな感情を持ったのは」

自分を責めている口調だった。景一郎は、黙って赤い熾火を見ていた。

6

二日、なにも起きなかった。

山に鳥の気配があったので、早朝、景一郎はひとりで登り、雉子を二羽飛礫で打ち落とした。

それをぶらさげて帰ると、宗遠が出てきて、羽を毟り、表面を焚火で炙り、内臓を出して、あとは五右衛門風呂の中に突っこんだ。内臓も、井戸の水できれいに洗っている。

「修理先生は、どうかしておられる。まともとは思えないのです、日向さん」

内臓を洗う指さきを止めず、呟くように宗遠が言う。

「怪我人の手当ては私に任せっきりだし、薬草を煎じる時も、ぼんやりしている。そして夜になると、あの女のところです」

景一郎は、焚火に薪を足した。壺を、まず素焼きにする。それから釉薬を塗り、もう一度窯で焼く。釉薬は、庄屋の納屋にあった鉛細工を粉にして作ったもので、焼いてみるまで、どういう色になるのかはわからない。

森之助も、揉みに揉んだ土で、小さな壺を作っていた。一応陰干しはしてあるが、これだけ揉んだ土になると、すぐに素焼きにしても問題はない。

「日向さん、私はあなたのことも、よくわからない。村人と一緒に闘ったかと思うと、なんの関心もないように、土をこねたりしている。ここにいれば、死ぬに違いないのですよ。それがわかっているのだろうか、と私は時々考えてしまう」

「私は、刀を差しているのですよ、宗遠殿」

「だから？」

「すでに、死んでいるということです。だから、もう死ぬことはない」

「それは、覚悟のことを言っているのですか、日向さん？」

「当たり前のことを、言っているだけです。覚悟などという、大袈裟（おおげさ）なことではない」

「そう言われると、わかるような気もする。日向さんがそう言うと。私など想像もできない修羅場を、生き抜いてこられたのでしょうから」

「宗遠殿は、二十一歳でしたね。修理殿は、もう四十に手が届こうとしている」

「だからなんなのです。経験の少ない私がこうやっているというのに、修理先生は腑抜（ふぬ）けのようになってしまわれた。私が指示を仰いでも、自分で判断しろとしか言われない」

「二十歳（はたち）のころ、私よりずっと強いと思える剣客と立合ったことがある。斬（き）られると思いましたがね、ほぼ四刻対峙（たいじ）を続け、私はその老人を斬りました」

「四刻も。つまり、相手の体力が尽きたのですね。修理先生は、体力や精神力の限界を超えたということですか？」

「いや、まだ超えてはいない」

「わからないな、日向さんがおっしゃることは」

「対峙が四刻を超えてさらに続いていれば、私が斬られていたでしょう。十年前のことですが、いまふり返るとよくわかります」

「限界を超えると、人はまた力を出すのですか？」

「それも、持っている以上の力を」

「やっぱり、わかりません、私には」

宗遠は、洗った内臓も五右衛門風呂の中に放りこんだ。一日に一度、煮立てる。それでなぜ汁が腐らないのか、景一郎にはよくわからなかった。晴天で、暑い日が続いている。なんでもすぐ腐ってしまいそうな気がするが、なぜか腐らずに保っていた。

「とにかく、雉子二羽でも、ずいぶんと粥の滋養は違ってくるはずです。養生小屋で毒と闘っている人たちにとっては、これは大きなことです。一日に、椀一杯の粥。肉の煮汁が濃いか薄いかで、ずいぶんと違ってくるものなのです。養生小屋の人たちを見ていて、それがどれほどのものか、私にはよくわかりました」

焚火が、大きく燃えあがってきた。

景一郎は森之助を呼び、土の壺を二つ持ってこさせた。それを、直接火の中に置いた。

「窯は使わないのですか、兄上？」

「釉薬を塗ってからは、窯が必要になる。素焼きは、焚火の中でも充分なのだ。焼いてみればわかるが、おまえの作った壺は拳ほどの大きさに縮んでしまうぞ」

「そんなに、ですか？」

「自分の眼で、確かめろ」

「はい」

さらに薪を足すと、壺は炎の中で見え隠れするようになった。この状態のまま、もう薪は足さない。燠火が消えるまで、そっと触れずにいるのだ。

「宗遠殿の手伝いを終えたら、焚火を見張っていろ。雨は降らないだろうが、誰かが水をかけてしまうと、壺は割れる」

「もう森之助が手伝うことは、なにもありません、日向さん。集めた薬草も、干すものは干し、煎じるものは煎じました。新しく集めようにも、村の近くの山のものは、採り尽しています」

「薬草ではなく、穴掘りでもいいのです、宗遠殿。穴は、もう足りなくなっているのでしょう。森之助ひとりに、やらせてください」

養生小屋で寝ている者たちの糞便は、その穴に捨てられていた。できるだけ深く掘り、半分ほど溜ったら埋められている。新しい病の発生を防ぐためにそうするのだと、村へ入った翌日、修理が命じたのだった。

森之助が、養生小屋の方へ歩いていった。

村の中で、動いている人間の数は少なくなっていた。体力というより、気力が尽きてしまった者ばかりだ。死んだ人間を埋めるための穴も、深く掘られることはなくなった。

炎が消え、火がすべて燠になったころ、治兵衛が家から出てきて、景一郎のそばに腰を降ろした。杖はついているが足もとはしっかりしていて、眼の光は静かだった。晒しものにされている加助やお清には、視線をむけようともしない。

「すっかり、人が減りました、日向様」

治兵衛の口調は、稲の作柄でも語るように、淡々としていた。もう、村から逃げ出す人間はいなくなったようだが、その分元気な者が少なくなったとも言えた。

「闘える者は、もう年嵩になったのを入れても、三十人というところです。ただ、藩の侍の犠牲も、少なくはないでしょうが」

「もともと無理な闘いなのです、治兵衛殿。ひとつの村が、藩と闘うということは」

「それがわかっていても、日向様は助けてくださっています」

「この村へ、来てしまっただけのことです」

「ひとつ、心配しております」

治兵衛は、親指の腹で溜った目脂を拭った。やはり口調は淡々としている。

「伊達藩が、人数を出してくる、ということですね」

「お見通しでございますか。その時は、この村は全滅でございましょう。幕府の隠密の眼もあって、一度に多人数を動かすことはできないでしょうが、そろそろ一関には数百が集まるころだと思います。稲葉重明の要請が、いくら遅れたとしても」

「鉄砲の数も、五挺や十挺ではなくなる、ということですか」

「逃げていただきたい。日向様は、丸尾先生やほかの方々や、せめて元気な村人数人でも連れて、逃げてください。なにがこの村で起きたか、細かく書きとめております。それも、一緒に持って行っていただけませんか？」

「できるかどうかはわかりませんが、あえて死を選ぶつもりも、私にはありません」

「それだけ、日向様の口から言っていただければ」

若い者がひとり、走ってくるのが見えた。

武士が、単身で柵に近づいてこようとしている、という。遮ろうとした者が、三人とも一刀で斬り倒されたらしい。

景一郎は、森之助を呼んだ。

「壺をよく見ていろ。燠が自然に消えるまで、このままにしておくのだ」

景一郎は腰をあげ、来国行を腰に差した。いままで感じたことのないような殺気が、確かに柵の方から漂ってきている。

7

男は、もうこちらにむかって歩いてはいなかった。ただじっと立っている。景一郎は、柵から出て、男に近づいた。

男の眼は景一郎にむいていたが、ほんとうは虚空に視線を漂わせているだけのようだった。斬り倒された三人の躰が、男の背後に転がっている。

殺気だけが、痛いほど景一郎の躰を打った。

「橘田隆市という。又之進という俺の弟は、あんたに斬られたようだな」

すぐに、名は思い出した。いい腕もしていた。そして、日向流を知っていた。

「似ているな」

「なにが？」

「近づいて来る時の気配。見つめていれば負ける。そんな気がした。日向将監殿とそっくりだ。肌に粟が立つ」

「日向流を祖父から学んだ、と聞いた。私は、日向景一郎という」

「ほう、又之進は、日向流と見きわめたのか。俺は、館の牢に入れられていて、弟の屍体は見ていない。ただ数日前に倒された藩士の屍体を見た。それで、日向流だとわかった」

「私は、日向流をこの世から消してしまいたい。消しきれぬがな」

「なぜ、消す。殺人剣だからか。俺は十四年前、江戸詰の時に、薬研堀の道場に通った。剣は殺人剣でしかあり得ないと、将監先生に教えられたぜ。そして、あんたが俺を牢から出してくれた。もう田村藩にゃ、まともに剣を遣えるやつは何人も残っていないのだ」

「しかし、伊達藩の力は借りたくない、というわけか」

「まあ、やってみるさ。どうせ切腹という御沙汰を受けるところだった」

はじめて、橋田隆市の視線が景一郎を射抜いてきた。弟も手練れだったが、それよりは数段上だろう。

同時に、鞘を払った。

「来国行と見た。まさしく、日向将監だな」

橋田隆市は、正眼に構えた。やわらかな構えだが、殺気は鋭い。景一郎は、地摺りだった。間合にはまだ遠い。

橋田は動かず、景一郎の方から間合を二歩詰めた。あと二歩で、間合に入る。陽が照りつけていた。橋田は、額に汗の粒を浮かべているが、景一郎は掌さえ汗ばんでいなかった。しかし、手練れである。剣にどこか崩れたところがあり、それが奥を深くしていた。崩れている分だけ、隙を感じ取りにくい。端正な剣は、意外に脆いものだ。感じられるのは、それだけだった。殺気を放ちながらも、攻撃の気配は見せない。もう一歩、景一郎は踏みこんだ。

不意に、橘田が流れるように動いた。景一郎は跳躍していたが、刀は横に構えたままで、振り降ろすことはしなかった。位置が入れ替って、対峙していた。橘田は、肩で息をしている。景一郎の全身にも、ようやく汗が滲み出してきた。景一郎も橘田も、正眼だった。

どれほどの対峙が続いたのか。ふっと、橘田の殺気が消えた。景一郎も、橘田から気をそらした。跳び退ったのは、同時だった。

次の瞬間、二人とも伏せていた。鉄砲の音が連続した。十数挺はあるようだ。弾は、二人が対峙していた場所に集中していた。

「私に勝てるとは、思われていなかったようだな、橘田殿」

「まったくだ。わざわざ牢から出して、こんなところで撃ち殺そうとしたわけだな。まったく稲葉ってのは、頭だけで考えて、それでいいと思っていやがる」

「勝負は、預けよう。鉄砲が相手では、身を隠した方がよさそうだ」

「俺も、そうしたいね」

橘田の声に、動揺はまったくなかった。

「俺は、ここの斜面を、谷川まで転げながら降りる。ひとりで戻る俺に、鉄砲を撃ちかけることもないだろう。俺は、日向流を破る。それが、俺が生き延びる道だろうからな」

「つまらんな」

「おぬしがこの村にいることは、もっとつまらんと俺は思うが。まあいい。久しぶりに日向将監を思い出して、俺はちょっとばかり興奮している。十四年前、日向将監に打ちのめされた俺が、なぜか結着をつけられる場に立った。縁のようなものだろうな」

言って、橘田は斜面に躰を躍らせた。

景一郎は、来国行を鞘に収め、柵まで歩いて戻った。鉄砲の音は、もうしなかった。

「斬れなかったのかい。景一郎さんでも、斬れない相手がいるのかい？」

眼が合うと、佐吉がそう言った。

景一郎の気持の中には、不快なものはなにも残っていなかった。橘田に、ほんとうに勝てるかどうかは、わからない。いままで、勝てないかもしれない、という相手と何度か対峙した。気づくと、相手の屍が眼の前にあった。どこかで、死をすり抜けたのだ。そして、自分より腕の立つ者を倒した。

橘田隆市に勝てるかどうかは、どちらかが倒れるまでわからない。剣の立合は、すべてがそうだ。

斬り倒されていた三人が運びこまれ、宗遠がすぐに屈みこんで脈に触れ、首を振った。死んでいることは、はじめから景一郎にはわかっていた。

焚火のところへ戻った。

治兵衛と森之助が、並んで腰を降ろしていた。陽が照っていて暑くさえなければ、老人と孫が並んで腰を降ろしているように見える。治兵衛が短くなにか言い、森之助が小さく頷いたようだった。

「壺が焼けて、小さくなりました、日向様。見事なかたちでございます。わしには、焼物のことはよくわかりませんが、このままで充分ではないか、と思いますが」

なにがあったのか、治兵衛は訊こうとさえしなかった。

「このままでは、締ったというだけで、貌を持ちすぎているのです。特に森之助の壺の方は」

「それで、釉薬をかけたり、絵付けをしたりして、窯でもう一度焼かれるのですか」

「貌は、それできれいに隠れます」

「土は、焼かれて眠りに入るのですか。それでも死なず、壺として生き続けるのですな。わしは三十年庄屋をやってきましたが、土が壺として与えられる命と較べたら、短いものなのでしょうね、日向様」

「窯で焼けば、土は死ぬことがあります。壺として生きても、割れて死にます。かたちのあるものですから」

「人は、なにかを残すことで、生き続けられると思われますか？」

「さあ。私の剣の中には、確かに死んだ祖父が生きていますが、それが生き続けるということなのでしょうか？」

治兵衛はなにも言わず、燠の中の二つの壺にじっと眼を注いでいた。

また、加助の笑い声が聞えた。

8

ひと晩置いて、壺からようやく完全に熱が去った。森之助は、いつまでも自分の壺を見続けている。

景一郎は、一度火を入れた窯を調べ、粘土が縮んで隙間ができたところなどに、さらに粘土を詰めた。それから、もう一度小さな火を入れた。これで、熱が逃げる隙間はなくなるはずだ。

その日の夕刻に配られた粥(かゆ)は、いつもより濃かった。新たに雉子(きじ)を二羽煮汁に足したが、濃さはそのためだけではなかった。米と芋の量が増えている。肉片もあり、野草も蓄えられていたものが、ほとんど入れられたようだ。

粥作りは、治兵衛が直接出てきて、いろいろと指示を出していた。

「なにかが近づいているような気がするのです、日向様。細々と食いつなぐことが意味がなくなるような、なにかが」

「私は、村人と同じものを食っています。森之助もです。しかし治兵衛殿は、人の半分しか食っておられませんね」

「気づかれていたのですか。まあ、この老骨には、それぐらいがちょうどよいということでございます」

「明日も、これほど濃い粥だと、米はなくなるのではありませんか?」

「明後日の分までは、ございます。それからは、人肉を食らうなりなんなり」

治兵衛が笑った。

佐吉や栄次は、見張り小屋から動こうとしていない。村から逃亡する者は、いなくなったようだ。元気があるのは、見張り小屋にいる十四、五人だけだった。あとの村人は、逃亡する元気もない。

治兵衛が粥を濃いものにしたのは、村人に元気を出させるためではないだろう。治兵衛は、米の保存の意味がなくなることを、肌で感じている。見張り小屋から動かなくなった、佐吉たちも多分同じだ。

「森之助、明日には窯に火を入れる。いまのうちに、釉薬を使っておこう」

江戸でも焼物はやっていたので、森之助はその手順も知っているようだった。なにも言わなくても、井戸から水を汲んできた。

桶の水に、鉛細工を粉にしたものを溶かしこんだ。どういうふうに焼きあがるのか、景一郎にもわからなかった。

村の墓場になっている崖のところに、雲母の鉱脈があった。森之助は、その雲母を持ってきて、きらきらと光を照り返す、鱗粉のようなものだけを集めていた。それも、桶に入れた。

壺を、桶の中に浸す。内側はいいので、外側だけを、細心に気を配って浸す。乾きかけると、また浸す。それを三度くり返した。森之助も、景一郎のやり方を見て、同じようにした。

壺二つは、釉薬がかけられ、板の上に置かれた。朝になったころには、釉薬は一応乾いているはずだ。小さな火は入れたままにし、窯は冷やさないようにした。正しいのかどうかわからないが、それが景一郎のやり方だった。

陽が落ちてから、景一郎は山に入った。

山に、大きな獣の気配はなかった。無論、人の気配もない。金の鉱山に着くまでに、景一郎は蛇を三匹だけ捕まえた。

鉱山には、あれから誰も来た様子はなかった。横穴の奥に入り、鉱石を籠に放りこんだ。さすがに穴の中は暗く、龕燈を使った。それは、穴の入口に放置されたままだったのだ。

ほんのわずかでも、光がある。音がする。風が吹く。そんなことで、景一郎は闇に眼を利かせることができた。穴の中には、そのどれもがなかった。

帰りに、さらに蛇をもう一匹捕え、村に戻ったのは夜半だった。

窯の中の小さな熾に、小枝を足した。それから蛇の皮を剝いでちょっと炙り、そのまま五右衛門風呂の中に放りこんだ。

修理が、お清を抱いていた。毎夜のことだ。縄を解くことは禁じられているので、大きく拡げられたお清の両手は、杭に縛りつけられたままだ。それでも、お清の躰は汚れていない。毎日、修理が丁寧に拭ってやっているからだ。お清の喘ぎも聞えるが、修理の呻きの方がずっと大きい。

景一郎は、家へ入ってしばらく横になった。森之助は、いつもの場所で身動ぎもせず眠っている。村の夜は、静かだった。

早朝、景一郎は森之助を起こし、窯の前に立った。素焼きをして釉薬を施した壺を二つ、まず窯に入れた。熾が残っていて、窯の中は異様に暑い。壺を置く場所は、あらかじめ作ってあった。

「これからは、勢いのいい火を絶やさないようにする。明日の夕刻までだ。おまえは、素振りをするのも、眠るのも、粥を食うのも、この窯のそばだ。いや、眠ってはならん」

森之助が頷いた。

お清の啜り泣きが聞えてきた。修理がなにか言う声も途切れ途切れに流れてくる。結局、ひと晩じゅう、お清のそばにいたのだろう。しばらくして、うつろな眼をした修理が、養生小屋の方へ歩いていった。

火を入れた。薪は充分に乾いていて、すぐに勢いよく燃えあがった。村人が、二人、三人と起き出してきた。窯の方へ眼をむけてくるが、近づこうとはしない。みんな、あらゆることに関心を失ったように、ただ歩いたりしているだけだ。

「わしの家の文机に、日向様に預かっていただきたいものが置いてあります。この村で、なにが起きたかを、詳しく書いたものです」

治兵衛が、そばに来て言った。

「最後の最後まで、わしは書き続けますが」

「心得ました。私が生きているかぎりは」

「日向様が、死なれることはない。わしには、はっきりとそれがわかります」

治兵衛はかすかに笑い、窯に薪を放りこむ森之助の手もとに眼をやった。

「わしも、手伝って構いませんか、日向様。大して役には立ちませんが、座っていて火を見ていることはできます」

　景一郎は、ただ頷いた。

　修理が養生小屋から出てきたのは、午過ぎてからだった。乱れているが強い気を、景一郎は感じた。修理は、しっかりした足取りで、見張り小屋の方へ歩いて行く。戻ってきた修理は、槍を手にしていた。十数人の村人が、何事かと遠巻きにして付いてくる。

　治兵衛は、ただ火に眼を注いでいた。

　修理が、いきなり走りはじめた。二度、三度と叫び声をあげる。むかっているのは、お清がいる場所だった。

　悲鳴と雄叫びが、交錯した。そして、しんと静かになった。お清の躰のそばで、修理が膝をついて泣いていた。

　槍は、お清の躰を貫いていた。

　局所から入った槍が、首の後ろに抜け、地面に突き刺さっている。

　景一郎は、窯のところに戻ってきた。治兵衛は相変らずだった。栄次が駈けてくる。

「丸尾先生が」

「お清の屍体は、すぐに埋めろ。先生は、放っておくしかあるまい。やらなければならないと思われたことを、見事に自分でやってのけられたのだ」

「しかし、庄屋様」

「自らなされたのだ。だから、大丈夫なのだ。わしがやらねばならぬかもしれん、と思っていたことを、自分でなされた」

窯のところからは、地にうずくまった修理の背中だけが見えた。

加助の、笑い声があがった。

「炎が小さくなっているぞ、森之助さん」

治兵衛が言い、森之助は薪を数本、窯の中に投げ入れた。薪の投げ方も、江戸で景一郎のやり方を見て覚えたらしい。

「どんなふうに焼きあがるのか、愉しみです、日向様」

治兵衛は、相変らず火に眼を注いでいる。

それからは、なにも起きなかった。お清の屍体は片付けられ、修理は養生小屋に戻り、夕刻になると、米の多い粥が配られた。

夜の声が、加助があげる笑い声だけになっていた。治兵衛は、やはり森之助のそばで炎を見つめている。

翌日の夕刻少し前に、景一郎は窯の火を落とした。その間も、治兵衛は窯の前を動かなかった。

景一郎が、窯の入口を毀して大きくしたのは、米の多い粥を食って二刻過ぎてからだ。藁で挟むようにして、壺を出した。

「この村の、土の色をしている」

治兵衛が言った。

壺は全体に赤く色づき、ところどころに黒っぽい斑点(はんてん)があった。それが、森之助が入れた雲母の粉だろう。

「しばらく眠れ、森之助」

村を取り巻くように、大きな気配がある。昼から、それはあった。

しかし、まだ近くない。数刻は、眠る時があるだろう。

第五章　活路

1

隆市は、畳に座っていた。

しかも館ではなく、家老の屋敷のひと間である。ここひと月、牢に入っていたのだ。

稲葉重明が自らやってきて、月代と髭を剃ることを許した。いよいよ切腹かと思ったが、刀を返された。その時はじめて、弟の又之進が斬り殺されたと教えられたのだった。

死んだのは、弟だけではなかった。牢に入っている間に、藩内はとんでもないことになっていた。数十人が、死んだという。疫病がほとんどで、斬り殺された者もいる。

疫病は、山の村に発生しているらしい。水が原因なのでそこを退去させようとしているが、村人が抵抗して動かないのだと聞かされた。

村のそばまで行った時、斬り殺された屍体をひとつ見た。頭蓋から胸のあたりまで、見事に断ち割られていた。日向流。斬り口を見て浮んだのは、それだった。日向将監の亡霊を見たような気分になったが、出てきた男は孫の景一郎だと名乗った。

立合った。全身の毛がそそけ立つような、ぞっとするほどの腕だった。日向将監が、重なっていた。ただ景一郎の剣には、言葉では表わしにくいような、微妙なやわらかさがあった。

わかったのは、そこまでだった。いきなり鉄砲を撃ちかけられ、お互いに跳んだ。藩士が居並ぶ場所に戻ると、自宅へ帰ることが許された。母と下男がいただけで、当然ながら又之進はいなかった。

そしてまた今日、家老の屋敷へ呼び出されたのだ。稲葉重明は三歳年長で、幼いころから知っていて、江戸詰でも二年間一緒だった。家格はまるで違っていたが、親しくしていたという気分が隆市にはある。

重明が入ってきた。野袴のままで、座ると全身から埃がたちのぼるようだった。

「橘田、命拾いをしたな」

重明が、いきなり言った。

「ほう、鉄砲をわざとはずしてくれたわけではないでしょう。立合の最中に二人とも撃ち殺す。どうも、すっきりしませんな」

「腹を切れば、すっきりするか。おまえの切腹は、沙汰止みにする。だから、命拾いをしたと言った。鉄砲に腹が立ったとしても、切腹と相殺せよ」

「つまり私は、生き延びたのですか？」

「いま、藩はおまえの切腹どころの騒ぎではないのだ」

「若く元気な者たちが、相当死んでいる」

「疫病だ」

「又之進もですか？」

「あれは、斬られた」

「あの村に、疫病などないな。藩士で、そう言っている者もいました」

「疫病なのだ。疫病でなければならん。それ以上は、なにも訊くな、橋田」

「わかりましたよ。あれは疫病です。拡がるのを防ごうとした藩士も、何十人と命を落とした」

「皮肉を言っているのか、私に」

重明の表情が苦渋に満ちていることに、隆市ははじめて気づいた。こういうところには、昔からうとかった。

「悔いている。疫病を完璧に押さえこもうとして、村人を刺激してしまった。完璧というのは、どこからか崩れるものだな。私には、あの日向景一郎という武士がそうだった」

「いまから、改めればいいことではありませんか」

「お互いに、退くに退けぬところまで来てしまった。おまけに、伊達藩士がいま一関に八十名いる。伊達藩も、疫病が自領に拡がるのを防ぎたいのだ」

「つまり、田村藩領のあの村を、伊達藩が抹殺するのを、黙視するということですな」

「そうはっきりは言わないでくれ。私は、腹を切ることも考えたのだ。しかし、それではなにも解決しない。耐えることにした。耐えて、所期の目的を完遂する。たとえ伊達に甘く見られようと、田村藩の存立を脅かすわけにはいかない」

隆市は、重明の表情を見つめていた。自分が牢に入る前と較べると、ひどく痩せたという気がした。ただ、眼にはまだ力が残っている。

「私に、なにを？」

「日向景一郎という男は、死なぬという気がする。いくら伊達の者たちが襲おうと、斬り抜けるに違いない。鉄砲ですら、倒すことはできなかったのだからな」

鉄砲には、弱点は多くある。動かれたら当てるのは難しいし、次の弾をすぐには撃てない。近づいて当てようとすると、狙う時の気も伝わってくる。よほどの手練れが、遠い距離から狙わなければ駄目だが、藩内にそんな腕の者がいるはずもなかった。伊達藩にもいないだろう。武芸の中では、鉄砲は軽んじられているところがあるのだ。

「日向景一郎が、伊達藩士の攻撃で死ねば、それでいい。しかし死ななければ、われらでなんとかしなければならん。それができれば、伊達藩への貸しであるし、伊達藩がやればわれらの借りだ。私は、日向景一郎という男は、死なないという気がする。五百、六百の軍で包囲すれば別だが、それでは幕府の知るところとなる」

幕府に知られればまずいことらしい、と隆市は思った。疫病ならそんなことはないが、隆市は考えないようにした。又之進が斬られているので、自分に無縁のことというわけでもない。

「日向景一郎を、斬って貰いたい」

「わかりました」

「斬れるのか？」

「御家老の言われたことが、わかったと言ったのです。日向流を破れるかどうか、やってみなければわかりません」

「日向流？」

「私が江戸詰のころ、薬研堀の道場に通っていたのを、御家老は憶えておられますか？」

「神道無念流の麴町二番町の道場には、ともに通った。ほかに、素面、素籠手で、時には木刀の稽古もあるという、荒っぽい道場に通っていたようだが、それだな」

「日向将監が開いたもので、景一郎は孫に当たります。会ったのはこの間がはじめてですが、見事な日向流でした」

　弟が斬られたということだけでなく、日向流と闘ってみたいという思いが、隆市の中には湧き起こっていた。生死を超越する。そういう立合は、久しぶりのことだ。

「おまえは、藩随一の遣手というだけではない。伊達藩にも、おまえほどの腕の者はいない。私は、おまえより強い人間が、この世にいるだろうかと、ずっと思い続けてきた。十数年前の、江戸詰のころからだ」

「日向将監には、まるで歯が立ちませんでしたよ」

「それでも、斬ってくれ。私は、そう頼むしかない。斬ったからといって、なにをしてやれるわけでもない。おまえが日向景一郎を斬った時、私は切腹する。それで田村藩は、潰れなくても済む」

　なにを言っているのだ、という気分が隆市を襲った。みんなが死んで、それで藩だけが安泰なのか。馬鹿げた話だと思ったが、口には出さなかった。

　幼いころから、隆市は重明が嫌いではなかった。学問だけでなく剣も遣えたし、老人が決定することが多かった藩政に、風穴を開けたのも重明だった。そして、下士である自分を、決して蔑まなかった。自分より剣の腕が上であることを、きちんと認めることができる男だったのだ。

今度の切腹の件に関しても、重明が引き延ばしたという気配がある。

隆市自身は、死ぬことをなんとも思っていなかった。切腹しても、累は家族に及ばず、又之進が家を継ぐのが許されることになっていた。このあたりで死ぬのも悪くない、とさえ思っていたところがある。

性格は、昔から明るかった。死んでもいいか、と思うようになったのは、二十九歳の時で、それについて重明はなにも知らない。

「やってみますよ。斬れるかどうか、約束はできませんが」

「そうか」

それ以上、重明はなにも言わなかった。隆市は、一礼して腰をあげた。

「ところで、御家老」

縁に踏み出しかかった足を止め、隆市は言った。

「あの村には、どれぐらいの人がいたのですか？」

「小さな集落が二つあり、それも入れて六百人というところだった」

「いまは？」

「わからん。二百を超えてはいないのではないかと思う」

重明の眼に、暗い光が満ちた。実に、四百人は死なせたということなのか。重明の心は、すでに限界を超えている。

「やりますよ。必ず、日向景一郎を斬ります」

「済まん、隆市」

　重明は、昔呼んでいたように、隆市の名を呼んだ。

2

二刻（ふたとき）ほど眠って、景一郎は眼を開いた。

　夜明けだった。景一郎は家の外に出たが、村人の姿はなかった。見張り小屋の方から、かすかに人の声がするだけである。

　壺（つぼ）は、窯（かま）から出した時と同じ色で、同じ気配を放っていた。景一郎はそれに、金の鉱山から持ってきた鉱石を入れ、布で蓋（ふた）をして藁縄（わらなわ）で縛った。森之助（もりのすけ）の壺の方には、加助（かすけ）が持っていた毒を入れ、同じようにした。森之助の壺は、拳（こぶし）よりやや大きいかたちに焼きあがっている。稚拙だが、強い気は放っていた。

「どうも、おかしいんだ、景一郎さん」

　姿を見かけたのか、佐吉（さきち）が見張り小屋から駈（か）けてきて言った。村を包む気配はさらに強くなっていたが、なにか別のものが入り混じっているような感じもあった。

「侍が、次々に交替してやがる。いまも、それは続いてるよ」

「なるほど。伊達藩の武士と入れ替えるわけだ。自分たちだけではどうにもならない、と諦めたのかな」

ずっと攻撃の気配が続いているのに、実際の攻撃はなかった。前線の武士を、少しずつ入れ替えていたということなのだろう。

「手の空いている者を集めろ、佐吉。私が印を置いたところに、石を運んで積みあげるのだ。大きさは拳ほどがいい」

「また、窯を作ろうってんじゃないだろうね、景一郎さん」

「それなら、ひとりでやるさ」

佐吉は頷き、見張り小屋に戻ると、栄次と一緒に出てきて、声をあげた。二十数人が、のろのろと這うようにして家々から出てきた。

石は、いくらでもあった。景一郎はそれを、三カ所に積みあげさせた。

「もう、槍や刀では闘えない。斜面から石や丸太を落とすのも、それほど効果があるとは思えない。石を投げて闘うのがいいだろう」

「柵の内側に入れるのですか、日向様？」

栄次が言った。まだ闘えると思っているのか、投げやりになっているのか、栄次は腰に大刀をぶちこんでいた。

「懐に引きこむ。それも一度だけだな」

「それからは？」

「ひとりひとり、斬られていくだけだ。懐に引きこんで、一度は柵の外に追い払う。手が動いて石が投げられる者は全員集めろ」

「もう、死ぬしかないんですか、日向様？」

「運がよければ、何人かは生き残れるかもしれない。私に言えるのは、それだけだよ、栄次。とにかく、やるだけやってみよう」

栄次が頷き、若い者に指図をはじめた。石を投げる力が残っているのは、四十人足らずだった。十二人ずつ、石を積んだ場所に配置した。駈け回れるのは、十五人。それは、五人ずつに分けた。

「石は、利き腕で投げろ。相手が近づいてからだ。十五人が、三つの組になって駈け回る。私が石の印を置いていくから、その通りに駈けるのだ。石を投げる者は、決して慌ててはならない。それで多分、一度は追い払えると思う。攻めてくる人数にもよるが」

「そのあとは？」

「その次にどういうやり方で来るかは、読めないのだ、栄次」

「じゃ、斬られるだけですかい？」

「逃げる。敵を追い払ったらすぐに、山に逃げる。長く走って逃げきることができないと思う者は、隠れればいい。木の葉の下であろうが繁みの中であろうが、とにかく隠れて、敵が去るのを待て。二度目の攻撃は十五人で防ぎ、防ぎながら逃げる」

「やっと、戦の指揮をしてくれる気になったんですね、日向様」

「指揮ではない。私も逃げおおせたいから、考えたことだ」

「わかりました。なんであろうと、日向様が指図してくださるなら、俺らは従います」

「生き延びようと思うことだ、栄次。ただ一心に、そう思え。人は、それで信じられないほどの力を出すものだよ」

栄次が頷いた。

陽は、すでに高くなっている。

養生小屋の軒下で、修理がしゃがみこんでいた。養生小屋にいる者まで、助けるのは無理である。それは、ただそうだというだけのことだった。

「修理殿は、走れますね」

「私は、お清を殺してしまった。医師である私が、槍で躰を串刺しにするような、残酷なことをしてしまった。なにが起きても、私はここで死ぬべきだろう」

「お清は、一緒に逃げようと、修理殿に言い続けたのでしょう?」

「聞いていたのか?」

「そう思っただけです。そのお清から、修理殿は逃げたのですよ。一緒に逃げるより、お清から逃げることを選んだ。間違いではなかった、と私は思います」

「私は、お清を抱かなければよかった。そうすれば、あんな囁きを聞かずとも済んだ」

「終ったことです」

「私は、ここを動かないよ、景一郎さん。それが、私ができる唯一のことだ」

「では、私も宗遠殿も森之助も、ここに残りましょう」

「それは、いかん。あなたたちは」

「修理殿のお供ですよ。私たちは修理殿のお供をしてこの村に入り、自分にできることをやってきたのです」

「私はね、景一郎さん」

「人を殺した。確かに、槍でお清の躰を貫き通した。ほかにも、治療に失敗して、何人も死なせた。自分を責めるなら、そこまで責めた方がいい、修理殿」

「とにかく、景一郎さんは」

「修理殿のお供でいます」

言って、景一郎は修理に笑顔をむけた。醜いものでも見るように、修理は景一郎から眼をそらした。

治兵衛が、家から出てきた。

庖丁を手に持っていた。縛りあげられた加助のそばにしゃがみこみ、なにか呟くように言いはじめた。加助は、笑い声をあげ続けている。

「兄上」

そばに立っていた森之助が、少年らしくない低い声で言った。景一郎は、森之助の肩を押さえた。

治兵衛の持った庖丁が、なにか別のもののように、加助の下腹にゆっくりと吸いこまれていった。柄（つか）のところまで吸いこまれた庖丁が、引き出された。加助が、眼を見開く。大きく開かれた口の中に、治兵衛の庖丁が再び吸いこまれた。

加助の躰が痙攣（けいれん）し、ひとしきりそれが続いて、静止した。人ではない、ただの物になった、と景一郎は感じた。

3

十五人が、槍を持っていた。十数人の躰が元気な者が、三カ所にそれぞれ配置されていて、なにか小声で話している。

修理は、養生小屋の軒下から、井戸のそばへ行き、顔を洗った。治兵衛の姿が見えないのに気づき、家を覗（のぞ）いてみた。

治兵衛は、文机（ふづくえ）にむかって書きものをしていた。ついさっき、伜（せがれ）を自ら手にかけたとは、とても思えない姿だった。

「誰がいつ、どうやって死んだのかは、詳しく書きとめてあります」

修理の方を見ず、筆を走らせながら治兵衛は言った。お清がどういうふうに死んだかも、書かれているのだろう、と修理は思った。

「そんなことをして、なんの意味がある。みんな死んでしまうのに」

「何人も生き延びるだろう、とわしは思っております。この村でなにが起きたか、これを読めば最初から最後までわかります。わしのいまの願いは、これが燃やされたりせずに、世の人の眼に触れることです」

「私は、結局なにもできなかった。それも、書かれているのですね」

「先生が来られなければ、この村は全滅し、疫病ということで片付けられたでしょう」

自分が来ても、同じだった。いや、逆に混乱させ、地獄の様相を深いものにしてしまった。

養生小屋に戻った。早坂直介が起きあがっていた。傷はすでに塞がっているが、動いていいという許しは出していない。

「私は、村人とともに闘おうと思います。生き延びて、この理不尽を、江戸表の殿に直訴します」

「そんなことが」

言いかけて、寝ていた怪我人（けがにん）や病人のうち、二十名近くが起きあがっていることに、修理は気づいた。宗遠が、ひとりひとりになにか指示を与えている。

「どういうことだ、宗遠？」

「逃げようという意思のある人たちには、逃げてもらうことになりました。二十二人しかいないのが、悲しいのですが」

「逃げるといっても」

「ここで死ぬか、逃げて死ぬか。養生小屋の人たちにも、それを選ぶ権利はあります。山から伊達（だて）藩領の方へむかうようにというのが、景一郎さんの指示です」

すでに、よろめきながら小屋を出て行く者もいた。

「伊達藩士も、疫病だと信じているはずです。近づくのは恐れるだろうと思います」

「そうか」

この養生小屋は、いわば修理の城のようなものだった。それも、もうだいぶ前から崩れている。お清を槍で突き殺した時、いや、お清を抱いた時から、崩れていた。

修理は、床に座りこんだ。何人かが、修理に深々と頭を下げて出ていく。それを見送る気力も、修理には湧（わ）かなかった。

「生きているかぎり、私は丸尾先生をお守りします。一度は死んだのです。そう思えば、死んだ気で働くのは、なんでもありません」

早坂直介だった。すでに刀の下緒(さげお)で襷(たすき)をとっている。

もういい。みんな死ね。修理は心の中で思った。死ねば、すべてが終るのだ。自分も、いまの状態から逃れられる。

森之助が入ってきて、薬箱に自分が焼いた小さな壺を入れると、背負った。宗遠は、寝たまま動かない村人を、見て回っている。かける言葉もないのだろう。黙って、額に掌(てのひら)を当てたりしているだけだ。

半鐘が鳴った。

外が騒然としはじめている。宗遠も早坂も飛び出していったが、修理は動かなかった。寝たまま動こうとしない村人たちと、自分は同じなのだと思った。誰かが、念仏を唱えはじめる。それが、ひどく耳についた。

半鐘が鳴り続けている。

不意に、なにかが躰の中で蘇(よみがえ)った。それはお清を抱いた感触のようでもあり、局所から躰を貫いた槍の手応(てごた)えのようでもあった。浅ましく、勃起(ぼっき)していた。

小屋の外の緊迫の気配が、はっきりと修理に伝わってきた。自分が外へ出たところでどうなるのだ、と修理は思った。寝たまま起きあがろうとしない村人と一緒に、虫けらのように死んでいくのが自分にふさわしい、という思いだけがある。

喚声があがった。

もうすぐ死ねるのだろうということだけを、修理は考えていた。耳につく念仏が、さらに大きくなっていた。柵の中まで攻めこまれたようだ。刃がぶつかる音が、小屋のすぐそばで聞えた。叫びと悲鳴が交錯する。人が駈け回る気配が近づいてきた。

宗遠が、転がるようにして小屋に飛びこんでくる。

「逃げるんだ、みんな。少しでも生き延びるために、残った力を使え。こちらが優勢の間に、山に駈けこめ」

宗遠の叫び声。しかし、動く人間はいなかった。念仏が、むなしく流れているだけだ。

優勢だと。そんなはずがあるものか。修理はそう思った。もう、死ぬだけなのだ。けだもののような力を持つ景一郎なら、斬り抜けて生き延びるかもしれない。しかし、養生小屋の病人が、這って逃げて、どうやって助かるというのだ。

「みんなどうした。千にひとつでも、なぜ生き延びる道を選ぼうとしない」

宗遠の叫びが、外の悲鳴と入り混じる。三度目を、宗遠は叫ぼうとしなかった。修理のそばに来て腰を落とし、両手で顔を覆ってうずくまった。

「たとえ理不尽でも、人は死を受け入れてしまうものなのですか、先生?」

「死は、安息でもある、宗遠」

「ならば、ならば医師とはなんなのです?」

宗遠の問いも、修理にはただむなしかった。

外の騒ぎは、まだ続いている。養生小屋からは、いくらか遠ざかったようだ。

4

農民たちの、動きがよかった。これは、と隆市が思わず身を乗り出したほどだった。伊達藩士の周囲にいる藩士は、稲葉重明も含めて、それに気づいたようではなかった。伊達藩士の一隊が、勢いよく柵内に突入するのを、みんな複雑な表情で見ている。田村藩士は、まだ一度も柵内に突入してはいないのだ。

十五人ほどの農民の駈け方には、まったく無駄がない。追う伊達藩士八十名の方が、むしろ統制を欠いている。一気に結着をつけてしまおうという気なのだろう。

三カ所に石が積まれ、それぞれに十数人が配置されている。その配置も、よく考えられていた。相互に、助け合うことができる位置である。

「あっさりと、村に突入した」

誰かが、呟くように言った。伊達藩のお手並拝見という感じで、田村藩の二十名ほどが、村の裏の山に進んできたのだ。

「材木も石も落ちてこないし、穴も隠されてはいない」

「それにしても、易々と突入したものだな」

そうではない。突入させられたのだ。しかしいまそれを言ったところで意味はなく、隆市は口を噤んでいた。戦況を見守る者たちの心理も、隆市にははっきりとわかる。自藩でできなかったことを、伊達藩にやられたくはないという思いが、微妙に滲んでいる。

十五人が、ひとつの石の山に達した。伊達藩士が殺到する。十五人は、三つに分かれてそれぞれ違う方向に走りはじめた。それを合図のように、激しい投石がはじまった。三人、四人と、石に打たれて倒れる。

押していた伊達藩士の勢いが止まり、一部は方向を変えた。そこに、二つ目の石の山からの投石が集中する。拳ほどの大きさの石だろうが、顔に当たると弾き飛ばされたようになる。腹や胸に当たっても、うずくまる者がいる。

三つに分かれて駈けていた農民が、再びひとつになり、槍を突き出して迎え撃つ態勢を取る。移動して防ぐ態勢を作ろうとした伊達藩士に、三つ目の山から投石が浴びせられる。二十人近くが、すでに投石で倒れていた。十五人の農民が、また三つに分かれた。倒れて動かない伊達藩士を、槍で突きまくる。

伊達藩士は、ひとつにまとまろうとするたびに、三方から激しい投石を受けていた。

一度撤退するしかない、と隆市が見ている場所からは思えた。しかし、伊達藩士はみんな、逆上しはじめたようだ。強引に、ひとつの石の山に斬りこんで行く。

不意に、日向景一郎の姿が現われた。地から湧き出したようだ、と隆市は思った。そう思った時、すでに四人ほどは斬り倒されていた。日向景一郎が駈ける。伊達藩士の中を駈け抜ける。七、八人が倒れた。みんな深傷ではない。しかしうずくまったところに、農民の槍が突き出される。

日向景一郎は、ゆっくりと剣を振っているように見えたが、それは見えるだけで、実際には無駄も隙もない太刀捌きだった。構え直すということをしないので、剣の動きがゆったりとしたものに見えるだけだ。十数人が倒され、さらに投石を受けてうずくまる者が続出している。

はじめて、指揮者が撤退の合図を出したようだ。そこに、別の武士がひとり斬りこんだ。こちらは大した腕ではないが、背をむけかかった伊達藩士は、刀を構え直す余裕もなく、四人ほど斬り倒された。

「早坂直介」

隆市は呟いた。まだ若い、山田奉行配下の田村藩士だ。

「早坂は、傷を負ってむこうに助けられたのだ。相手が伊達藩士だから、闘いやすいのだろう。早坂も、必ず斬らねばならんぞ、橋田」

稲葉重明が、戦況に眼をむけたまま言った。

倒れた伊達藩士が、槍で突かれている。柵の方へむかって逃げたのは五十名ほどで、そこにさらに投石が浴びせられた。柵の出口は狭い。投石を頭に受けて倒れる者、日向景一郎や、早坂直介の斬撃を受けて倒れる者。柵から脱出したのは、四十名というところだ。

「伊達藩は、すべてを甘く見た。わが藩を甘く見たし、わが藩がもて余した村の戦力も甘く見た。一度に、半数も討ち果されるとはな。村の攻略は容易ではない、と私は何度も言ったのだが」

柵の外に出た伊達藩士の頭上に、斜面から丸太が転がり落ち、四人か五人がそれに巻きこまれた。

なんとか態勢を整えて、伊達藩士はようやく田村藩士が二十名ほど並んだところに戻った。

村では、倒れている者に、さらに執拗に槍を突き立てていた。柵の内側に残った者は、ひとりも生き延びることはないだろう。

「完敗だな。これで、わが藩の苦労も多少はわかっただろう」

稲葉重明は、吐き棄てるように言った。

牢に入っていた隆市は、いままでどういう闘いが展開されていたのか、まったく知らない。藩士の死が、異常に多いことがわかっているだけだ。

それにしても伊達藩士の攻撃は無策にすぎたし、農民の迎撃は兵法にかなったものだった。伊達藩士が、投げられた石を投げ返していたら、これほどひどいことにはならなかっただろう。しかし刀を抜いた武士は、どうしても刀に頼る。

「どう見た、橋田？」

山道を戻りながら、稲葉重明が言った。

「村全体を、五人と考えたようですな、日向景一郎は。三つの石の山が三人、駈け回る十五人がひとり、そして日向自身がひとり。そう考えて、迎撃したのですよ。五人の連携をしっかりと組みあげて」

「信じられるか。村人は、ひとりも死ななかった」

「信じられますね。伊達の連中は、策の中に飛びこんだようなものですから」

「日向景一郎の策は、それほどに優れていたのか？」

「剣法と同じなのです。剣法という点では、日向には誰もかないますまい」

「勝てぬのか、伊達藩でもあの村には？」

「伊達藩から来ているのは、あの八十名だけだったのですか？」

「ほかに、忍びが五名。これは、それなりの働きをしてきたのだが」

「指揮をする者が誰か、ということでしょう。ただ斬りこむということをくり返せば、いたずらに犠牲を増やします。もうそれはあるまい、と私は思っていますが」

「今度は、伊達藩になにか策があるか」

「恐らく」

それ以上、稲葉重明はなにも言わず、早足で歩いた。

山中の哨戒線を越え、道の方へ降りた。

血走った眼をした伊達藩士が、ひと塊になって腰を降ろしていた。

稲葉重明は、伊達藩の指揮者らしい男と、床几に腰を降ろしてむかい合い、なにか話しはじめた。隆市は、こみあげてくる笑いをこらえ、大木の幹に寄りかかるようにして腰を降ろした。どれほど犠牲を出そうと、無策だった斬りこみは、笑いの対象にしかなり得ない。露骨に笑えば、眼を血走らせた連中が逆上するだろうと思ったので、こらえただけだ。

村人が、五人、十人と山へ入りはじめている、という知らせが見張りから入った。伊達藩領の方へ、村人はむかっているらしい。

稲葉重明が腰をあげ、藩士に指示を出しはじめた。なにも言われないので、隆市は大木の根方でじっとしていた。

伊達藩との混成で、百名ほどが組織された。弓を持った者が、二十名ほどいる。それにしても、田村藩士は、刀を差しているだけという者が多かった。

「橋田、おまえは集団の中で闘ったら、持てる力の半分も出すまいな」

「私には、むいていない闘い方ですから。できれば、日向景一郎と二人きりでむかい合いたいと思います」

「もう一度、攻める。伊達藩は、敗退にひどくこだわり、次は方法を問わないと言っているのだ」

「私も、行くのですか？」

「おまえはいい。私の判断で、ここに残すことにした。もし次の攻撃が成功しなかったら、日向景一郎と早坂直介の首を取るのは、おまえに任せよう」

「なるほどな。火攻めですか」

「わかるのか？」

「弓が二十ほど。なりふり構わず火矢を放って、村を焼き払おうというのでしょう。まず、忍びの五人が、柵に近づくのかな」

「そういうことになった」

「御家老は、黙ってそれを受け入れられた。そんなことで、日向を倒せはしないと思われておりますな」

「倒せるか？」

「まさか」

「私も、そう思う。ならば、その次がおまえの働きどころだ、橘田」

「どこの藩でも、重役というのは勝手なものですな」

「おまえは、切腹するはずだったのだ」

「わかっています。命をかけて、日向流を破ってみましょう」

組織された百名ほどは、すでに進発の準備を整えていた。伊達藩の生き残りが、指揮をするらしい。叫びとも聞えるような、悲壮な号令をかけていた。

「日向流。日向景一郎か」

「御家老も、はじめから手強い相手だと思われるべきでしたな」

「それは言うな」

稲葉重明は、横をむいた。

百名が、村の方へむかいはじめた。

5

石を投げた者たちは、みんな力を使い果していた。死んでもいいという気分で、力のかぎり投げ続けたのだろう。刀が届くところまで進んだ敵は、ひとりもいなかった。

「粥が炊けてるぞ。ありったけの米と芋を入れた。椀一杯といわず、二杯食ってもいい、と庄屋様が言っておられる」

栄次が叫んで歩くと、石の上にうずくまったり倒れたりしている者たちが、のろのろと躰を起こした。

景一郎は、突き殺されている数十人の武士の刀を見て回った。遣えそうなものが、二振りあった。屍体から鞘を抜き、下緒で二振りとも背中に縛りつけた。

それから家の前に腰を下ろし、来国行に打粉を打った。微妙に脂が巻いている。それだけは、きれいに取っておいた方がよかった。斬れ味は、さすがにまったく落ちていない。

森之助が、椀の粥を運んできた。三人分ある。早坂直介の分だった。

「伊達藩士が相手だったので、私は気が楽でした。正直なことを申しあげると、人を斬ったのははじめての経験なのです」

早坂の刀が与えたのはほとんど浅傷で、しかしその武士たちは直後に槍で突き殺された。いまの世の中では、人を斬ったことがない武士の方がずっと多いだろう。佐吉や栄次ほどに人を殺した経験を持つ者は、武士でも稀なはずだ。

村の中は、しんとしていた。みんなが、一心に粥を啜りこんでいる。

「養生小屋にいた者で、逃げる力のある者はもう逃げました。その後どうなったか、わかりませんが」

栄次が、そばへ来て言った。

「闘える者の中で、逃げたがっているのは？」

「いません。というより、逃がしません。お互いに監視して、逃げられねえようにしています。全体は、佐吉が見張ってます」

「石を投げた者たちは、粥を食ったら逃がしてやれ、栄次」

「また石を投げる、というんじゃ駄目なんですかい、日向様？」

「一度だけだ、あれは。同じ手に、何度も乗ってくれるとは思うな」

「わかりました」

栄次が、駈け去って行く。養生小屋から宗遠が出てきて、なにか言いたげに景一郎を見たが、それだけでまた小屋へ戻った。
三、四人ずつ連れになって、山の方へ行くのが見えた。みんな無言だった。
「どちらへむかうのがいいのでしょう、日向殿？」

「それはどうとも言えない、早坂さん。行ってみて、そこでなんとかするしかない」

「助かるでしょうか、何人かは？」

景一郎は黙っていた。わからないことについて、わからないと確かめてみても意味はない。

森之助が、庄屋の家の方へ歩いていった。村の中に、もう人影はない。屍体に、陽が照りつけているだけだ。こんな時は、大抵烏が現われるものだが、一羽も見当たらなかった。命がなにもない、こんな光景が景一郎は嫌いではなかった。

「日向殿。私は二度も死ぬところを助けられています。だから、死ぬことはいといません。しかし、生き延びたいのです。自分のためにではなく、こんな地獄が田村藩にあったのだと、世間に知らしめるために。しかるのちに、私は田村藩士であることの責めを負って、腹を切ります」

「私も、生き延びるための努力はする」

森之助が、庄屋の家から出てくるのが見えた。治兵衛に、逃げるように勧めたのかもしれない。森之助は、戻ってくるとなにも言わず、景一郎の脇に腰を降ろした。景一郎は、森之助に小さな壺を渡した。

「腰に縛りつけておけ。小さいので、邪魔にはなるまい。おまえは、自分で自分の壺を守れ」

「兄上の壺は？」

「それは、修理殿に持って貰いたいと思っている。駄目なら、宗遠さんに頼む」

「治兵衛さんは、あそこを動かないつもりのようです。いまも、書き物をしておられました。私は背中を見ていましたが、声はかけられませんでした。治兵衛さんは、一度だけふりむいて、淋しそうに笑われました」

栄次と佐吉も入れた十五名が、見張り小屋から出てやってきた。全員が、槍を持っている。誰の眼も、もう血走っていない。どこか、眠そうな感じさえするほどだった。

「ここにいていいかい、景一郎さん。みんな、景一郎さんと一緒にいたいと言ってる」

「最初だけだ、佐吉。ひとりずつでもいい。二、三人まとまってもいい。斬り合いがはじまったら、逃げろ」

「景一郎さんは？」

「みんなが逃げたら、私と森之助と早坂さんも逃げる。栄次とおまえの二人がやることは、修理殿と宗遠さんを連れて行くことだ」

「どこかで、景一郎さんに会えるかな？」

「西へむかえ。伊達藩領の方へ。私たちも、西へむかう」

「伊達の侍が、待ち構えているところへ？」

「なぜ哨戒に立っているのか、ほんとうの理由は誰も知らない。必死になって守ろうとはしない、という気がする。それに、四里ほどで、伊達藩領は抜けてしまう」

「庄屋様をどうするか、俺らにはわからねえんですが、日向様？」

「私にも、わからん。おまえが、治兵衛殿と話し合ってみろ、栄次」

栄次が頷き、庄屋の家へひとりでむかった。

また、村へ大きな気配が近づきつつあった。今度は、まともに攻めこんでくるような真似はしないだろう。十五人の中で、何人が生き延びられるのか。

宗遠が、また外へ出てきた。

「修理先生が、逃げぬと言われています。念仏を唱えながら寝ている人たちと一緒に、ここに残るのだと」

「心配するな」

佐吉が言った。

「いざとなりゃ、俺が担いでいく。宗遠さん、あんたも遅れないようにな」

栄次に連れられて、治兵衛が出てきた。両手に、茶色い包みを持っている。治兵衛は、それを持ったまま養生小屋に入り、しばらくして出てきた。

「わしは、ここに残ります、日向様。わしに代るものを、先生にお預けしてきました。これまでに、書きとめたもののすべてです」

治兵衛は、景一郎をじっと見つめていた。それ以上の言葉を、発しようとはしない。景一郎が軽く頷くと、治兵衛は顔の皺を深くして、かすかにほほえんだようだった。

栄次がなにか感じたのか、腰にぶちこんだ刀の柄に手をやった。なにかが近づいてくる気配を、景一郎はだいぶ前から感じていた。それとは別に、微妙な気配もある。

「早坂さん、斬り合いになる。刀は、低く遣え。決して、頭の上に振りかぶったりはするな。そして、ここだと思ったら、斬る前に必ずもう一歩踏みこむのだ」

「わかりました。決して、頭上に振りかぶったりはしません」

景一郎は、背中に縛りつけた刀の一本を抜いた。いい刀とは言えないが、厚重ねで頑丈そうである。

「お別れでございますな、日向様。またいつか、どこかでお目にかかります。彼岸での話でございますが」

景一郎は、治兵衛を振り返って笑った。

宗遠が、壺を入れた小さな竹籠(かご)を背負っている。

「自分の身を守ることを考えろ、森之助」

言って、景一郎は柵(さく)の方へ歩きはじめた。

6

火矢だった。

それは予想していたことだった。廃屋の一軒が燃えあがる。続いて、二つ目の火もあがった。三つ目は、養生小屋の板壁からだ。日照りが続いた。火は、またたく間に拡(ひろ)がり、宙で踊った。

柵から、四、五十人が入ってきた。警戒しているのか、すぐに斬りこんではこない。

景一郎は走りはじめた。途中で矢を二本叩(たた)き落とし、四、五十人の集団の中を一直線に駈(か)け抜けた。五人は倒しただろう。反転する。三人を倒して走り抜けた。栄次や佐吉を先頭にして、槍(やり)を突き出した者たちが駈けてくる。敵が、怯(ひる)みはじめていた。柵の外には、さらに五十人ほどがいる。槍にむかって踏み出そうとする者を、景一郎は腰を回すようにして斬った。早坂も、低い構えで斬りこんでいる。十五、六人を倒したところで、外の五十人が雪崩こんできた。

「行け、栄次。ここは、私と早坂直介が止める」

敵を散らばらせないようにした。早坂は踏みとどまるようにして刀を遣っているが、景一郎は駈け回った。三人、四人と斬り倒していく。炎をあげている養生小屋から、修理が駈け出してくる。景一郎はそれを、眼の端で捉えた。二人が、修理と宗遠に迫っていた。小さな影が駈け抜ける。森之助だった。

刀が、駄目になった。二本目の刀で、景一郎は三人の首を斬り飛ばした。敵の動きが、束の間凍りついた。早坂が、二人を斬り倒す。

さらに、火が燃え拡がった。

弓を構えた者たちがいる。景一郎は駈け、跳躍した。地に降り立った時、三人を弓ごと両断していた。すでに、修理や宗遠の姿はない。早坂が、荒い息をしていた。景一郎は駈けた。それでも、敵が少しずつ散らばるのを防ぐことはできなくなった。

養生小屋は燃え盛っていたが、中からは誰も出てこなかった。全身が汗にまみれている。景一郎も、口で息をしていた。二本目の刀が駄目になったので、景一郎は来国行を抜き放った。

「走るぞ、早坂さん」

立ち塞がった男を、頭蓋から両断した。来国行は、前の二振りの刀とはまるで違っていた。意志を持ったもののように、刀が自然に動いていく。

走った。早坂直介は、喘ぎながらついてきていた。裏山へ登る急な斜面のところで、景一郎は早坂を先に行かせた。

十人ほどが、追いついてきた。二人を斬り倒すと、残りは怯みを見せた。しばらくむかい合ってから、景一郎は身を翻し、斜面を駈けあがった。

登り切ったところで、早坂が尻をついて肩で息をしていた。

「ここで、しばらく防いでくれ。登ってくるやつに、石を落とすだけでいい」

景一郎が言っても、早坂はうまく喋れないようだった。肩で呼吸しながら、大きく頷いただけだ。いくつか傷を負っているが、いずれも浅く、もう血は止まりかけていた。

それは景一郎も同じだった。

「私は、少し西へ行ってみる。一里先で、夜まで待とう」

「わかりました」

ようやく、早坂はかすれた声をあげた。

景一郎は、駈けはじめた。岩から岩へと跳ぶ。斜面をひと息で駈け登る。村人の屍体が、いくつも転がっていた。半里とちょっと駈けたところで、景一郎は足を止めた。前方の藪。近づくと、いきなり槍が突き出されてきた。

「私だ」

踏みこみ、けら首を摑んで景一郎は言った。

佐吉が、蒼白な顔で藪から出てきた。

「このあたりに、侍が四人いるんだよ、景一郎さん。俺ら十五人は、八人に減ったが、修理先生や宗遠先生は無事だ。この先にかたまっている」

「四人だけか、武士は？」

乱戦になった時、裏山の斜面にとりついた武士はもっと多かった、と景一郎は思った。

佐吉とともに、しばらく進んだ。

四人がいきなり藪から斬りつけてきた時、景一郎は跳躍していて、ひとりを斬りあげ、もうひとりを斬り下げた。残った二人が、景一郎だと気づいて怯えを見せた。ひとりを、佐吉が槍で突き倒した。残ったひとりに、景一郎は来国行を突きつけた。

「やめてくれ。私は御家老の命を受けただけだ。村人ひとりにつき、一両の賞金も出る。だから」

「私の首には？」

「百両」

「何人が、山中にいる？」

「私の知るかぎり、あと五人。伊達の藩士で、われわれより先に行った。私は、もう帰る。頼むから斬らないでくれ」

「行くぞ」

佐吉にそう言った時、もう武士の首は飛ばしていた。駈けた。すぐに、斬撃の気配が伝わってきた。岩から岩へ、景一郎は跳躍し、草の上に降り立った。四人が斬り倒されていた。幹を背にして腰を落とし、刀を突き出しているのは栄次だった。残りの二人は腰を抜かしているが、森之助は落ち着いて正眼に構え、二人の武士と対峙していた。

斬りかかってきたひとりの胴を抜き、次の瞬間、景一郎は跳躍した。三人を倒した。四人目は跳躍せず、地摺りから斬りあげた。五人目の腿を、森之助が胴を抜くように斬った。血が噴き出した。

修理と宗遠は、岩に凭れるようにして、放心していた。

「ここで、早坂を待つ。暗くなるまでに、追いついてくるはずだ」

「村は、村はどうなりました、日向様?」

栄次が、立ちあがって言った。顎の先から、汗を滴らせている。

「焼けて、なくなっただろう」

「そうか。逃げたやつもみんな死に、養生小屋の病人は焼けちまったってことですね。そして、庄屋様も」

ようやく佐吉が追いついてきて、立ち竦んだ。

景一郎は、修理と宗遠のそばにしゃがみこんだ。二人とも、眼はしっかりしていた。

「修理先生。ここで早坂を待つ間に、栄次の傷の手当てをお願いします」

それほど深くはないが、肩からの出血は止まっていない。

「道具が」

「針と糸は、私が持っています。いつも持ち歩く習慣なのです。わずかですが、傷薬もあります」

景一郎は、襟の一カ所を破り、針と糸を出した。修理の手に握らせたが、すぐに立とうとはしなかった。

「夜になったら、西へ進みます。動いて出血が続けば、栄次は死ぬでしょう」

修理の手が、かすかにふるえた。宗遠が口を開こうとしたが、修理がそれを制した。

「わかった。私に任せてくれ」

頷き、景一郎は竹筒を集めた。六本あった。それをぶらさげ、岩をひとつ越え、斜面を駆け降りた。せせらぎの音は聞えている。

景一郎が水を汲んで戻ってきた時、栄次の肩の傷はきれいに縫われていた。当てておく晒はないが、出血は完全に止まっている。

「水はありますが、食いものはありません。できるだけ休んでください。これから、伊達藩の哨戒線を破らなければなりませんから」

「栄次には、少しずつ飲ませ続けなさい。血を失った時は、それしかない」

医師の声だ、と景一郎は思った。

十五人の中で、四人しか残っていなかった。先に逃げた者たちは方々に散ったとしても、それほど生き延びているとは思えなかった。あるいは、この四人が最後の村人なのかもしれない。

景一郎は、来国行に打粉を打ち、脂を取った。せせらぎで一度洗ったので、脂はたやすく落ち、元の状態に戻った。

「治兵衛さんから預かった書きものを、きちんと生かすまでは、私は死んではいけないのだろうね、景一郎さん」

「誰でも、死ぬ時は死ぬのです。死ななければ、まだ死ぬ時ではなかった、ということですよ」

「日向景一郎という、剣客の考えだな、それは。短い間に、私は医師としてあまりに多くの死に接しすぎた」

景一郎は、なにも言わなかった。

佐吉が見張りに立とうとしたが、景一郎は止めた。さし迫った気配は、なにもない。日没少し前に、早坂が追いついてきた。

「行こう」

景一郎は言った。

「夜中に、伊達藩の哨戒線を破る。それからさらに四里、西へ進まなければならない」

全員が腰をあげた。

治兵衛から預かった包みを、修理は腹に巻きつけているようだった。

7

闇(やみ)が濃い。

月が雲に隠れていた。このところ、そういう夜はめずらしい。照りつける日が、続いていたのだ。景一郎は、周囲の気配を感じ取りながら、ゆっくりと歩いた。もっと速く歩くこともできれば、駈けることもできる。道筋は、闇の中でもはっきり見えていた。

喘ぎが、いくつも重なって聞える。後ろに、八人がいるのだ。猟をする佐吉は別として、ほかの者は足もとさえ覚束ないだろう。時々、躓(つまず)いたりもしているようだ。

一刻(いっとき)ほど歩いてから、景一郎は足を止めた。

伊達藩の哨戒線の、篝(かがり)が見えるところまで来ていた。

「私は、ひそかにあの哨戒線を突破して、背後から斬りこむ。混乱が起きたら、正面に二つ見える篝の間を、突破してこい。先頭は早坂さん、栄次、森之助。それに修理先生と宗遠さんが続き、残りの三人は最後尾だ。いいな、突破したらひたすら西へ走れ。四里で、伊達藩領から出られる」

「なぜ、日向様は一度突破して、背後から斬りこまれるんで？」

「伊達藩の内側からの攻撃、と思ってくれるかもしれないのだ、栄次。たとえば、潜入している幕府の隠密の動きとかな。それで、混乱させることができたら、伊達藩領の通過がいくらか楽になるかもしれん」

「なるほど。わかりましたが、そんなに簡単に突破できるんですか？」

「ひとりなら、難しくない」

「あそこを突破した村人は、まだひとりもいないんだろうか、景一郎さん？」

「残念だが、この地点に達した村人もいないようだな、佐吉」

「私は、必ず先頭で突破する。心配しないでください、日向殿」

早坂が言った。わかったとだけ言い、景一郎は駈けはじめた。できるかぎり長い間、闇を味方にしていたい。

哨戒線に、それほどの緊張感はなかった。歩き回っている者はいなくて、ただ立って見張っているだけだ。藩の境界をすべて見張っているにしても、せいぜい三百人程度と思えた。見張っている者は、ただ疫病の防止としか思っていない。

景一郎は、たやすく人と人の間を駈け抜けた。小さな小屋があり、明りが洩れている。小屋はほかにもあり、さらにその後方に大きなものがひとつあった。

大きな小屋のあたりには、まるで緊張感がない。酒でも飲んでいるのか、時々大声が聞えたりした。

景一郎は駈け、入口の篝を倒して二つの小屋に火をつけ、大きな小屋の裏に回った。小屋が二つ燃えあがる。騒ぎになった。大きな小屋にも火を放った。

炎の明るさが、逆に周囲の闇を深くした。景一郎は、駈け続けた。ぶつかった人間は、斬り倒す。襲ってきているのが二人や三人と思われないために、景一郎は駈けられるだけ駈けた。方々で、叫びがあがる。味方同士での斬り合いも起きはじめたようだ。

八人に指示した場所に景一郎は戻り、闇に身を潜めた。騒ぎとは離れたところだ。見張りに立っている者たちはみんな、騒ぎの方に気を取られている。

闇の中を、景一郎は動いた。篝のそばに立っている武士を二人、ほとんど同時に斬り倒した。声もあげずに倒れた時、景一郎は隣の篝のところへ走っていた。この二つの篝が、八人の目印だった。

四人。二人までは音もなく斬り倒したが、二人は声をあげ、抜き合わせてきた。ひとりの首を刎ね飛ばし、もうひとりを刀ごと頭蓋から両断した。

周囲が、異変に気づきはじめている。しかしまだ、遠くの騒ぎの方が大きかった。

待った。駈け寄ってきた五、六人が、屍体を見つけて声をあげた。

早坂と森之助が、闇の中から現われた。修理と宗遠がやや遅れ、栄次がそれを支えるようにしていた。それから佐吉ら三人。

「走れ。走り続けろ」

言って、景一郎はこちらへむかってくる武士たちに身を晒した。いたぞ、と叫ぶ声が聞えた。景一郎は、八人とは反対の方向に走った。追ってくる。もとのところへ引き返す恰好だった。

「田村藩領に入れるな。絶対に入れてはならんぞ」

哨戒線は、田村藩領からの侵入を警戒すると同時に、伊達藩領からむこうへ入れないためのものでもある。すぐに松明と、二十人ほどが背後に迫った。追跡する人数は、増え続けている。ひとしきり走り、景一郎は木立の中に身を紛れこませた。追跡する人数は、増え続けている。ひとしきり走り、景一郎は木立の中に身を紛れこませた。這うようにして、急な斜面を駈け登っていく。しばらく経ってから、眼下を追跡者の集団の松明が通りすぎた。大きく拡がっていたが、景一郎がいるところまでは登ってきていない。

やり過してから、景一郎は再び西へむかった。小屋はもう燃え尽きはじめていて、二、三十人の集団が、さらに追跡に出発するところだった。それと出会すのを避けるために、景一郎は大きく北へ迂回した。

そちらの哨戒線の人数は少なくなっていて、通過するのにさほどの手間はかからなかった。小屋はあったが、人気はなかった。小屋を通り過ぎ、駈けようとして、景一郎は足を止めた。

その男は、あまり気配を放ってはいなかった。そのくせ、景一郎の全身は、冷水を浴びたようになった。

「これはまた、こんな手練れにぶつかるとはな。こんなところで見張りをさせられていても、腐ったりするもんじゃない」

男は、ゆっくりと景一郎にむかい合った。まだ若い。筒袖姿で、動員された下士のひとりなのだろう。

「伊達藩、丸子十郎太」

律儀に名乗り、男は静かに鞘を払った。景一郎も、来国行を地摺りに構えた。

いままでぶつかってきた武士たちと、あまりに腕が違った。田村藩の、橘田隆市のようなものなのか。

気が満ちては、退く。本来の気が、どこにあるのか。景一郎は、正眼に構え直した。

相手の気に合わせるな。本能が、そう言っている。一歩、景一郎は踏みこんだ。丸子十郎太は、耐えている。跳躍した。地に降り立った時、丸子十郎太は眼を見開いていた。

斬ったのは肩で、頭蓋を両断してはいなかった。日向流の斬撃を、この男はかわした。

「斬られたのか、俺は」

丸子十郎太が、呟いた。肩から血が噴き出しているが、構えは崩れていない。ただ、茫然としていた。

景一郎は、身を翻した。丸子十郎太は、追ってこようともしなかった。

それからは、もう遮る者はいなかった。半刻ほどで、八人に追いついた。いや、七人に減っていた。

「四人の武士に会いました。利助が、そこで斬られました。四人は倒しましたが、丸尾先生が、膝を」

「私の傷は、深いものではない」

修理の声がした。

「膝のところを斬られ、皿の骨が見えておりました」

宗遠が言った。修理は、歩くことができて、歩く気もあるようだ。村人で残っているのは、栄次と佐吉と、藤太という十七、八の若者だけだった。

「早坂さんが、二人斬った。そして森之助がひとり。俺と栄次と藤太で、やっとひとりだ。まったく、景一郎さんの弟だな、やっぱり」

佐吉が言った。

「走るぞ。修理殿にも、走って貰わなければならん。ここは、まだ伊達藩領だ」

「行こう」

なにか言おうとした宗遠を制し、修理が先頭に立った。

8

肺が、苦しかった。自分では走っているつもりだが、先を行く景一郎は歩いていて、しかも時々立ち止まる。

「気にすることはないです、先生。ばけものなんだ、景一郎さんは。山の中に猟に行った時、俺は走っても歩いているあの人に追いつけなかった」

両脇を、佐吉と藤太に支えられていた。斬られた右脚の感覚は、とうになくなっている。斬られるとは、こんなものなのだ、と修理は思いながら走った。頭の中で別のことを考えていなければ、どうしても歩いているようにしか見えない、景一郎の姿が気になってくる。

宗遠が、膝を折った。転んだのかどうか、よくわからなかった。栄次が支えて立たせた。両脇の、佐吉と藤太の呼吸も荒い。

夜明け前から、雨が降りはじめた。久しぶりの雨だ。それは夜が明けてから激しくなり、道もぬかるんできた。

それでも、走っている人間を、この雨は不自然に見せはしないだろう、と修理は思った。時々、眼の前が暗くなる。それが、かすかな快感ですらあった。暗黒にむかって駈けている、という気がしてくるのだ。

どこでなにをしようと、自分の周囲には暗黒しかない。それが、当たり前なのだ。死が、信じられないほどの死が、自分の躰にのしかかっている。そして自分は、それに耐えることすらできなかった。残るのは、死にむかって駈けることだけである。

しかし、躰は浅ましく、生を求めるのだ。息を、少しでも多く吸おうとする。口を開いて、雨水を飲もうとする。

両側は、水田だった。久しぶりの雨に歓喜したのか、すでに百姓たちの姿がいくつも見えた。あの村では、結局はこの雨を喜ぶことすらできなかった。いや、誰も渇水の心配さえしていなかった。

大きな理不尽と、闘っているつもりだった。医師としてなら、闘い続けることができる、と信じて疑っていなかった。自分は、どこから崩れたのだろう、と修理は思う。お清の躰に情欲を感じて抱いたのは、すでに崩れてしまっていたからだ。ならばなぜ、お清を槍で突き殺したりしたのか。あの時はまだ、どこかに崩れたくないという気持が残っていたのか。

いつの間にか、山道になっていた。ぬかるみがひどい。佐吉と藤太の喘ぎが、耳のすぐそばで聞えた。しばしば、視界が暗くなった。それでも、足は動いているようだ。肺が苦しいとは、感じなくなっていた。この躰は、もう死のうとしているのかもしれない。痛みや苦しみが、生きている証だということは、医師でなくとも知っているだろう。

ずっと前方を、景一郎が歩いている。驚いたことに、森之助だけは遅れずに駈けていた。早坂直介でさえ、時々ぬかるみに両手をついたりしているのだ。

修理は、不意に景一郎に対する憎悪を自覚した。理由はない。ただ憎かった。憎いと思うと、なぜか足が動いた。

あの強さが許せないのだ、と駈けながらまた修理は思った。身も心も、すべてが強靭すぎる。あの強さが生来のものなら、人は公平に生まれてきてはいないのだ。

藤太が、膝をついた。佐吉が怒声をあげるが、景一郎はふり返ろうともしなかった。遅れた者は死ね。背中が、そう言っている。立とうとして、藤太はまた膝を折った。

「代ろう」

栄次が言った。藤太は首を振ったが、栄次が代ると、抗いはしなかった。

雨がひどい。先を行く景一郎の背中が、時々見えなくなるほどだ。尾根を、いくつか越えた。どれほど駈け続けているのか、修理はもう考えなかった。これは、多分終ることがないのだ。あの村で死ななかった分、こうやって苦しんで死のうとしているだけなのだ。

小さな小屋があった。樵が使っているものだろう。景一郎は、そこへ入って行った。

「佐竹藩領に入っている」

景一郎の声に乱れはなかった。小屋の中で、すぐに森之助が火をおこしはじめた。

誰も、喋（しゃべ）ろうとはしなかった。小屋に入ると座りこみ、四人とも放心していた。森之助が、器用に火をおこし、小枝を何本か入れた。炎が、修理の眼にやけに明るく見えた。いつの間にか、景一郎の姿はなくなっているが、修理は気にしなかった。

「先生、これだけ動いても、肩の傷は出血しませんでした。縫い方が素晴しかった。俺はびっくりしてます」

「私には、できない技です」

宗遠の声がした。宗遠は、修理の膝に巻いた布を解き、傷口を見ていた。

「縫わなければ、塞（ふさ）がりません。私がやりましょうか？」

「出血はひどくない。しばらく待ってくれ。みんな、体力の限界は超えているのだ」

森之助が、黙々と小屋の中から薪（まき）になるものを集めていた。早坂は刀を抱いてぐったりしているし、栄次も藤太もまだ荒い息をついていた。佐吉が、戸口に立って、外を眺めている。

「やったぞ」

みんなが眠ったようにじっとしている時、佐吉が叫んだ。

景一郎が戻ってきた。雉子（きじ）を一羽ぶらさげている。修理は、景一郎の筒袖から水が滴るのを、ただぼんやりと見ていた。

　佐吉が、雉子の羽を毟っている。

「近くに、村はない。山深い場所で、樵や猟師が出入りするだけだろう」

「ほんとに、佐竹藩領なんだろうね、景一郎さん。ここまで、誰も追ってはこないだろうね？」

「すでに、佐竹藩領に二里近く入った山中なのだ。ここなら、しばらく躰を休められる」

　修理は、また景一郎に憎悪を感じていた。なぜ、この男は冷静なのだ。なぜ、怒り、叫び、悲しまないのだ。しかし、その憎悪も、次第に曖昧なものになり、修理は眠気に襲われはじめた。

　揺り起こされた。

　焼いた雉子の肉を、栄次が差し出している。なにも考えなかった。両手でそれを取り、修理は肉に食らいついていた。水と岩塩も差し出された。塩が、躰にしみこんでいく。

「景一郎さんは、いつも塩を持ち歩いているのかい？」

「岩塩を見つけた時、海のそばを通った時、袋に入れておくようにしているのだ、佐吉。幼いころから旅をして、それが習慣になっている。森之助もそうだ」

「しかし、うまいな、この雉子は。いまになって、しみじみとわかるよ。助かったのだね、俺たちは」

「これから、江戸へむかうのだ。まだ、長い旅が待っている」

雉子の肉を、修理はいつの間にか食ってしまっていた。小屋の中は暖かく、濡れた着物も乾きはじめていた。

「宗遠、針と糸を」

修理が言うと、宗遠がそばへ来た。渡された針で、修理は躰の傷を自分で手早く縫った。毒消しはないが、仕方がないだろう。人の躰の中にも、毒を消す力はある。

森之助がそばへ来て、傷薬を差し出した。景一郎に言われたのだろう、と修理は思った。

「やはり、先生の手際は、達人のものです」

宗遠の指が、傷薬を塗りはじめた。森之助が、修理を見てちょっと笑ったようだ。

「私は生き延びたのだな、森之助」

「はい。治兵衛殿が預けられたものも、先生はしっかりと抱いておられました」

修理は、森之助に笑い返そうとした。笑う前に、眠りそうだ。雨の音の中に、意識が紛れこんでいった。

第六章　屍街道

1

稲葉重明の、どす黒くなった顔を、蠟燭の火が揺らした。怒気に満ちた瞳の奥に、諦めに似た色も見える。

「庄屋の治兵衛が死んだことは、確認できた。逃げた者もほとんど捕え、吟味して最後まで生き残っていた人間も特定した。伊達藩の哨戒線を突破した者が九人いる。百姓のひとりは、その時に討ち果した」

「では、まだ八人？」

「そうだ、橘田。私が考えていたより、ずっと多い。日向景一郎を討ち果せなかったばかりか、哨戒線を破られ、領内を駈け抜けられた。伊達藩に対する貸しは大きなものになったが、八人を討ち果さなければ意味がない」

「その八人とは？」

「日向、それに丸尾修理とその弟子の宗遠、森之助という、日向の連れの子供。百姓は、栄次、佐吉、藤太の三人だ」

「伊達は、藩内の警備などしていなかったのでしょうな」

「疫病の侵入を防ぐためだ。境界を守りさえすればよかった」

「そこまで読んで、日向景一郎は動いたのでしょう。闘い方を見ていても、ただ強いだけではありません。全体を見ている。なにが効果的か、それで冷静に判断していると思います」

「私は、伊達藩が逃がすのは、日向景一郎ひとり、多くても、丸尾修理がそれに加わるぐらいだろう、と思っていた。八人も、逃げるとはな。その中に、早坂直介まで入っている」

「捕えた者たちは？」

「訊くだけのことを訊いたら、処断した」

稲葉重明の瞳の奥には、やはり諦めの色があった。もともと、自信に溢れた男である。思慮深さでは、自分の比ではない。こういう稲葉重明を、隆市は想像したことすらなかった。

「あと八人だ。最後の責めは、すべて私が負う。その八人を、生きて江戸に行かせたくはない。その八人が死んだ時、私は腹を切る」

なにがこの男を狂わせたのだ、と隆市は思った。たとえ疫病だとしても、ひとつの村を皆殺しにしようなどと考える人間ではない。おまけに、伊達藩まで巻きこんでいる。

「おまえに、八人のすべてを斬れとは言わぬ。伊達藩からも、手練れを何人か出すだろう。ただ、正式な追手というわけにはいかぬのだ。ひそかに殺していくしかない」

「正式に追えぬということは、幕府の隠密も相手ということですか？」

「そういうことだ。この問題は、わが藩と伊達藩で終らせるしかない。幕府への届けは、すでに疫病は終熄と出すつもりだ」

「村ひとつが、みんな死んだと」

「もう言うな、隆市。それに、おまえはなにも知らぬ方がよい。私ひとりが、自らの愚かさを噛みしめれば、それでいい」

ほんとうに、稲葉重明は腹を切るだろう、と隆市は思った。

人の生死に心は動かさない。自分の生死もだ。許せないものは、許せない。そういう生き方をして、切腹することになっていた。稲葉重明が命を賭けて守ろうとしているものに、しばらく付き合うつもりだった。それはすでに決めたことだが、八人を追うというのは意外な展開だった。

「路銀だ」

稲葉重明が、包みをひとつ畳の上に置いた。どこまでも、八人を追えということだろう。

「おまえを使うのが遅れた。伊達藩との駈け引きに気を取られたせいだ。ひとり、役に立つ者をつけよう。作造(さくぞう)という名で、その存在は、殿を含めて三人しか知らぬ」

「よいのですか、藩で使っている忍びを使っても？」

「殿には、お詫(わ)びの前に、すべてを御報告する。いいか、これを知られてならぬのは、幕府になのだ。伊達藩も、懸命に八人を殺そうとするだろう。ともに闘えとは言わん。伊達の者たちより、ひとりでも多くの首をあげろ。それから、作造は忍びではない。ただ、情報を集めることにたけた者だ。田村藩は、これまで幕府の眼を気にしなければならないことは、それほどなかった。したがって、作造のような男ひとりしかおらぬ」

「わかりました」

「庄屋の治兵衛が、すべてのことを書きとめていたらしい。それも、幕府の手には渡せぬのだ」

「いろいろと、役目がありますな」

「おまえと作造。いま使える人間は、わが藩には二人しかいない」

稲葉重明が、眼を閉じた。まだ四十にはなっていないが、眼を閉じた顔は憔悴し、老人のように見えた。耳の上のところには、これまでになかった白髪も目立っている。

隆市は、なにがあったのかもう考えないことにした。日向景一郎と立合うのは、縁のようなものだろう。

稲葉邸の門を出た時、二日続いた雨はやんでいた。

町屋の方へ足をむけた時、老人がひとり近づいてきた。小柄で、皺だらけの顔をしていて、商家の番頭の旅姿という感じだ。特に険しい気配はない。

隆市は、腰を回し、抜撃ちを浴びせた。ただし、かたちだけで、刀は抜いていない。かわした、と隆市は思った。さりげない仕草だが、確かに抜撃ちの間合いを見切っていた。

「よろしく頼む、作造。俺は、刀しか遣えん。あとは、おまえに頼るしかない」

「御冗談は一度きりに、橘田様」

こんな老人が出てくるとは、隆市は考えていなかった。若い男だったら、実際に抜撃ちを浴びせてみたかもしれない。

「まず、佐竹藩領に入っておりましょう。伊達藩の忍びは、すでに数名入っています。それから、若い武士がひとり。これは下士というより、ほとんど郷士のようなものですが、腕は立ちます」

「名は？」

「丸子十郎太(まるこじゅうろうた)。一宮(いちのみや)流を学んでいますが、道場の下男のようなものとしてです。それから自分で工夫を重ねたらしく、まともに立合える者は伊達藩にはいないという話です」

「面白いな」

「その男と、斬り合いになるかもしれませんぞ。日向景一郎の首で、三十石の侍に取り立てられるというのですから」

「つまらん」

「橘田様にとってはです」

言って、作造はにっと笑った。

2

作造は、何人かの人間を使っているようだった。佐竹藩領に入って二日目から、時々、姿を消すことがあった。ほんの半刻(はんとき)ほどで、そのたびに伊達藩の動向を摑(つか)んでいるのだ。

作造が日ごろなにをやっているのか、隆市は考えてみることがなかった。役に立つ情報を持ってくれれば、それでいい。

「伊達藩領から西へ出た者が十六名。二手に別れております。手練れ揃いでございますな。もっとも、その中に実際の斬り合いをした者が何人いるか。手練れというのも、あくまで道場の中でのことで」

「俺も、似たようなものだ」

「ひと組八名のふた組を、六人の忍びが結んでおります。このあたりは藩領が入り組んでおりますので、網はできるかぎり拡げようというのでございましょう」

「ほかにもいる、と聞いたぞ、作造。そっちも調べたのだろうな」

「もうすぐ、お会いになれます。これは藩命を受けたというより、自ら望んだというところがありますが。下士風情が、と十六人の反撥は買っておりますな」

「三十石か」

「はじめは、私も出世のために命を賭けたと思ったのですが、どうもそれだけではないようで」

手練れと言われている十六人より、丸子十郎太という男の方に、隆市は惹かれていた。嗅覚のようなものかもしれない。

「橘田様は、これまでにどれほどの立合をなされましたか?」

「三度か四度かな」

「少なくとも、十数度。その中には、六名の盗賊をひとりで斬り倒したというのもございましたな。江戸では、もっとおやりになったのではありませんか？」

「なぜ、そう思う、作造？」

「匂いでございます。人の死の匂いなのか、とも思いますが、私にはよくわかりません。先日も、数人をお斬りになった。間違って印匠様までお斬りになったので、切腹ということだったのでございましょう？」

「そのことは言うな、作造。それからもうひとつ、おまえは自分のことを語るな」

「語るなと言われるならば。自ら語る性格でもございませんが」

人の情。作造という男を知れば、情が湧くかもしれない。その情には、こだわってしまうところが、隆市にはあった。そして、自分自身が傷ついた。

印匠勘太夫を斬ったのも、昔の情に絡まれたからだ、といまにして思う。誤って斬ったのではなかった。しかし吟味に対して、誤って斬った、と申し立てた。

「私は、影のようなものです。橘田様がいないと思われれば、おりません。ただ、お耳に言葉だけを流しこみます。それでよろしゅうございますな」

「別に影にすぎぬとも思わんが、特に近しいとも思いたくない。それだけのことだ」

道が、峠にさしかかってきた。街道ではない。村から村を繋ぐような道だ。

「あそこです、橘田様」

峠には、杉の林があるだけだった。ただ、あるかなきかの気配を、隆市は感じとった。

峠で立ち止まった。しばらく立ち止まっていると、杉の幹のかげから男がひとり出てきた。

「私に、なにか用か？」

「それは、こっちの科白だ。大木のかげから気配を放っているから、俺は立ち止まった」

「私が、気配を放ったと？」

「自分では、殺したつもりの気配を、人にさとられたからといって、絡むのはどうかと思うがな」

若いが、ぞっとするほどの手練れだった。なにを孕んでいるのか、読みきれない。多分、そういう剣を遣うだろう。

「私は、ここで人を待っている。その相手は、おぬしではない」

「いくら待っても、日向景一郎は現われないぜ。俺はゆっくりと、ずっとこの道を歩いてきた」

「知っているのか、日向景一郎を？」

「知っていたら、どうだというのだ？」

男の全身に、気が漲った。一歩、隆市に近づいてくる。足の運びは、立合のものだった。しかし、漲った気が隆市にぶつかってくることはない。男の内側にむかっている、と思えた。実際の立合でもそうなのか、と隆市は確かめたくなった。

一歩踏み出す。不意に男の気が強くなり、隆市にぶつかっては、退いていった。潮合がどこか。それを測らせない剣だろう。もう一歩踏みこむと同時に、隆市は抜撃ちを放った。軽くかわして、男が抜刀した。

隆市は跳び退り、刀を鞘に収めた。

「どうしたのだ。私を斬るのではないのか？」

「やめた」

隆市は、全身の力を抜いた。歩み去ろうとすると、男が追ってきた。

「抜撃ちを浴びせておいて」

「おぬし、手負っているだろう」

抜刀の瞬間に、それが見えた。手負っているからといって、自分が勝てるとは思わなかった。勝負は、そんなものではつかない。

「その肩が、元通りに動くようになるには、あと十日はかかりそうだ。手負いで勝てるほど、日向流は甘くないぞ」

「日向流？」

「日向将監という剣客がいた。景一郎は、その孫さ」

男はうなだれ、刀を鞘に収めた。

「はじめてだった。自分の躰に剣が触れたのは、はじめてなのだ。ほんとうの稽古は、木刀で積んできた。竹刀の稽古では、時々藩士に負けてやったが」

「日向将監も、本気で稽古をつける時は、木刀だった。俺は逆に、日向将監に触れることもできなかったがね」

「どういう剣なのだ、日向流は？」

「日向景一郎と、立合ったのだろう。それで知ったことが、最も近いと思うね、俺は」

「かわしたのだと思う。自分でも意識しないまま、跳躍での斬撃をかわした。しかし、斬られていた」

この男なら、あの斬撃を一度はかわせただろう。二度目は、日向景一郎は跳ぶかどうかわからない。

「頭蓋を両断されなかった。それは大したことだぜ、丸子十郎太」

「知っているのか、俺を」

「三十石が欲しくて、日向景一郎を追っている、無謀な男だと聞いた」

「違う。俺は三十石など欲しくない。誰が欲しいものか。自分が斬られたことが、許せないのだ。俺は、この傷の結着をつける」

「日向景一郎の一行は八人。江戸へむかうのだろう、と俺は思っている。おまえとは、江戸でまた会いそうな気がする」

「あんたは？」

「橘田隆市という。抜撃ちは、悪く思うなよ。日向流を破ろうとしている男だ。どれほどの腕かは確かめてみたくなる」

「世の中は広い。伊達藩に、あんたほどの手練れはいない」

「俺より強いやつは、いくらでもいるぜ。俺はいつも、そう思ってる」

隆市は歩きはじめた。離れたところにいた作造が、走って追いついてきた。呼吸は乱していない。そこだけは、老人らしくなかった。

「伊達藩は、狗と一緒に、狼を一頭放したな」

「そう思われますか、やはり」

「いい刀だった。羨しいな」

「もともと、山中の猟師をまとめている男の種のようです。一宮流の道場に預けられたのが十六歳の時で、山中と道場の暮しが半々のようです。刀は、多分父親に与えられたものでしょう。猟師の元締というのは、意外に豊かなのですよ。まあ、武士ともいえず、猟師ともいえずということで、藩は三十石の武士を餌にしたのでしょう」

「狼の食う餌ではない」

「山中で、よほど激しい修行を積んだのでしょうか？」

「山中で得たものを、一宮流に生かした。そんなところかな」

短い間に、よく丸子十郎太のことを調べあげたものだ。自分のことも、当然調べられているだろう、と隆市は思った。

「おい、作造」

「なんでございましょう」

「おまえの調べでは、俺は日向景一郎に勝てるのか？」

「日向景一郎のことが、まだよくわかりません。それに、勝負は私などとは関係のないところで決まりましょう。予測するだけ無駄でございます」

「俺も、そうは思うがな」

「今度のことは、稲葉重明様が唯一判断を誤られたことです。いや、日向さえいなければ、すべてはうまく運んだはずです。ひとりを殺して、百人を助ける。それが稲葉様の考えられたことだったのですから」

「そんなことは、どうでもいいのだ、作造」

丸子十郎太より先に、日向景一郎を見つければいい。それで、作造の仕事は終る。

峠を越えると、ぬかるみはなくなった。山のこちら側に、雨はあまり降らなかったらしい。

3

傷口は、髪で縫った。

絹糸など使わず、自分の髪で縫うのが、山のやり方だった。傷薬も、よく効くものがある。仙台にいる医者が治せない病が、山の薬草で治ったことも、一度や二度ではなかった。

十郎太は、駈(か)けていた。日向景一郎一行八名は、十郎太が待っているところに、来るはずだった。来ないとすれば、途中で間道にそれたのだ。間道を、ひとつひとつ調べるわけにはいかない。猟と同じだった。考え抜いて、場所を選ぶ。それが間違っていれば、獲物(えもの)はない。

代々が、猟師だった。だから村には、鉄砲を遣うものが多い。そういう猟を、十郎太は好きではなかった。もともと猟が嫌いで、仙台へ出たようなものだ。

はじめて猪(いのしし)と対峙(たいじ)させられたのは、十二歳の時だった。厚重ねの野太刀が一本だった。猪の動きは速く、こちらから攻めるより、待つ以外になかった。山中ではない。村の中に作られた、柵(さく)の中だ。村の男は、十六歳でこれをやらされたが、十郎太は十二歳で父に引き摺(ず)り出された。一刀で、猪を仕留めた。それで、単独で猟をすることを許されたのだ。

どんな獲物であろうと、野太刀でむかい合った。鉄砲は勿論、罠も遣わなかった。暇があると、野太刀で木と対峙した。何千本の木を、斬り倒しただろうか。一本、どうしても斬りたい木があった。山桜である。幹はひと抱えあった。春に花が満開になるのを見ると、胸が騒ぎ、頭が狂いそうになるのだ。その桜を倒すために、何千本もの木を斬った。

桜と対峙したのは十六歳の時で、花が開きはじめていた。桜の放つ気に押されながら、一昼夜対峙した。頭の中になにもなくなり、すべてが白くなった。気づくと、桜は倒れていた。

父に願い出て、仙台へ行った。そこなら、剣の腕を磨けると思ったのだ。半年は山、半年は仙台という生活が続いた。父が話をつけた道場は一宮流で、さすがにはじめは竹刀で打ちこまれた。竹刀には真剣ほどの気がない。だから見切りにくかったのだ。

何代にもわたって工夫を重ねられた剣は、さすがに完成されていて、学ぶことも少なくなかった。父が親しかった老師が、三年前に死んだ。死ぬ寸前まで、十郎太の剣のなにかを危惧していた。十郎太には、その理由がわからなかった。老師が死んで、仙台にはもう学ぶべきものもなくなった、と思っただけだ。

いまの師範は、稽古に十郎太を立てることが多かった。師範代だと思ったが、藩士たちには稽古台と呼ばれていた。師範が一本受けてやれと言う、上士の子弟には、三本に一本は取らせなければならないのだ。積もった鬱憤は、山で熊や猪を相手に晴らした。

他藩から侵入した盗賊を、まとめて四人斬った。それが、人を斬った最初だった。主命と言われ、二人を上意討ちにした。幕府の隠密を三人、まとめて斬った。それが、人を斬ったすべてだ。多人数を相手にした時も、浅傷ひとつ負わなかった。

その自分が、斬られたのだ。日向景一郎。跳躍し、振り降ろしてきた剣を、かわしきれなかった。斬られた時は、驚き以外のなにもなかった。屈辱がこみあげてきたのは、血も止まってしまったころだ。

下士と、時には蔑まれた。気にしなかった。もともとは北畠顕家の一族で、もっと北にいたものが、丸子一族だけ獲物を求めて、南へ移ったのだという。伊達藩に加えられたのは、たまたま藩領となったところに村があったからで、家柄を言えば伊達よりも上なのだ。藩士風情に、なにを言われても、腹は立たなかった。自分より強い者がいれば別だが、藩士に、自分をしのぐ腕の持主はいなかった。

日向景一郎に、たやすく斬られた。それは伊達藩の恥ではなく、丸子十郎太の恥だった。負けた、とは思わないようにした。自分はまだ死んでいないからだ。

十郎太は駈け続けた。

できれば、日向の一行の先回りをしたかった。ここと決めた場所で待つのは、猟の鉄則である。

駈けながら、十郎太は微妙な気配を感じた。自分と一緒に、駈けている者がいる。その気配を測りながら、十郎太は駈けた。三人。それも、身を隠すすべを心得ている。気配も殺しているが、獲物を狙う猟師ほどではなかった。

それらを見切ると、十郎太は束の間速く駈け、停まってふりかえった。

三人が、林から飛び出してきた。十郎太を見て立ち竦みながら、とっさになのか攻撃の構えはとっている。町人の旅姿だが、町人とは思えなかった。

「俺についてきて、どうする気だ？」

三人は、戸惑ったように眼を動かした。

「ついてきた、と言われても」

「俺についてくるとは、ずいぶんと大変だったろうな。しかも、この間道だ」

「われわれは、お互い敵ではない。あんたがすごい勢いで駈けているから、なにかあるのだろうと思った」

「あったら、どうする？」

「われわれも含めて、こちらは十一人だ。もうちょっと待ってくれるなら、さらに十一人いる。二十二人にあんたを加えて、二十三人。みんな手練れだ。その人数で押し包めば、間違いなく日向景一郎は斬れる」

「俺は、ひとりでやる。余計なことはしないでくれ」

「ひとりで、なにができる。本来なら、あんたもこちらの指揮下に入って、闘わなければならないところだ。三十石は欲しいだろうが、ひとりで無理をして、命を落としては元も子もなかろう」

　言った男を、十郎太は睨みつけた。

「三十石は貰えなくとも、藩士にはなれるはずだ、丸子十郎太」

「おまえら」

　言って、十郎太は刀を抜き放った。尻懸則長である。三人は、自分と日向景一郎の立合の邪魔をしようとしている、としか思えなかった。

「なにを血迷っている。敵を間違えるな。藩命を受けて動いていることを、忘れるなよ」

　眼障りだ、去れ。そう言おうとしたが、躰は動きはじめていた。三人が、道中差しを抜き、低く構えた。短い刀を遣い馴れている。駈けに駈けても、息を乱していない。忍びとしか思えなかった。

　十郎太は、地を蹴った。二人。擦れ違うようにして、斬った。ふり返った時、二人はまだ倒れていなかった。三人目にむかって、十郎太は跳躍した。頭蓋を断ち割った。刀を拭った。跳躍した自分に、十郎太はいささか驚いていた。考えて、跳んだわけではない。それに、日向景一郎の跳躍とは、高さだけでなく、根本のところでなにか違っていた。

三人とも、死んでいる。斬る時は、必ず命を奪う。山の獣を相手では、手負わせることは危険なのだ。必ず殺せる場所を斬るのは、野太刀のころから身についていた。

尻懸則長は、父から与えられたものである。代々伝わってきた刀のうちの一振りだという。気に入っていた。野太刀よりは、ずっと自分の躰だと思える。

なぜ跳んでしまったのか。再び駈けはじめながら、十郎太はそれを考えていた。

4

一度、街道に出た。

そこから別の間道に入り、一里ばかり逆行した。大木の幹に凭れ、心気を澄ませて待った。猟である。二度目の待伏せだった。これで獲物に出会わなければ、別の方法を考えた方がいいだろう。

一刻も待たず、林のむこうから人の気配が伝わってきた。多人数ではない。二人。せいぜいそれぐらいだ。夕刻に近い。日向景一郎の一行は、八名だという。元気な者が先行し、野宿の準備をしている、とも考えられた。

林の下生えを押し分けるようにして、十郎太は近づいていった。二人。ひとりは農夫で、もうひとりは子供だ。日向の一行なのかどうか、よくわからなかった。八名だということだけ、十郎太は聞かされていた。

日向が現われるのなら、それを待つべきだ、と十郎太は思ったが、思うより先に躰が動いていた。

二人が、弾かれたように顔をむけた。殺していた気配を、十郎太は発した。農夫の方より、むしろ子供の方から、撥ね返すような力のある気が返ってきた。子供の気ではない。

十郎太は束の間戸惑い、子供の発する気を無視しようとした。

「おまえたち、日向景一郎の一行だな」

農夫が、じっと十郎太に眼を注いできた。血走り、殺気立った眼というわけではない。むしろ、のんびりしたような感じがする眼だ。しかしその奥に、諦めに似た光がある。

「だとしたら?」

「おまえらを斬るのが、俺の仕事だ」

「それなら、斬ればいいだろう」

「日向景一郎の一行か?」

「どっちとも、言う気はねえよ。俺は俺さ。つまらねえやつを相手に、まともな話をする気はねえな」

言葉だけでなく、斬るなら斬れ、と本気で思っていることがよくわかった。つまり、死ぬことをこわがっていない。それは、子供の方も同じだった。ただ、子供の方には、むき出しの闘志がある。身なりから言うと、武家の子だろう。十郎太がさらに殺気を放っても、撥ね返してくる気が強くなるだけだった。

「おまえたちを、斬るのはたやすいぞ」

「おい、お侍」

男が一歩、十郎太に近づいてきた。

「なんの罪もない人間を、何百人も殺したんだ。村ごと、皆殺しにしようとした。たかが金山のためによ。そんなおまえらが、平気で俺たちを斬れるのは、わかってる。斬りたきゃ、斬れよ。俺は死なねえぞ。おまえの刀に、俺の魂でからみついてやる」

「疫病で何百人死のうと、それは運が悪かったということだろう」

「疫病だと。村ごと毒で殺しておいて、疫病だと。子供も、女も、年寄も、みんな毒で苦しめて殺して、それで疫病だと。俺らの村がなくなりゃ、それゃ幕府に内緒で金を掘るのに都合がいいだろうが」

男の眼は、とろんとしていて、やはり奥に、諦めか絶望の光が見える。十郎太は、妙に気圧された。男が言う、村という言葉が、十郎太の心には響くのかもしれない。

「平和な村だった。庄屋様は寺子屋を作って、自分でも子供に字を教えた。俺たちは、米が実り、みんなが腹さえ減らさなけりゃ、それでよかった。てめえらは、鬼と呼ぶのも勿体ねえよな。鬼やけだもの以下だ」

なにがあったのだ、と十郎太は思った。疫病を防ぐためという理由で、十郎太も駆り出されたが、いつも端の方で見張りをやらされていただけだ。疫病がどんなものかさえ、考えたことはなかった。

「斬れよ。飛び散った血で、俺はてめえの躰にしみこんで、中で暴れてやる。躰だけじゃねえ。心にもしみこんでやる」

人の気配が近づいてきた。

日向景一郎がいる。そう思った瞬間、思いがけない恐怖が、こみあげてきた。男の言葉が、心の隙間を作ったのだ、と十郎太は思った。一瞬の逡巡のあと、十郎太は踵を返して駈け出していた。

逃げているのではない。駈けながら、十郎太は自分に言い聞かせた。心気が乱れたので、勝負を避けただけだ。

街道に出た。それでも、十郎太は走り続けた。旅装の、武士の一団がいた。おっ、という声があがった。

「三人いなくなった。おまえ知ってるだろう、十郎太？」

伊達藩の武士だった。八人。十郎太の行手を塞ぐように、並んで立っている。

「どけ」

「なんだと。おまえ、誰にむかって口を利いている」

言った藩士に、見憶えはあった。道場では、必ず一本は取らせてやらなければならない相手だ。三人を、自分が斬り倒したことも、十郎太は思い出した。

「おい、おまえについて行った三人だ。戻ってこない。おまえ、なにか知ってるだろう」

　そこの間道を行くと、日向景一郎がいる。それを、八人に教えてやろうか、と思った。自分では強いと思っている連中ばかりだ。それこそ、斬るために駈けて行き、あっという間に日向に斬り倒されるだろう。

「どけと言ってるだろう。俺をつけるような、くだらない真似はするな」

「十郎太、おまえ、少しばかり腕が立つと思って、なんということを言う。分をわきまえろ」

　斬り合いに分もくそもあるか。そう思った時、十郎太は刀の柄に手をかけていた。

「なんだ、こいつは」

　言った男にむかって、十郎太は跳躍した。頭から血を噴き出して、男は倒れていた。ほかの七人が、抜き合わせてくる。

「三人は、こいつが斬ったんだぞ」

声に反応するように、十郎太はまた跳躍した。やめろ、という声が聞える。斬撃が、耳もとと背中を襲ってくる。かわすのは、たやすかった。日向の剣とは違う。

すでに、四人斬り倒していた。

跳躍はするな。右手で尻懸則長をぶらさげ、十郎太は呟いた。どんなに跳んだところで、日向の跳躍とはまるで違う。

「自分がやっていることが、わかっているのだろうな、丸子十郎太？」

声。しかし十郎太は跳ばず、ぶらさげた刀を、右一文字に走らせた。内臓が、腹からこぼれ出してきた。これが、自分の剣だ。なぜ、跳んでしまうのだ。

三人は、怯えはじめていた。怯えるぐらいなら、帰れ。そう思い、自分もさっき日向景一郎に怯えたのだと、苦い気持に包まれた。どう言い訳しようと、全身を支配していたのは、恐怖だった。

正眼に構え、十郎太は雄叫びをあげた。踏みこみ、ひとりを逆袈裟に斬りあげると、刀を返さず、そのままもうひとりを斬り降ろした。ひとり残っている。一応刀は構えているが、十郎太が見据えると、膝をふるわせた。袴に、濡れた色が拡がる。

男か、こいつは。憐憫はなかった。しかし刀を横に払った瞬間、自分を斬ったような気持に襲われた。

八人を、斬り倒していた。すでに陽が落ちかかり、屍体は路上にうずくまっているだけで、まるで別のもののように見えた。

大変なことをした、という気にはならなかった。心の底でやりたかったことを、ついにやったという気分だった。

十郎太は、倒れている男の袴で、何度も執拗に、尻懸則長の血を拭った。いくらか脂が巻いている。熊を三頭斬ってもそうはならないが、跳躍などして斬ったから、脂が巻いたのだ。自分の剣を遣うかぎり、刀も脂を寄せつけない。

十郎太はしばらく歩き、林の中に入ると、石を見つけて腰を降ろした。すでに闇だが、山の中で育ったので、見たいものは見える。

十郎太は、懐から打粉を出し、丁寧に尻懸則長に打粉を打って、懐紙で拭った。三度それをやると、脂はきれいに落ちた。

ただ威張るだけの藩士なら、何人来ようと負けない。山の村の支配をしている奉行のもとに行くと、藩の重役も出てきて、日向を斬ったら三十石だと言った。そんなものも、欲しくない。欲しいのは、尻懸則長で斬るのにふさわしい相手だ。

その相手はいる。自分の前に、山のように聳え立っている。

江戸に着くまでは、と十郎太は思った。

5

血が匂った。

闇の中で、それだけがはっきりかたちを持ったもののように、隆市の五感を刺激してきた。人の気配もあるが、血の匂いと較べると、どこかぼんやりしていた。

隆市は足を速めた。提燈を持った作造が、小走りになった。

「三人、尾行てきているのは、わかるか?」

「人数までは。峠を越えたあたりから、なんとなくそんな気はしておりましたが」

「忍びだな」

「それで、橋田様は急がれているのですか?」

「いや、これから丘をひとつ越えたあたりにも、なにかありそうだ。提燈は消すなよ。こうなれば、ここに人がいるとわかった方がよさそうだ」

丘にさしかかった。月明りはある。松明が三つ見えた。人が動いている。

「何者だ」

近づくと、殺気立った声をかけられた。

「橋田隆市という。田村藩士だ」

「なに、田村藩」

「急ぎ旅の途中で、夜を徹して歩いている。なにがあったか知らぬが、通して貰えんか」

「橋田殿と言われたな。名は聞いている。われわれは、伊達藩の者だ」

「伊達の御家中？」

予測はついていたが、隆市はわざと驚いたような声をあげた。道に転がっているのは屍体で、八つあった。動き回っている人間も八人である。

「もしかすると、日向景一郎を討ち取られましたか？」

「いや。八名が倒された。われらが一緒ならば、こんなことにはならなかったと思う。不意を衝かれたのではないかな」

「そうか、日向が」

隆市は、屍体のいくつかを覗きこんだ。

「頭蓋を、真直ぐに断ち割られている。これは、日向の剣の特徴だ。われわれは、屍体を埋めたら、すぐに日向を追う」

「私にできることは？」

「別にないが、田村藩が出した人数は、やはりおぬしひとりなのか？」

「そう聞かされて、出立しました」

「ひとりで、手に負える相手ではないぞ」

「日向の動静を摑んだら、伊達の御家中にもお知らせしようと思っておりました」

「そうしてくれ。あのけだものを倒すには、ひとりでも多い方がいい。ところで、どの道を来られた？」

「街道を、ずっと。日向に会わなかったのは、私が生きていることでおわかりでしょう」

「それで、どこへむかわれる？」

「街道を行くしかありません。間道はほとんど険しい山中ばかりなので、街道を行きさえすれば、日向の先回りはできると思うのです」

「田村藩では、人数は出せんのか？」

「駄目だと思います。なにしろ、三万石の小藩で」

「仕方がないな。橘田殿は手練れだと聞いたが、間違っても日向とひとりでやり合おうとはしないことだ」

「はじめから、そんなことは考えておりません。頼みは伊達の御家中で、なにかあれば、まずお知らせしようと思っておりました」

「そうしてくれ」

隆市にむき合って立っているのは二人で、あとの六人は穴を掘りはじめている。

「ところで、午ごろに通りかかった峠で、貴藩の丸子十郎太という御仁と会いましたが」

「あれは、藩士ではない。藩士に成りあがりたくて、ひとりで勝手に動いている。いまも、行方はわからん」

「そうですか。だいぶ、殺気立っておられたようだったので」

「丸子に出会うことがあったら、速やかにわれわれに合流せよ、と伝えてくれ」

「承知しました。では、私は先を急がせていただきます」

喋っていた二人が、同じように頷いた。

そこからは、忍びが三人尾行てくるという気配は消えた。

ひとしきり歩き、松明もなにも見えなくなってから、隆市は歩調を緩めた。

「ほんとうに、日向でしょうか、橘田様?」

「違う。確かに頭蓋を割られている者が何人かいたが、日向の太刀筋とはまるで違った」

「やはり、違いますか」

「非凡な太刀筋ではあるが。それより、横一文字と逆袈裟の太刀筋が、ぞっとするほどすさまじいものだった」

「何流か、おわかりになるのですか、橘田様?」

「一宮流。多分、その変形だが、あいつらは気づいてもいなかった」

藩士十六名、忍び六名。それが、作造が調べた伊達藩の陣容だった。そして、丸子十郎太。自分たちに三人の忍びをつけたのなら、丸子十郎太にも、三人つけた可能性はある。はじめから、伊達藩士十六名は、怯えてほんとうの敵を見失っているのだ。

「あの八人、それから尾行てきた三人、江戸に行き着けませんね」

「無理だろう。しかし、引き返すわけにもいくまい」

「ま、うるさい蠅がいなくなる、と思えばよいわけで、丸子十郎太もそれについては役に立ちますな」

「侮るなよ、作造。あの屍体を見たろう。どれもひと太刀だった。日向景一郎にも、できるかどうかわからん」

「どれほど強くても、別に構わぬと思います。敵ではないのですから」

「もういい。どこか、夜露をしのげるところを捜そう。腹も減った」

「弁当は、用意してあります。この先の間道に、小さな薪小屋がありますので」

「驚いたな。この街道のことを、あらかじめ調べていたのか？」

「まさか。私は、幼いころこのあたりに住んでおりました。いまも、弟夫婦がおります。いろいろとありましたが、稲葉重明様の御父上に私の家は救われ、そしていま重明様に私が使っていただいているわけです」

それ以上詳しいことを、隆市は訊こうとは思わなかった。喋りすぎたと思ったのか、作造も口を噤んだ。

6

江戸にむかって、二日歩いた。

時々、作造が姿を消したが、それは隆市があまり急ごうとはしなかったからだ。なにかが、ゆっくりと江戸にむかっている。気配というのともいくらか違うが、隆市は肌ではっきりとそれを感じていた。日向景一郎の一行も、それを追う伊達藩士も、丸子十郎太も、そして自分と作造も、それほど遠くない距離でひとかたまりになり、ゆっくりと江戸へむかって移動している。

なにかが引き合って、そうなっているのだと思った。いま移動している人間のうち、何人が江戸に行き着けるのか。

「伊達藩の忍び六人のうち、三人はすでに斬られたようです。残りの三人の忍びもあまり大きく動かず、八人に即かず離れずという感じです」

姿を消していた作造が、また現われて言った。作造の情報の収集力も、このあたりになると弱くなるらしく、自分で八人を見張った結果のようだった。

隆市は、伊達藩士の動きはもとより、日向景一郎の動きもあまり気にしなかった。江戸へ入れるなと稲葉重明は言ったが、それは無理がありすぎる。勝負は江戸、とどこかで思い定めた。

歩きながら、深く考えることはなにもなかった。自分は切腹することになっていた、と時々思い出したりするぐらいだ。

印匠勘太夫を斬った。ほかにも、四人斬った。盗賊が藩米を奪ったということで、隆市も探索を命じられ、作事方の納屋でそれを見つけた。盗賊ではなく、藩士だった。昨年、一昨年と二年続いた凶作で、米の値はあがるところまであがっていた。しかし今年は、陽が照って暑い日が多かったが、二度まとめて雨も降り、水田は涸れることはなかった。もし今年が豊作だとしたら、米の値は一気に下がる。その寸前での、藩米の横流しだった。

印匠勘太夫がそこにいたことは、隆市には驚きだった。捕えるより斬ろう、と隆市はとっさに思った。

すべて盗賊として処理されたが、印匠勘太夫だけは間違いだった、と隆市は報告したのだった。自分がなぜそんな報告をしたのか、いまもよくわからない。

お静と会ったのは、隆市が二十七歳の時だった。印匠家四百石の娘で、二十石の橋田家とは釣り合うはずもなかった。

一年半、人目を忍んで逢瀬を重ねた。熱く燃えたのはお静の方で、隆市はたえず一歩二歩ひいていた。

二人の間が発覚した時、隆市は覚悟を決めた。たとえお静が四百石の上士の娘でも、嫁に貰うしかない、と思ったのである。

勘太夫には、罪人扱いされた。間に入ったのが、まだ家老には昇っていなかった稲葉重明で、勘太夫を宥めながら、片方では君命を取ろうと動いた。

しかし、お静があっさりと自分を捨てたのである。田村家とは姻戚関係にある他藩の、五百石の上士の家に嫁いだ。はじめは信じられず、ひそかにお静と会って、真意を確かめることまでした。意に添わない婚姻なら、攫って逐電しても、と思いつめたのだ。しかしお静の反応は、冷ややかなものだった。

それだけのことだ。下士風情が、上士の娘に惚れ、振り回されただけのことだった。

それから、隆市はどこか投げやりになった。役務については熱心ではないくせに、危険なことは進んでやりたがった。女にも惚れず、妻帯もせず、いずれ家は弟の又之進に譲ればいい、と考えていた。

藩米の消失を追うのも、稲葉重明に頼まれてやったことだ。稲葉重明は、はじめから横流しだと睨んでいたふしがある。反稲葉派が陰湿な動きをして、失脚を狙っているという噂は以前からあった。

印匠勘太夫の姿を見るまでは、賊を捕らえるつもりでいた。実際、捕らえることも難しくなかっただろう。勘太夫の顔を見た瞬間、死なせようと思った。勘太夫を斬ったのが誤認だったと、なぜ報告したのか、自分でもわからない。それで切腹することになってもいい、と思ってしまったのだ。

「剣というものは、自分の内では完結しないものなのですか、橘田様?」

歩きながら、作造が言った。

「俺は、完結もくそもない。強いやつはたくさんいて、自分より強いやつと立合った時、死ぬだけだと俺は思ってるよ」

「丸子十郎太は、自らの内で完結させ得ずに苦しんでいる、と私には見えます」

「作造、以前は武士だったのか?」

「さて、それは忘れました」

「ならば、おかしなことは考えるな。剣がどうのなどと」

「そうですね、確かに」

「丸子十郎太は、そろそろなにかやりそうな気がするが」

「もともと、伊達藩の禄を食んでいるわけではありませんし」

それ以上のことを、作造は言おうとしなかった。

路銀はあるので、宿場で宿を取り、風呂なども使った。牢に入っている時と較べると、隆市はこざっぱりとしている。深夜に作造がどこかに出かけることは気づいていたが、報告してこないかぎり、なにも訊かなかった。

　奇妙な、言葉では言いにくいような緊張を孕んだ旅が五日目に入った時、姿を消していた作造が、戻ってきた。無表情な顔に、微妙な喜色がある。

「伊達藩の忍びが、ようやく丸子十郎太の所在を摑みました。なにを考えているのか、あの八人は、丸子十郎太を査問する気のようです」

　伊達藩士たちは、まだ恐怖を拭いきれていないのだろう、と隆市は思った。恐怖の対象は丸子十郎太であるはずなのに、ひたすら日向景一郎の影に怯えている。そして危険な相手と、そうと知らずに接しようとしている。

「橋田様、見物だけでもしてみませんか、伊達の者たちの馬鹿さ加減を」

「おまえも、日向と関係ないところで、深入りをしているな、作造」

「それは、橋田様が結着は江戸だ、と考えておられるからです」

「そう見えるか?」

「見えます」

「わかった。では、見物に行こう。見物だけだぞ。なにがあろうと、俺は手を出さん」

　作造が、先に立って歩きはじめた。

　間道を少し入ると、岩と灌木ばかりの荒れた土地になった。なだらかな斜面で、すでに伊達藩士たちは丸子十郎太を囲んでいた。十一人いるから、忍びも加わっているのだろう。ひとりがなにか言っているが、声は聞えなかった。丸子十郎太は、うつむき、じっと立ったままだ。喋っている男が、一歩踏み出した。丸子十郎太の動きに、隆市はすべての神経を集中させた。殺気もなければ、立っている姿も隙だらけだ。しかし隆市は、丸子十郎太が刀を抜くと確信していた。

不意に、十郎太の腰から、白い光が迸った。逆手で抜いたことを、隆市はかろうじて見てとった。喋っていた男の首から、血が噴きあがった。十郎太は、すでに正眼に構えていた。首から血を噴き出した男が、棒のように倒れるところだった。伊達藩士が、一斉に抜刀した。

十郎太があげる、鳥の啼声のような叫びが聞えた。次の瞬間、十郎太は刀を低く構えて走っていた。見る間に、三人倒された。十郎太の剣には、返しがない。ひとり斬った剣は、構え直されることはなく、その位置からすぐに攻撃に移る。見事な流れだった。四人目が倒れ、五人目がのけ反った。ようやく斬撃が加えられたが、そのすべてを、流れるような躰の動きで十郎太はかわしていた。

ひとりが、こちらにむかって駈けてくる。まだ残っている者に手間取り、十郎太は追えずにいた。斬りながら、十郎太は駈けた。

ようやく、走って逃げようとするひとりを残して、十郎太はすべてを倒した。

走ってくる男の前に、隆市は出た。男が立ち竦む。隆市が抜刀すると、男は弾かれたように刀を構えた。

二歩近づき、隆市は跳躍した。頭蓋から胸まで、二つに割れて男は倒れた。刀を鞘に収め、隆市は来た道を戻りはじめた。

「待て」

十郎太の声だった。隆市は、ゆっくりとふり返った。

「この斬り方は？」

「日向景一郎の仕業だと、思わせた方がいいのだろう。それをおぬしは忘れていたようだから、俺が頭蓋から斬った」

「それだけではない」

「それだけさ。連絡が途絶えると、伊達藩は多分誰かを調べに寄越すだろう。丸子十郎太が斬ったというのでは、まずいのではないか？」

「そんなことは、どうでもいいのだ。いまあんたが遣った剣は、日向流か？」

「跳躍してみただけさ」

「なぜ？」

「おぬしの跳躍と、どちらが日向流に近いのかと思ってね」

「日向流だ、いまのは。日向景一郎の跳躍と同じだ」

「違う。日向を真似てはみたが、俺のはただの跳躍さ。おぬしと同じだ」

「そうなのか」

丸子十郎太は、頭蓋から両断された屍体を、じっと見つめていた。

隆市は、もう十郎太の方を見なかった。

7

早坂直介の、足の傷が膿んでいた。踝のところで、草鞋の紐が当たるのが悪かったようだ。傷口は塞がっているが、赤黒く、拳ほどにも腫れてきた。

移動がゆっくりになったので、修理にはいくらか体力の余裕が出てきた。そうなるとまた、さまざまなことを考えてしまう。

山中の諸沢村に疫病が発生した、という噂が一関に流れはじめた。諸沢村の猟師が二人、養生所に駈けこんできたのは、その直後だった。疫病ではなく、毒にやられていた。

それを何度藩に報告しても取り合おうとせず、回復した二人の猟師は、館に連れていかれて出てこなかった。そのころから、養生所にも武士の見張りがつきはじめたのだ。

景一郎がやってきた。修理が追い返すと、一関から二里ほどの山中で、野宿をしていて数名の藩士に襲われた。それを斬って、景一郎は養生所へ戻ってきたのだった。

修理が諸沢村に入ることができたのも、すべて景一郎がいたからだった。ひとりなら、どうにもならない疑問に苛まれ、医師として苦しみながら、諸沢村全滅の知らせを聞いただろう。

村に入ってからは、無我夢中だった。しかしまた、死者が続出した。医師は、どれほどの死者に耐えられるのか。死に対して無力になった時、医師は自分が医師であることを、どう捉えればいいのか。

夜ごと、自分の中でなにかが崩れる音を、修理は聞いていた。けだものになったのは、崩れてしまう自分を見たくなかったからかもしれない。けだものにも、なりきれなかった。ただの腑抜けになっただけだ。

日向景一郎という、強すぎる男が、常にそばにいた。その強さを恃みにしていたはずなのに、見るのが耐え難くなった。それは、大量の人の死を見るのとは、また別の耐え難さだった。

景一郎の強さは、修理を拒絶しているようにさえ感じられる。

身を隠しながらの、旅ではなかった。間道を何度か通ったが、それは近道をするためで、あとは街道を堂々と歩いた。伊達藩の追手もほとんど姿を見せない。

夜明けに出発し、陽が落ちるまで歩くという旅で、夕刻になると、栄次と森之助が野宿の場所を見つけるために先行した。一度、間道で、伊達藩の侍らしい男に栄次たちが遭遇していたが、なぜか身を翻して駈け去り、それ以後姿を見せてはいなかった。

「今夜は、屋根があるようですね、先生」

宗遠が、そばへ来て言った。野宿がつらい季節ではないが、夜露には閉口していた。小さな小屋でも、屋根があればそれはしのげる。

早坂直介は、佐吉と藤太に代る代る支えられて歩いている。少し熱も出しているようで、早坂の息遣いは荒かった。栄次と森之助が、小屋の前に立っている。

「さっき通った村で、酒を一本手に入れてきましたぜ、先生。早坂の旦那の足は、なんとかした方がよろしいんじゃありませんか?」

「まだ、放っておけ、栄次」

「だけど、このままじゃ」

宗遠も、傷の切開をしたがっていた。

最初、膿は広い範囲にあり、血と混じっている。それが、次第に小さくかたまってくる。人間の躰は、不思議にそういうことができるのだ。早坂の傷は、まだ膿がまとまりきってはいなかった。こういう時に切開すれば、膿が出きらず、また化膿することが多い。

道々、薬草は摘んできていた。宗遠はそれを、どこで手に入れたのか、小さな土鍋で煎じている。いま早坂にしてやれることは、薬草で痛みをやわらげることぐらいだろう。

夏の終りでまだ暑いが、傷が膿んだ者はほかにいなかった。

食料は、八人が飢えない程度には、手に入っている。時には、景一郎が兎などを獲ってくるので、滋養が足りないという心配もなかった。

旅の間に、医師としての感覚が少しずつ戻ってくるのを、修理は感じていた。それはすでに無意味なことなのだ、という気もする。医師として、なにかを失った。たとえば傷を縫う技などは残っているが、命を大切だと思う心は失っている。人間に、背骨がないようなものだった。

夜半に、宗遠が起き出す気配があった。早坂の熱があがったのだろう。それは予測できたことで、一昼夜は下がらない。それから傷を切開して膿を出せば、熱も腫れもひく。

「なぜ、傷を切開してはならないのですか、先生。先生がやられないのなら、私がやろうと思いますが」

翌朝、宗遠が言った。修理は、返事をしなかった。熱のため、早坂は顔を紅潮させている。

「このままでは、早坂さんは歩けません」

「それでも、歩くしかなかろう。生きているのが儲けものだと思えば、苦しさはなにほどのこともない」

「私が、切開します」

「ならん。早坂の足首を、切断したいのか、おまえは？」

「しかし、高熱が」

「躰を反らせて、苦しんだか？」

「いえ」

「ならば、放っておけ」

熟れるまで、待つしかないのだ。そして、傷は熟れかかっている。

「行こう」

景一郎が言った。早坂の傷を切開しろと言わないのは、景一郎と森之助だけだった。

早坂が起きあがり、藤太に支えられて歩きはじめた。みんな無言だった。景一郎は相変らず先頭を歩き、森之助がぴたりと寄り添っている。

地獄だった、と修理は思った。あの地獄と較べると、早坂の足などなにほどのこともない。そしてその地獄を細かく書きとめたものが、修理の腹に巻きつけられている。

こういう地獄があった、と世に知らしめることだけが、いま自分がなすべきことだと修理は思った。それが終れば、抜け殻だろう。

旅人の姿が多くなった。

すぐに宿場の通りに入った。まだ早いので、客引きの声はない。誰もが黙々と歩いていて、葬列のような一行に、奇異な視線をむけてくる者さえいない。

その宿場から一里ほど歩いて、街道は海沿いになった。

8

海沿いを歩きはじめて、二度目の野宿になった。夕刻だが、陽が落ちるまでには間がある。松林の中で、火が焚かれていた。

修理は浜辺に腰を降ろし、沖を見ていた。景一郎が潜っているところには小さな暗礁があるらしく、そこだけ白波が立っている。脇差しで竹を切り、それを持って景一郎は潜るのだった。潜りはじめてから水面に出てくるまで、常人の三倍の時はある、と修理は思った。水の中でも、景一郎はなにか技を持っている。異常に長く潜っていられるのもそうだが、あがってきた時は、大きな魚を数尾ぶらさげているのだ。

「宗遠」

景一郎があがってくる前に、修理は言った。

「小刀と糸を、鍋で煮沸しなさい。それから毒消しの薬草も、用意するのだ」

「早坂さんの傷を、切開するのですか?」

「そろそろ、切開してもいいころだろう。膿が、小さくまとまりはじめた」

「私には、さらにひどくなったようにしか見えません」

「よく憶えておけ。膿は血が作るものだ。はじめは血と混じり合っている。それが膿だけになった時、出せばいいのだ。普通は、指で押せば出る。早坂の膿は深いところにあるので、切開して道をつけなければならない」

「熱は、どうなのでしょうか？」

「膿は、躰が作り出した異物なのだ。異物が躰の中にある間は、熱も出る」

宗遠が、松林の中に駈けて行き、鍋を火にかけたようだ。

景一郎が、こちらにむかって泳いでくるのが見えた。腰のあたりの深さからは、水音をたてながら歩いてくる。全裸だった。躰に刻まれた無数の傷痕と、勃起した男根の逞しさが、修理の眼を奪う。長く潜っていると、なんの作用かわからないが、勃起してしまうようだ。

大きな鯛を三尾、景一郎はぶらさげていた。

「修理殿も、泳いでみませんか。川があるので、塩はきれいに落とせます」

「いや、私は」

「そうか。そろそろ直介の膿を出してやるころですか」

「わかるのかね、切開の時機が？」

「熟れきった時に、出せばいいのでしょう？」

宗遠より、傷の治療については詳しかった。傷は自分で縫う、という話を聞いたこともある。筒袖(つつそで)の上衣の襟には、針と糸が縫いこまれているのだ。

「先生、そろそろ」

宗遠が呼びに来た。

膿は大抵、躰の外に出る道がつくものだが、早坂の化膿は深いところで起きていて、その道がうまくついていなかった。

修理は、子供の頭ほどにも腫れあがった早坂の足首に、小刀の先端を刺しこんでいった。肉ではない手応え(てごた)があったところで、小刀を抜いた。両手で、腫れたところの外側を押す。緑色をした膿が、小さな蛇のように傷口から出てくると、うごめいた。ほとんど際限がないと思えるほど、膿は出続けた。切開した口から、鮮血が溢(あふ)れ出るまで、修理は体重をかけて、早坂の足首を押し続けた。五合ほどの膿が出た。

傷口を縫い、揉(も)んで遣う毒消しの薬草を当てて、しばらくじっとさせていた。見る間に、腫れが引いた。

「気分がよくなりました、先生」

早坂はそう言ったが、修理は苦い気分で、返事もせず浜辺へ行った。陽が海に落ちかかるところだった。赤く光を照り返す海が、その上を歩けそうな、硬質なものに思えた。

景一郎が小さな火を熾(お)こし、鯛を一尾炙(あぶ)っていた。森之助が、松葉や小枝を次々に運んできている。鯛は三尾いたはずだ、となんとなく修理は思った。

「修理先生、早坂さんの足は、治るのでしょうか?」

「もう治ったよ、森之助」

「やっぱり、そうですか」

「やっぱりとは?」

「兄上がなにも言わなかったので、修理先生が正しいのだろう、と私は思っていました」

「私は、正しくなんかはない。間違えずに治療をした、というだけのことだ」

「それは、正しいということとは、違うのですか?」

「さあ」

医師であるべきではないのに、医師の真似をしてしまった。性というものなのだろうか。知識だけなら、宗遠に口で伝えられた。

早坂が、歩いてくるのが見えた。景一郎は、炙っている鯛に海水をかけている。それを何度もくり返し、塩味に焼こうというのだろう。

「先生、不思議なぐらい、なんでもありません。踏ん張ってみても、きちんと踏ん張れるのですよ。これなら、江戸へ駈けてでも行けます」

「早坂さん、あんたの躰が、自分で治したのだ。私は、最後のところで、ちょっと手を貸しただけさ」

「膿が出切ってしまう時機を、先生は待っておられたのですね。なぜ切開して貰えないのだろうと思い続けていましたが、いまになってはっきりとわかります」

景一郎が、海水をかけた鯛を持ってきて、また火にかけた。森之助が、竹の皮に包んだものを出した。捌いた鯛の身のようだ。景一郎は、素速くそれを脇差しで刺身にした。

三尾いたはずだ、と修理はまた思った。

炎に炙られた鯛の表面には、あるかなきかの焦げ目がつき、尻尾の先などには塩の結晶がついている。

「兄上、佐吉さんが合図しています。芋が焼けたのでしょう」

「おまえは、刺身を持っていけ。こっちも、しっかり焼きあがった」

森之助が、竹の皮で包んだ刺身を抱え、駈け出して行く。

「修理殿、もう一尾はどこだと思っておられるでしょう？」

「確か、三尾いたような気がした」

鯛は二尺ほどあった。

「ここです」

景一郎が、いくらか太い薪で、焚火を崩し、砂を掘りはじめた。焼いた鯛とはまた違う、いい匂いがしてきた。

「ここで焚火をしたのは、砂の下が水を含んでいるからです。この料理は、漁師に教えられたものですが」

黒い紙のようなものに包まれて、三尾目の鯛が砂の中から出てきた。紙と思ったものは、海草のようだ。

「すごい。行きましょう、先生」

早坂は、食欲も回復したようだった。

鯛の料理が並べられた。森之助が、器用に枯枝で八人分の箸を作っていた。芋も、ひとりにひとつずつあるようだ。今年は豊作という見通しが立ったらしく、銭を出せば農家でも芋などは分けてくれるようになった。

藤太が、音をたてて唾を呑みこんだ。

「いただきましょう、みなさん」

宗遠が言った。口から入るものの大部分は、考えてみると景一郎が獲ってきたものだった。それは、村にいたころから変らない。

「うめえ」

栄次が、蒸した鯛を口に入れ、眼を閉じて言った。

「これが、鯛なのかい、景一郎さん。俺は山育ちで海の魚は見たことがないが、鯛の名前ぐらいは知ってる」

「鯛だ、佐吉。川の魚も旨いが、海の魚はまた違う。身がしまっているのだ」

「ほんとだ。これ、刺身と言うんだね。川の魚じゃ、こんなふうにはいかない」

不意に、藤太が声をあげて泣きはじめた。

「生きてるんだ、俺は。死んじゃいない。生きてるよ。ほんとに、俺は生きてる」

「藤太、泣いてねえで、もっと食え」

「栄次さん。俺、嬉しいのか悲しいのかも、よくわからない。だけど、旨いと思った。思ったら、生きてるって気がしてきて」

修理も、炙った鯛の身を口に入れた。藤太の言った意味が、よくわかった。

生きている。そして、旨いと感じている。浅ましいと思いながら、全身を快感に似たものが駆け回っている。

泣きじゃくりながら、藤太はさらに刺身を口に入れた。

「いいんだろうか。こんなに旨いと感じて、俺はばちが当たったりはしないだろうか」

「いいんだ」

景一郎が、静かに言った。

「おまえたちは、生きていていい。どこの誰よりも、生きる資格があると思う」

「そうだ、藤太。こっちの、焼いたのも食ってみろ。舌がとろけそうだぜ。生きちゃならねえと、この世の誰が俺たちに言えるってんだ。みんな死んで、三人だけなんだ。俺と佐吉とおまえは、兄弟みてえなもんだからな」

すでに暗くなっていたが、焚火は炎をあげていた。みんなの顔が、炎で赤く染まって見える。

自分も生きている、と修理は思った。恥を晒しながらだ。波の音が、耳に届いてきた。その音だけに、修理は耳を傾けた。いま、面倒なことを考えるのは、やめにしようと思った。

なにを考えるにしても、この鯛は旨すぎるのだ。

第七章　江戸へ

1

隆市は、白河へ出る道を辿った。それが、江戸へは一番近い。

日向景一郎の一行は、完全に見失っていた。意外にゆっくりと進んでいるのかもしれない、という気もした。

見失ったのは、もうひとつ、丸子十郎太の影が消えてしまったからだ。言い様のない緊張感が漂う空気も、十郎太とともに消えた。そうなると、隆市はただ旅をしている武士にすぎなくなった。

「海の方へ行ったのかもしれませんね。江戸へは、だいぶ遠回りになりますが」

このあたりへ来ると、作造もまったく情報を集められない。武士が爺やを連れて旅をしている、という恰好だった。

日向の行先は、江戸と決まっている。稲葉重明は、決して江戸へ入れるなと言ったが、それは無理な話だろう。というより、日向を斬ろうという気持が、隆市の中でまだ熟していなかった。

「全員斬られたことを、伊達藩じゃもう摑んでいるでしょうか。忍びも、みんな斬られていますが」

「最初の屍体は始末しただろうが、二度目の十一人の屍体は、放置されたままではないか。当然、なんらかのかたちで知っている」

「丸子十郎太が斬ったということもでございますか？」

「さて、それはどうかな」

日向景一郎が斬った、と思われるかもしれない。むしろ、その方が自然だ。

「御家老には、報告を入れているのだろう、作造。俺がのんびり旅をしているとも」

「私の、仕事の一部ですので」

「ほかの仕事は、まるでやらなくなったではないか」

「江戸に行けば、また調べることはできると思います」

江戸には、動いてくれる人間がいるということなのか。作造がなにも言わないところを見ると、稲葉重明は日向が江戸に入っても仕方がない、と考えはじめたのかもしれない。

白河まであと一日というところで、宿を取った。

飯盛女が、色眼を使ってくる。多少薹が立っているが、悪い女ではなかった。夕食を終えてしばらくすると、作造が気を利かせたのか、外出した。

当然のように、女が入ってきて着物を脱いだ。女に、あまり多くは求めなくなっていた。無造作に、隆市は女の躰を抱いた。おやと思うほど、そちらの方はよかった。女が、口を吸ってくる。手が、首に回る。舌と一緒に、なにか別のものが口に入ってきた。喘ぎながら、女は首に回した腕に力を入れた。とっさに隆市は腰を引き、躰と躰の隙間に拳を入れ、力を籠めた。もう一方の手で、脇腹を打った。女の腕から、力が抜けた。

隆市は、口の中のものを吐き出した。捨てようとし、思い直して気絶した女の口にそれを押しこんだ。息を吹き返した女が、暴れようとする。隆市は、片方の掌で女の口を押さえていた。しばらくそうしていると、女の躰の動きは緩慢になった。

隆市の躰も、いくらか痺れたようになっている。身動きできないほどではなかったが、動くのは億劫だった。

女の躰は、小刻みにふるえていた。眼は、隆市の方をむいている。ありふれたことが起きたものだ、と思った。苦笑しかかったが、頬のあたりが痺れている。

隆市は、刀を抱いて床柱に背を凭(もた)せかけた。

女の眼は、隆市を見続けている。まばたきが、ひどくゆっくりしていて、眠いのかと思うほどだった。

「俺を痺れさせて、どうする気だった？」

なんとか、言葉は出た。

「こんな技を遣うとは、幕府の隠密(おんみつ)かな？」

女は全裸である。浅黒い肌に、刀傷が二つあった。それは、よく見ないとわからないほどだ。

しばらくすると、躰から痺れが抜けはじめた。隆市は立ちあがり、着物に手をのばした。宿にいるのは危険だと思えたが、作造がまだ戻っていない。

「隠密なら隠密でいいが、俺からなにを探り出そうというのだ？」

全身が痺れて身動きができない女の躰は、どこかそそってくるところもあった。隆市は、刀の鐺(こじり)を女の局所に当てた。それほど力を入れなくても、それは吸いこまれるように女の躰に入った。女の眼に、困惑の色が浮かぶ。ゆっくりと、隆市は刀を動かした。女の躰のふるえが、大きくなった。しかし、それだけだった。

階段を駈(か)けあがってくる気配があった。音はしない。隆市は、女の局所から鐺を抜き、柄(つか)に手をかけた。

部屋に飛びこんできたのは、作造だった。匕首を持っている。左腕には、血を滲ませていた。

「私が、慌てて戻ることもなかったようですね」

作造は座りこみ、左腕の傷を覗きこんだ。縫うほどの深さではないようだ。左腕で刃物を受け、右手の匕首で刺したというところか。刃には新しい血の曇りが見えた。

「夫婦者の行商人を装っていたようです。この旅籠の者は、金でも摑まされたのでしょう」

「倒したのか?」

「なんとか」

「隠密か、やはり。諸沢村のことでも調べているのだろうな」

「いい腕をしておりました、男の方は」

作造は、昔は武士だったのだろう、と隆市は思った。匕首の持ち方はそうだった。

「晒を巻いてやろう、作造。深い傷でなくとも、血だけは止めた方がいい」

隆市は作造の荷から晒を出し、細く裂いて何重にも左腕に巻いてやった。血は、まだかたまりきっていない。

「出ますか、この宿は?」

「そうした方がよさそうだな。二人だけだったのかもしれんが、仲間がいることも考えられる」

「女は、どうします」

隆市は、片膝（ひざ）を立てて、抜撃ちを女に浴びせた。小さな肉片が、宙に舞いあがった。

「むごいことを。殺してやる方がいい、と私は思いますが」

なにも言わず、隆市は部屋を出た。宙に舞ったのは、女の鼻である。

なぜそんなことをしたのか、隆市自身にもわからなかった。手が、そんなふうに動いてしまった。それだけのことだ。

宿場も、人通りは少なくなっていた。作造は、左腕を抱えるようにして歩いている。

「江戸へ急ごう、作造。旅はいかん。俺はどうも狂ってしまうようだ」

作造は、黙って歩いていた。宿場を抜けると、明りはなくなった。提燈（ちょうちん）もなしで、隆市は歩き続けた。

2

跳べるか。

十郎太は、それだけを考えていた。

眼の前にあるのは、谷である。どれほどの深さなのか。流れの音は這（は）い登ってくるが、落ちれば間違いなく死ぬ高さだった。木の枝を投げてみても、いつまでも下に着かない気がするほどだ。

この谷を前にしたのは、きのうの夕刻だった。谷を渡る方法を、猟師の村で育った十郎太はいくらでも知っている。流れに沿って歩けば、どこかに斜面が緩くなっていて、楽に降りられる場所が必ずある。むこう側も同じだった。切り立った崖(がけ)を、岩に足をかけながら降りる方法も知っている。

跳ぶ、というのはなかった。跳べる距離なら当然跳ぶが、跳べないとわかって跳ぶ者など無論いない。この谷にぶつかった時、跳べないと、とっさに判断していた。

しかし十郎太の足は、上流にむかっても下流にむかっても、動かなかった。むこう側に、突き出た岩がある。それが、十郎太の眼を惹(ひ)きつけた。あの岩へ、跳び移ることはできないか。

普通では、跳べない距離である。しかし、普通でなく跳ぶことはないのか。自分の心も躰も普通ではなくなった時、跳べるのではないのか。

ひと晩、崖の縁に座っていた。夜が明けてからも、一刻(ひととき)ほどむこう側の岩を見続けている。日向景一郎と立合う前に、自分がむかい合う敵。馬鹿(ばか)げているが、そうとしか思えなくなっていた。十郎太は、その心の動きを抑えようとは思わなかった。日向景一郎と立合うことは、あの岩にむかって跳ぶようなことかもしれないのだ。

腰を起こし、十郎太は尻懸則長（しりかけのりなが）を抜いた。

構える。むこう側の岩にむかって、構える。怯懦（きょうだ）がある。不安も恐怖もある。そして闘志も。そのすべてを、心の底に沈めようとする。

どれほどの時、そうやって構えていたのか。全身には汗が噴き出し、顎（あご）の先からは間断なく滴（したた）り落ちている。

頭の中から、さまざまなものが少しずつ消えていった。跳ぶという意識も、刀を構えていることも、忘れた。

なにかがある。間違いなく、この先になにかがある。それは、見えない。見るものでもない。丸子十郎太は、生きているのか。生きながらの死を、選ぼうとしていないか。

視界が、白くなった。その白さを、心地よいものと、十郎太は感じていた。死とは、こういうものではないのか。

再び、視界が戻ってきた。十郎太の眼は、山の中のありふれた光景を見ているだけになった。いや、山と同化し、山そのものになっていた。自分は、すでにない。

立っていた。

岩の上である。尻懸則長は、岩すれすれに構えていた。振り降ろしたままの、残心の形だということに、ようやく気づいた。

跳び、見えないなにかを、斬ったようだ。

十郎太はもう、自分が跳んだ谷を見ようともせず、刀を鞘に収めると歩きはじめた。日向景一郎の一行の気配から離れて、何日になるのか。険しい方へ、険しい方へと、山を歩いてきた。方角としては、江戸にむかっているが、ひとつの山が相当な高さになってきた。前方に、ひとつだけ屹立した山が見える。それはいつも見えるのではなく、手前のいくつかの山の頂上に立った時、さらに高いものとして、ようやく見えてくるのだ。

駈けられるところは、駈けた。這わなければならないところは、這った。道は、ほとんどない。時々けもの道が現われては、消える。馴れない者なら、そこで迷うだろう。けもの道かどうか、十郎太には見ただけで区別がついた。

兎などを見つけては、焼いて食ってきた。途中で一度鹿を仕留めたので、その肉は焚火で炙り、ひとかたまりを縄で縛って腰にぶらさげていた。あとは、草や木の実を食うだけである。

四つ頂上を越え、屹立した山にむかい合った。とにかく、この山にむかっては真直ぐに進んできたのだ。尾根を回れば楽だと思っても、そうはしなかった。

夕刻、歩き回って薪になる木を集めた。夜になると、かなり冷える。高さのせいだろう。十郎太が育った山では、こういうことはなかった。木も、灌木しか見当たらない。

鹿の肉を半分食い、草鞋の手入れをした。底は三枚の革が重ねてあり、紐もすべて革紐を編んだものだ。履いているもののほかに、三つ備えがあった。

肩の傷を縫った、髪を抜いた。傷はもう、きれいに塞がっている。水を飲み、焚火に薪を足して、眠った。

眼醒めたのは、夜明け前だった。

十郎太は、尻懸則長を、下緒で背にくくりつけた。頂上まで、切り立った崖が何カ所もあるようだ。腰に差すと、柄が邪魔になる。

残った鹿肉を、熾火で炙って食った。水も飲んだ。それから十郎太は駈けはじめ、最初の岩に取りついた。

要所で縄などを使ってゆっくり登れば、まず二日。それを、夕刻までには登るつもりだった。なだらかな斜面は、駈けた。這わなければならない急斜面も、ほとんど駈けるのに近かった。じっくりと時をかけたのは、切り立った岩場だけだった。もう、樹木はほとんどなく、岩の間にわずかに草が見えるだけである。掌から、血が噴き出していた。痛みは、ほとんどない。はじめは汗をかいていたが、それも途中でひいた。

必死というのとは、どこか違う。気持は平静だった。骨の軋みを、這い登りながら聞いていた。なんのために、ということも考えなかった。眼の前にあるのは岩肌で、虫一匹そこにはいなかった。

息が乱れてきた。それでも、ゆっくり登ろうとは思わなかった。駈ける。気持ではそうだった。時の移りはわからない。眼の前の岩肌も、見えない。そういう状態を抜けると、息はなぜか楽になった。

風が強い。下から吹きあげてきているようだ。手を上にのばす。膝をあげ、岩の出っ張りに足をかける。そして全身を持ちあげる。くり返した。

不意に、視界が開けた。頂上だった。立つと、周囲に自分よりも高いものは、なにひとつ見えなかった。それだけのことだった。十郎太は、すぐに反対側の斜面を降りはじめた。陽が落ちるまで、まだ時がありそうだった。最初だけ切り立った崖で、そこを降りると、登ってきた時より緩やかな斜面になった。駈け降りる。躰(からだ)の勢いが止まらなくなった時、跳ぶ。岩の上に、降り立つのだ。

途中で、陽が落ちた。斜面は緩くなり、樹木が増えている。前方に、火があった。それは樹間に見え隠れしていたが、駈けるとすぐに近づいてきた。

「驚かして済まぬ。火が見えたので、思わず来てしまった」

樵(きこり)のようだ。炎が、髭面(ひげづら)を照らし出していた。

「猿(ましら)かと思った。いや、あんたが登る姿を見ていたのさ。俺は尾根を回ってここへ来たが、いくらなんでも猿のように登って降りられはしない、と思っていた」

「火にあたってもいいか?」

「水がそこにある。飲むといい。ちょうどよかった。いまから、獣肉を焼こうかと思っていたところだ。岩塩もある」

「ありがたいな、それは」

男は、枝で作った串に生の獣肉を刺し、炎に翳した。

「毎年、この時期に俺はここへ来るが、あの山に登る人間を見たのは、はじめてだね」

「別に、目的があったわけではない。ただ、登ってみたくなった」

「そいつは、いいや」

男が、声をあげて笑った。飲んだ水が、躰にしみこむようだった。下緒を解き、背中の尻懸則長を抱くようにして、火にあたった。

「お侍なんだね」

「どうかな。刀は持っているが、俺は武士というやつらが好きになれん」

掌は、皮が剝げ、ところどころ肉も抉り取られていた。

「いいものを見たよ。俺は一生、山の中で木を伐り、この時期になると、岩の間のわずかな土に生える茸を採り続けるのだ、と思っていた。あそこを、猿のように登れる人を見ることができるなんてな」

「なにもなかった。俺が一番高いというだけのことだった」

肉の焼ける、いい匂いが漂ってきた。

「半分、生の方がいい。獣肉は、そうやって食らうもんだ」

男が言い、串を一本差し出してきた。脂の滴る獣肉に、十郎太は口を近づけた。

3

街道を行ったが、宿場は素通りし、野宿を続けた。八人が宿を取るほどの、銭がなかったのだ。手持ちの銭では、わずかばかりの芋や米を手に入れるので、精一杯だった。

そういう旅に、修理は疲れ果てているようだったが、森之助などは力を持て余し、朝と就寝前の素振りをはじめた。

早坂直介も宗遠も元気で、諸沢村の三人は、寝る時も休む時も、ひとつにかたまっていた。

景一郎は、野宿のたびに、鳥や兎や蛇を獲りに行った。多く獲れた時は、ひと晩、火で炙る。それで、三日か四日は保つのだ。野草なども摘んでいるので、滋養が不足するということはない。

みんななにかに追われているような気分になっているものの、一日の行程が過酷な旅というわけではなかった。

「景一郎さん、いいかい?」

山越えの街道にかかって三日目の野宿の時、佐吉がそばへ来て言った。景一郎は、来国行に打粉を打っていた。切れ味は落ちていないが、来国行は疲れていた。数えきれないほど人を斬ったし、熊や猪まで斬った。刀の疲れを癒してやるには、研ぐか、毎日打粉を遣ってやることだった。

「俺、村の裏の山で一緒に猟をした時から、景一郎さんと呼ばせて貰ってるし、たとえお侍であろうと、友だちだと思ってるから」

景一郎は、農家で貰ってきた藁で、刀身の打粉を拭った。もう、懐紙などないのだ。

「ほかのやつらもそう思っていて、俺に訊いてこいと言うんだ」

三度藁で拭うと、来国行は、いくらかみずみずしさを取り戻した刀身を見せた。鞘に収めた。闇に漂い出していた、濃密な気配が消えた。祖父が来国行を構えた時から、景一郎はいつもその微妙な気配を感じ取っていた。祖父から受け継いで自分の差料にして、十年が経つ。十年の間、日に日に、来国行の放つ気配が濃密になるのを、景一郎は感じていた。

「俺たち、江戸へ行けるよね、景一郎さん?」

「江戸へむかっているのだ。ほかの、どこへ行く?」

「江戸で、俺たちゃどうすりゃいいんだろう。俺は一関へ二度行ったぐらいで、栄次も同じようなもんだよ。藤太なんか、村を出たこともないんだ」

「江戸でなにをやるかは、おまえたちが考えることだろう。私は知らん」

「それが、景一郎さんの言い方だよね。冷たく突き放すんだ。村でも、そうだった。そのくせ、肝腎な時には助けてくれた。もう、助けてくれとまでは、言えないと思う。だけど、江戸でなにをやればいいかだけは、教えてくれないか?」

「おまえたちが、やりたいことをやれよ。私は多少剣は遣えるが、そういう世間知はまるでないのだ」

「知ってる人間もいないし、どんなところかもわからない。村人がみんな、殺されました。何百人もが、殺されました。俺たちがそう言ったら、みんな信じてくれるんだろうか?」

どうすればいいかは、ほんとうに景一郎にもわかっていなかった。あの村から、脱け出した。そして江戸にむかっている。いまは、それだけのことだった。

「治兵衛殿が書き残したものがある。それに、なにかの時は役に立つかもしれないと思って、私は金鉱石と毒を持ってきた。加助が、粥に入れた毒だ」

「わかってるよ。俺がしょってる竹籠の中の壺に、金が入ってる。森之助の小さな壺には毒だろう。だけど、それをどうやって使えばいいんだろうか?」

「修理殿と、話はしたのか?」

「いや、あの先生は俺たちと口を利きたがらない。村に来たことを、後悔しているのかもしれない」

「治兵衛殿が書き残したものを持っているのは、修理殿だ」

「それも、わかってるさ。俺たちは一度、先生に話はしたんだよ。江戸へ行ったら、なにをやればいいのかってね。なにもするな、と言われた。無宿人になろうが、遠いところの知らない山に入ろうが、勝手にするがいいと言われた。とにかく、そうやって生きていけって」

修理がなにを考えてそう言ったのか、景一郎にはわかるような気がした。わずかに生き残った三人を、死なせたくない。多分、迷いながらもそういう結論を出したのだろう。

「おまえたちは、なにをやりたいんだ、佐吉？」

「俺らは、諸沢村があったことを、知らせたい。六百人の人間が平和に暮していたのに、俺ら三人を除いて皆殺しにされたってことを、世間の人間に知らせたい。俺たちは、そのために生き残ったんだと思う」

「死んでもいいのか？」

「いいよ。いまさら、死ぬのがこわいなんて言って、どうなるんだい」

生き残ったら、死ぬのがこわくなる。三人が通り抜けてきた地獄は、そんななまやさしいものではなかった。しかし三人がなにをやればいいのか、景一郎にはやはりわからなかった。なんらかの方法で、幕閣に訴える。それをやったところで、田村藩や伊達藩は、金山という取引材料を持っている。大きな金山が労せずして手に入るのなら、六百人の農民の死など、幕府は見て見ぬふりをするだろう。

自分たちがぶつかっているものが、途方もなく大きいことを、修理が一番よくわかっているのかもしれない。

「私にも、どうすればいいか、やはりわからない。江戸へ行けば、生き延びるとかいうような話ではなくなるだろうし」

「景一郎さんは、俺たちを江戸へ連れていったら、それで終りかい?」

佐吉が、闇の中で顔を近づけてきた。

「それがいけねえって言ってるんじゃないよ。景一郎さんは、村の人間じゃない。なのに、やりすぎるほどのことをやってくれた。これ以上やってくれなんて、俺たちからは言えない、と三人で話しちゃいるんだけど」

「ほんとうに、私にもなにをどうすればいいか、わからないんだ、佐吉。江戸へ着くまでに、みんなで考えよう」

「江戸へ着くまでに、いい考えが浮かばなかったら?」

「江戸で、考えればいい」

「それは、景一郎さんが俺たちを見離さないということだ、と思っていいんだね?」

「佐吉、おまえと私は、友だちだろう。いままでは、栄次や藤太もそうだ」

「わかった。わかったよ」

佐吉が、下をむいた。涙を流しているようだった。景一郎はそれから眼をそらし、雲の流れが速い夜の空を見あげた。

焚火の音がする。薪を放りこむ気配もある。やがて、寝息がひとつふたつと重なった。

4

修理は、宗遠が立ち止まっては、薬草を摘むのを見ていた。以前なら、修理の方が夢中になって摘んだだろう。根が使えるものは、なにがあろうと掘り起こした。

薬草が、なんの役に立つ、という思いがどこかにあった。いくら薬草を与えても、人の躰は毒には勝てなかった。

栄次たちも、宗遠に言われると、薬草摘みを手伝っている。佐吉がしょった竹籠は、薬草で一杯になりつつあった。

宗遠の薬草の知識は、まだ浅いものだった。干すもの、煎(せん)じるもの、薬研(やげん)で潰(つぶ)すもの。宗遠が、見落した薬草を、修理はあえて指摘しようともしなかった。

宗遠より、むしろ森之助の方が、薬草については詳しい。江戸ではよく多三郎(たさぶろう)の手伝いをしていたし、薬草園の近くの寺で、幽影(ゆうえい)が薬草を遣うのも見ていたからだろう。しばしば、宗遠が見落とした薬草を摘んでいるし、根を掘り起こしていることもあった。

一関の養生所では、すでに出来あがった薬草の遣い方を、宗遠に教えただけだった。もともとはどういう植物なのか、薬を見ただけではわからないことが多い。

景一郎が、茸を数本採ってきた。

毒を持つ茸である。捨てろと言おうとして、修理は口を噤んだ。一本丸ごと食べれば死に到るが、とてもそんなに食えたものではないのだ。ひと口呑みこむと、躰じゅうになにかが駈け回る感じになり、次にはひどい下痢を起こす。

景一郎がそれを口にして、苦しむ姿を見てみたかった。その思いに、理由はない。ただ見てみたかった。考えれば、一関の養生所を訪ねてきた時から、景一郎は一度も見苦しい姿を見せていない。下痢と、躰を駈け回る奇妙な感覚で苦しむ景一郎に、解毒の薬を処方してやる。想像しただけで、修理は快感で肌が痺れた。

野宿の時、景一郎が茸をひとつ火で炙りはじめた。熱を加えると、茸は褐色の旨そうな色に変っていく。

「修理殿、半分いかがです？」

景一郎が、焼きあがった茸を持ってきた。火には、兎の肉が二つかけられていて、いい匂いを放ちはじめていた。

「私は、いらない」

「そう言われずに。これは、なかなか旨いのですよ」

景一郎は茸を二つに裂くと、半分を無造作に口に放りこんだ。死にはしないが、ひどいことになる、と修理は思った。景一郎は、ひとしきり跳ね回り、それから灌木の繁みに飛びこむだろう。待っていた。しかし、景一郎はなんの反応も示さなかった。茸の半分を修理の掌に残すと、焚火のそばに腰を降ろし、兎の焼け具合を見ている。

修理は、掌の茸に眼を落とした。

もう症状が出てもいいはずだが、その気配はまったくない。いつまで待っても、景一郎が跳ね回る様子はなかった。

掌の茸を、捨てようかどうしようか、修理は迷っていた。毒があると思ったのは間違いだったようだが、まだ修理にはそう確信できなかった。

ちょっと齧ってみればわかる。ふと、そんな気がした。景一郎は、半分食っても、平気な顔をしているのだ。ほんのひと齧り、小指の先ほどの量で、なにか起きることは考えられない。

修理は、茸の笠のところを、少し齧り取って呑みこんだ。味は、よくわからなかった。躰が勝手に動きはじめたのは、しばらく経ってからだ。抑えようとしても、膝が曲がり、次にはいきなり伸びる。つまり、跳ねているのだ。頭の方はしっかりしていて、跳ねている自分の姿を想像することさえできた。

みんなが、自分の方を見ている。笑ってはいないが、佐吉など呆然としていた。それもよくわかった。修理は、跳ねながら、自分の躰を灌木の繁みのむこう側に持っていこうとした。次に襲ってくるのが、激しい下痢だとわかっていたからだ。しかし思う通りにはならず、立ち尽しているみんなの前を、跳ねながら通ることになった。

解毒の薬草を、思い浮かべた。茸の毒に多少でも効くものは、手に入れていない。道中で見つけはしたが、宗遠が気づかないので、そのままにしていた。

ひとしきり跳ね回ると、ようやく脚の動きが止まった。入れ替るように、腹具合がおかしくなった。痛みというのとは、少し違う。どこかに、快感があるのだ。それでも、便意は我慢できなくなった。

袴を降ろすのが、かろうじて間に合った。最初は硬いが、すぐ水のようになった。出るだけ出してしまうと、いくらか楽になった。宗遠が、駈けてくる。

「景一郎さんが、茸だと言っていましたが。毒消しは、薬草の中にないのでしょうか?」

「ない」

「もう、大丈夫なのですか?」

言われたとたん、また催してきた。修理は、灌木の繁みのかげに駈けこんだ。

それを、夜更けまでくり返した。

翌朝、景一郎はなに食わぬ顔で、全員に出発を告げた。

「わざと、私に茸を食べさせたのか？」

景一郎と並んで歩きながら、修理は言った。

「私は、半分食べましたよ、修理殿。しかし、わざとだったら、どうします？」

「なぜか、訊きたい。景一郎さんが、半分食っても平気だった理由も」

昨夜の兎は勿論食わなかった。朝食の芋も、口にしていない。

「修理殿を、ひどい目に遭わせたかったのですよ。あなたは、こういうことで苦しむべきなのです。あなたがずっと抱き続けてきた苦しみからは、なにも生まれない」

「跳ね回り、下痢をする苦しみからは、なにか生まれるのかね？」

「少なくともこれからは、根が毒消しになる草を見つけたら、修理殿は黙って見過さず、ちゃんと採るはずです」

景一郎は、修理が薬草を見ても採らなかったことに、気づいているようだ。自分に対する罰というわけなのか、と修理は思った。

「景一郎さんは、毒消しを持っていたのか。私は、三、四度咀嚼して呑みこむのを、はっきりと見たのだが」

「向島の薬草園では、多三郎さんが、毒茸を薬にできないかと工夫を重ねています。私は、しばしばその試しをやったのですよ。もう、できないと思いますが」

「そういうことか」

毒は、躰に馴(な)れる。どんなものでも、少しずつ躰に入れて馴れさせれば、そのうち死ぬほどの量の毒でも平気になる。もうできないとは、毒が効かない躰になった、ということなのだろう。

景一郎はそれ以上なにも言わず、先を歩きはじめた。

自分がずっと抱き続けてきた苦しみ。修理はそのことについて考えはじめた。跳ね回っている時、下痢に襲われている時、確かに修理はその場の切迫したものに惑わされ、苦しみを忘れていた。その程度で忘れてしまう苦しみだったと考えると、自分が浅ましくも思えてくる。

「待て、日向景一郎」

修理は、叫んでいた。景一郎はふり返りもしない。修理は、その背に追いすがった。

「どうして、そんな顔をしていられる。苦しみなどとは、無縁だと言うのか。それが悟りか、景一郎さんの？」

「修理殿」

見つめてくる景一郎の眼差(まなざ)しに、修理は束(つか)の間(ま)たじろいだ。

「人間は、顔で苦しむものですか？」

「それは」

「顔に表情を出すな。私は祖父との長い旅で、それを叩(たた)きこまれたのです。いまは、いくらか喜びを表わすことはできますが」

「いつも、冷静だ。それが、ある時から私を苛立(いらだ)たせるようになった」

「冷静ではありません。江戸へ行ってからどうすればいいのか、ずっと考え続けています。答は、見つからないのですよ」

景一郎は、それだけ言うと、早足で歩きはじめた。たとえ修理が走ったとしても、追いつけそうもない速さだ。

江戸へ行ってからか、と修理は思った。治兵衛が書き残したものを、幕閣の誰かに届ければいい、と単純に修理は考えていた。そこに危険があるなら、自分ひとりで引き受ければいいのだ。しかし、それほどたやすいことではないのかもしれない。

森之助が、修理を追い越して行く。修理は立ち止まり、栄次たちが来るのを待った。

考えれば考えるほど、難しい問題がある。過去にではなく、これから先にある。自然に、そう思うことができるようになっていた。

第八章　いま黎明の時を

1

久しぶりの風呂だった。

宗遠も早坂直介も、うっとりした表情で湯に浸っている。

向島の、杉屋の薬草園である。寮となっている母屋と、それに繋がった別棟があり、近くには薬草倉がある。景一郎や森之助が住んでいるのは小川を隔てた離れで、そこには景一郎の伯父の小関鉄馬もいる。

広大な薬草園だった。池があり、林もあり、陽当たりを考えた丘も造ってある。

三年前、ここで半年間暮し、手に入るかぎりの薬草の試しをやったのが、修理には遠い昔のような気がする。菱田多三郎（ひしだたさぶろう）は、蘭方（らんぽう）にもないような、複雑な調合をし、その試しを書きとめたものを、それこそ山のように部屋に積みあげていた。

あの時修理は、多三郎の持つ知識のすべてを身につけようと、寝る間も惜しんだほどだった。試しに使った犬や猿は、実に百頭以上に及ぶ。

「江戸に着いたのですね、先生。こうして風呂に浸っていると、やっとほんとうのことだと思えてきました」

宗遠は、江戸に来たことはないはずだった。早坂の方は知らない。

「それにしても、江戸にこんな広大な薬草園があるとは」

正確には、大川を渡らなければ江戸ではない。ここは、江戸の郊外と言っていいだろう。薬種問屋杉屋は湯島天神下にあり、こちらは紛れもなく江戸である。

「悪い夢を見ていて、いま醒（さ）めたのだという気がします、先生」

「夢ではない」

「そうですね。夢だと思ってもいけない。思い出すと、眼を閉じたくなってしまいますが」

早坂直介が、立ちあがった。矢疵（きず）が二つと、いくつもの刃疵がある。それを見ても、修理の気持はまったく動かなかった。

「私は、いまこの瞬間だけは、諸沢村（もろさわむら）のことは忘れることにします。この湯は、なんとも言えません。先生に、足の膿を出していただいた時以来の、たまらない快感です」

顎まで湯に浸って、修理は動かなかった。早坂のことまで、頭は回らない。江戸に来た以上、あとは自分の判断で動いて貰うしかなかった。

「宗遠、おまえは明日から、恵芳寺に行け。ここから遠くない。半里というところかな。そこに養生所があり、幽影殿という医師がいる」

「そこで、なにをやればいいのですか？」

「幽影殿の手伝いだ。優れた医師で、おまえにとっては勉強になるはずだ」

「先生は？」

「私は、ここにいる。やることを、やらねばならん」

「私も一緒にというわけにはいかないのですか？」

「必要があれば、呼ぶ。それまでは、別れていた方がいいような気がする。道中はなにもなかったが、伊達藩も田村藩も、江戸詰の武士は多くいるのだ」

「田村藩には、大した者はいません。三万石の小藩ですから」

湯槽の縁に腰を降ろした、早坂が言った。なんでもない、というような言い方が不愉快になり、修理はその言葉を無視した。

「わかりました。明日から、恵芳寺の養生所で、幽影先生の手伝いをします」

宗遠が言った。修理は眼を閉じた。いつまで経っても、躰の芯が温まってこない。

最後に、風呂を出た。

部屋に、麦茶と西瓜が用意してあった。新しい浴衣もあった。三年前も、さわという娘が、下女たちの指図をしていた。それは、いまも変らない。二十歳をいくつか越えたぐらいだろうか。

修理は、浴衣姿のまま、下駄を履いて薬草園の中を歩いた。三年前と、栽培されている薬草はだいぶ違っている。多三郎の部屋にある書きつけの山は、さらに増えたのだろう。丘の位置も、三年前とはいくらか違っていた。この丘は、むしろ陽当たりの悪い場所を作るのが目的だったはずだ。

歩いているうちに、いつの間にか離れの前に出ていた。景一郎が焼物をやるための作業場で、老人がぶつぶつと呟きながらなにかやっていた。覗きこむと、刀を研いでいるのがわかった。

「よう、修理先生か。久しぶりだな」

背後から、声をかけられた。景一郎の伯父の、小関鉄馬だった。着流しの左の袖が、頼りなく風に揺れていた。肩の付け根から、左腕がない。景一郎に斬り落とされたのだと、言っていた。三年前は冗談だと信じて疑っていなかったが、いまはむしろほんとうのことのように思える。

「いま、来国行を研いで貰っている。まあ、二日はかかるだろうな。景一郎のやつ、一体何人斬ったのだ。やっと人間に戻りはじめたと思ったが、またけだものに逆戻りか。祥玄が、念仏を唱えながら研ぐというのは、相当のことだぜ」

祥玄というのが、研師の名のようだった。幽影は、外科の手術もする。花川戸には、道庵という名手もいる。手術のための刃物を、老人は研いでいるのだと思えた。

「刀を見て、俺はすぐに研いだ方がいい、と思った。鞘に収まっている刀だぜ。斬り癖がついている。それがはっきり見えたな。そして、景一郎は五人や十人斬ったところで、刀に斬り癖をつける男ではない」

少し歩くと、祥玄の念仏はようやく聞えなくなった。

「祥玄はいつも、手術用の刃物を研いでる。刀を研がせると、気を籠めすぎて、寿命を縮めちまうんでな。しかし、来国行だけは別だ。あの刀とむき合える研師は、江戸に三人といないだろう。おまけに、遣っているのが景一郎だ」

「私のためですよ、景一郎さんが人を斬ったのは。私のせいと言った方がいいかな」

「修理先生。あんたの眼は、死んでるね。まだ生き返ることができる光は残ってるが」

夕刻だった。丘には、夕方だけ光が当たる斜面も造られている。多三郎には、まだ会っていなかった。部屋は母屋の別棟だから、夜になると会えるのだが、それより先に薬草園で見つけようとしたのだ。

「森之助の眼も、変っていたな。どんなふうな変り方か、俺にはよく見えん。まあ、なにがあったか訊くのはやめておこう。気軽に訊けることでもなさそうだ」

「小関殿。景一郎さんは、変りましたか？」

「あいつは、変らん。この旅で、刀に斬り癖がついていただけだ。景一郎という男は、この十年をかけて、ほんのわずかずつ変ってきたのだ」

「けだものが、人間に戻るように？」

「それは、景一郎の心の中のことだ。あんたに対して、景一郎がけだものであったことがあったかね？」

「いや、それは」

「医者らしくなくなったな、修理先生」

小関鉄馬は、修理に一瞥をくれると、離れの方へ歩いていった。

丘の方から、多三郎が作男を三人連れて歩いてくるのが見えた。修理は、多三郎の方へ近づいていった。

「多三郎さん、頼みがある。あなたの試しの書きつけを、私に見せてくれないだろうか。調べたいことがあるのだ」

「修理先生、江戸に来られたのですか。私が預けた薬草の種子は、芽を吹きましたか」

「実はいろいろあって、それを確かめてはいないのだ。どうだろう、私の頼みを聞いてはくれないか？」

「構いませんよ、修理先生なら。棚を作って、取り出しやすいようにしてあります。私が寝るのはほかの部屋ですから、夜も使っていただいて構いません」

「ありがたいな、それは」

「どうしたのです。なにか難病にでも突き当たったのですか？」

「まあ、そんなところだ」

「私にできることがあったら、なんでも言ってください」

「そうだ、実は三人の男がいる。稲の作り方などは知っているが、薬草の栽培を教えてくれないだろうか。力仕事に使っていただいても、無論構わない」

「それは、助かります。今年は豊作らしいということで、江戸でも米の値が下がりはじめ、人は活気づいております。こんな時、わずかな給金で薬草園を手伝おうという者も少なくて、困っていたところなのです」

宗遠は、恵芳寺の養生所へ行く。栄次（えいじ）、佐吉（さきち）、藤太（とうた）の三人は、薬草園の作業の中に紛れこませることができる。

これでひとりになれた、と修理は思った。

2

景一郎は、祥玄の背中を見ていた。

ふだんは、道庵や幽影の道具を研ぎ、刀を研ぐことはなかった。とても、六十を過ぎているとは思えない背中だった。念仏を唱えながら研いでいるが、手練れが発するのと同じような気が、背中から出ていた。

「おい、景一郎」

念仏がやみ、祥玄の声が聞えた。景一郎が近づくと、祥玄は皺の深い顔をむけてきた。来国行は、目釘を抜かれ、刀身だけになっていた。

「おまえが気に入った土があるだろう。それをひと摑み持ってきて、砥石の上に撒け」

「なにをするのですか?」

「鉄も、もともとは土の中から出てきたものだ。故郷がどこか、思い出させてやるのよ」

「そんなものですか」

「いまの、この刀はな」

景一郎が焼物をやる時の、作業小屋だった。各地から集めた土が、乾かして俵に入れてある。その中のひとつに手を入れて摑み、景一郎は砥石の上に撒いた。細かい粉になっているので、蠟燭の炎の中で霧がたちこめたようになった。外は、もう暗くなっている。

祥玄が、また念仏を唱えはじめた。

「母屋で、夕食だそうです。祥玄さんも呼んでくるように、とおさわさんに言われました」

森之助が駈けてきて言った。祥玄は念仏をやめようとしない。

二人で、母屋へ行った。

鉄馬は、すでに片膝を立てて酒を飲んでいた。修理の姿だけなかった。

「私の部屋で、調べものをされている。ずいぶんと熱心で、私は声をかけるのを遠慮してしまったよ」

「そうですか。私が連れてきましょう。伯父上はもうはじめておられる。みなさんも」

景一郎は、別棟にある多三郎の部屋へ行った。

修理は、蠟燭の明りで、なにか書きものをしていた。卓上には、多三郎の書きつけが十数冊積まれている。

「食事はされた方がよろしいでしょう、修理殿。もっとも、私の刀を研いでいる祥玄さんは、食事どころではないようですが」

「景一郎さん、話がある」

修理が顔をあげて言った。

「宗遠は、恵芳寺で幽影殿の手伝いをさせる。諸沢村の三人は、多三郎さんに預ける。これでいいと思うかね？」

「修理殿は？」

「なにをやるべきなのか、考えている。考えながら、調べものだ」

修理が、なぜ突然調べものをはじめたのか、景一郎は訊かなかった。これまでも、いろいろと考えてはいたのだろう。四人をどう扱うかについては、最善のことを考えたという気がする。

「どう思う。多三郎さんは快く引き受けてくれた。多分、幽影殿も」

「いいと思います」

早坂直介には、自分で考えろということなのだろう。

「私は、あと何日か、ここで調べものをしたい。できるだろうか？」

その間に誰かに襲われないだろうか、と修理は言っているようだった。景一郎とは、まともに眼を合わせようとしない。

「やらなければならないことなのですね、修理殿にとって？」

「そうだ」

一瞬だけ、修理は景一郎の眼を見つめた。諦めに似た光だ、と景一郎は思った。

「ならば、おやりください。なににも惑わされずに」

「ありがたい。景一郎さんには、世話をかけ通しだと思っている」

修理が、腰をあげた。

食事を終えると、景一郎は森之助と離れへ帰った。

「祥玄さんが、まだ研いでおられます」

「放っておくしかないだろう。納得が行くまで、祥玄さんはやめはしない」

「兄上の刀は、研がなければならなかったのですか。私には、切れ味が落ちているようには見えませんでした」

「ほう。私の刀にまで、おまえは注意を払えたのか？」

「ちょっと斬っただけで、私の刀は脂が巻いて斬れにくくなりました。打粉も使ってみたのですが、変りません」

「斬り方だな」

「やはり、そうなのですか」

森之助ひとりだけは、江戸に入ったことを格別喜んでいるようには見えなかった。案外、旅そのものを愉しんでいたのかもしれない。

離れの部屋に入ると、森之助はすぐに横になって眠った。景一郎は、縁側でしばらく作業小屋の方を見ていた。修理に言われて、宗遠は恵芳寺へ行くことを納得した。諸沢村の三人も、薬草園の手伝いができることになって、ほっとしたようだった。

早坂直介だけは、所在なさそうにしていた。修理がなにか言ってくれるのを待っていたようでもあるが、途中から諦めたように眼を閉じた。

作業場で、淡い光が揺れている。これからどうすればいいのか、景一郎は考え続けていた。治兵衛が書き残したものと、金鉱石と、毒薬を、幕閣の誰かに持ちこめばいいのか。そうした時、幕閣は誰の利益を優先させようとするのか。

酔った足取りで、鉄馬が戻ってきた。景一郎と並んで、縁に腰を降ろす。

「俺は片腕だから、酒を飲むのもめしを食うのも、ほかの者より時がかかる」

「抜刀だけが、誰よりも速いのですか？」

景一郎が言うと、鉄馬は鼻で笑った。

「大変な旅だったそうだな？」

「旅そのものは、特にどうということもありませんでした。諸沢村で起きたことは、恐らく人の想像を超えているでしょう」

「六百人か」

「ほとんどが、毒です」

「村田宗遠から聞いた。この世の地獄であったとな。おまえにとっては、特に地獄ということもなかったであろうが」

「私は、耐え続けていましたよ、伯父上。あれほどの巨大な理不尽を前にすれば、耐えるしかありません。耐えて、生き延びることだけを考えていました」

「これからどうするかだな。丸尾修理は、また部屋に籠って調べものをはじめた。これからのことを、考えているとは思えん」

「旅の終りにさしかかったころから、修理殿は考えておられましたよ」

「とにかく、この薬草園が血に染まるのは、避けたいものだ。朱引きの外とはいえ、やはり町奉行所も黙ってはいない」

「血は、いい薬草を育てるかもしれません。六百人もの血があれば」

景一郎が言うと、鉄馬は低い笑い声をあげた。

作業場の灯が、消える気配はない。

3

ほかの者はどうでもよかった。

日向景一郎さえ、斬ればいい。

丘の中腹にある無人の神社の社に、丸子十郎太は寝泊りすることにした。近くに村があるが、その先には日向景一郎が入っていった薬草園があった。

そこが、江戸における日向景一郎の住いのようだ。旅の間は、一行はずっと野宿か、雨露だけをしのげる程度の小屋に寝泊りしていた。まともな建物に入ったのは、はじめてである。

一度は一行から離れ、険しい山があるところを進んだが、再び捕捉するのは難しいことではなかった。街道を、それほど急ぎもせずに進んでいたからである。それからずっと、一行とは距離を置いて付いてきた。

食い物は、村でいくらでも売ってくれた。豊作で、米の値が下がっているのだという。江戸市中へ行けば、大抵のものは食えそうだが、十郎太は米と塩と干肉があればよかった。神社のそばの林でも、兎などは捕えられる。そのたびに、少し炙ってから陽に干した。

いつでも、日向と立合うことはできるだろう。薬草園に入って行って、声をかければいい。旅が終り、日向の役目も一応は済んだものと考えてよさそうだ。

しかし十郎太は、すぐには動かなかった。心気が澄むのを待つ。そういう気分だが、ほんとうはまだ、怯懦を克服しきれていない、という自覚があった。どう克服すればいいかも、わからない。心に怯懦を抱いたまま立合うのも、ひとつのやり方かもしれないのだ。立合うことで、怯懦は消えるに違いないのだ。

夜、陽が落ちてから、十郎太は林の中に立って剣を構えた。日向景一郎と、対峙している。日向が、跳躍するのを待つ。あの跳躍が思い浮かぶまで、一刻も二刻も、十郎太は剣を構えて立っていた。日向が跳躍する。それを受ける。構えや剣の動きではなく、心気で受ける。受けきれるのか。三度に一度は、受けたと思った。それが二度に一度になった。

尻懸則長に打粉を打つ。ある時から、自分の分身になった。躰を鍛えるように、手入れを怠ったことはない。

神社の社に寝泊りするようになって、五日が経った。

十郎太は、兎でも獲りに行くように、気軽に村まで歩き、そこを抜けると、薬草園にむかった。この気軽さが、欲しかった。気軽になれるまでに、五日が必要だったのだ。

薬草園は広大だったが、日向景一郎がいる場所は、なぜかはっきりとわかった。自分と同じ匂いがするのだ、と十郎太は思った。

木戸を入っていくと、不意に男が出てきた。相当な腕だと身のこなしだけでわかったが、着流しで脇差しさえも差していない。しかも、左腕がなかった。

「ほう、やっぱりけだものを追って、別のけだものが現われたか」

男は、十郎太の足のさきから頭まで、舐めるように視線を走らせた。いやなものが躰に触れたような気分になり、十郎太は一歩退がった。

「景一郎と立合おうと思ってきたな、おぬし。しかし、勝てんな」

「やってみなくて、どうしてそういうことがわかるのだ？」

「大きさが違うけだものだ。しかも景一郎は、人であることも取り戻しつつある。おぬし、ただ勝とうと思っているだけだろう？」

「それが悪いのか。負けようと思って立合う者などいない、と思うが？」

「勝とうとも負けようとも思わん。景一郎の剣は、だから厄介なのさ」

「どいてくれ。俺は日向景一郎と立合に来たのだ」

「いいとも。好きにやれ。景一郎は、家のむかい側の小屋にいる」

男はそう言い、家の中に入っていった。

庭なのか。ただの空地なのか。家と小屋の間には、樹木は勿論、石すらもなかった。家の縁側に、男が出てきて座るのが見えた。その背後には、旅に同行していた子供が立っている。十郎太は、瞬時に足場まで見てとっていた。

「日向景一郎、立合を所望」

静かに、十郎太は言った。

しばらくして、日向景一郎が出てきた。筒袖姿で、手が濡れているのが光の中でわかった。眼に湛えられた光がなんなのか、十郎太には読めなかった。無理に読むつもりも、なかった。

「斬り合ったな、一度」

日向景一郎が言った。十郎太は頷き、黙って尻懸則長の鞘を払った。

まだ距離はある。日向が、ゆっくりと三歩ほど出てきた。地表に落ちた影から、気がたちのぼってくるようだった。

十郎太は、正眼に構えた。心の中から、すべてのものが消えていく。日向景一郎さえも、消えた。対峙しているのは、自分である。それを不思議なこととも、十郎太は思わなかった。

日向景一郎の姿が、十郎太の眼にようやく映ってきた。それは、樹木や小屋などと同じような、情景のひとつとしてだった。日向が、横に動いた。なにかを測ろうとしているのか。十郎太は、構えのむきを変えただけである。気は、ぶつかり合わない。お互いに、まだ気さえ発していないからだ。

どれほどの時が経ったのか。

お互いに、なにかを摑んだ。十郎太には、はっきりそれが感じられた。

気を発した。気が、ぶつかり合った。不意に、十郎太は全身が硬直するのを感じた。すべてが重い。肩も、腕も、自分が発している気さえ、重い。

その場に、座りこみそうになる。座りこんでいるのかもしれない、と思う。しかし、立っていた。立っていないはずはなかった。

日向は、いつ跳ぶのか。跳んだ時、頭蓋から両断されているのか。汗が、顎の先から滴っている。それが感じられる。自分を失ってはいない、と十郎太は思った。跳んでみろ。跳んで、俺を両断してみろ。日向の気が、十郎太を押してくる。耐えた。勝機があるとしたら、日向が跳んだ時だけだろう。

躰の芯に、冷たい塊がある。

それが、溶けた。

踏み出していた。位置が入れ替った。なぜだ、と十郎太は呟いた。なぜ、日向は跳ばなかったのだ。いや、跳んだのか。それが、自分には見えなかったのか。そんなはずはない。跳ばなかったのだ。跳ばないまま、跳んだような剣を遣ったのだ。信じられず、十郎太は一瞬茫然とした。肩から噴き出している血が、地表を濃い色に染める。

十郎太は、身を翻した。

駈けた。薬草園の入口の木戸が、眼の前に見えた。そこを、駈け抜けた。視界が、白くなった。それから、またまわりの情景が見えてきた。駈けている。なぜ、駈けているのか。斬られたのだ。日向景一郎に、斬られた。

頭の中で、なにかが交錯した。死ぬのだろう、と十郎太は思った。死ぬまでに、こんな思いがいくつもよぎるものなのか。

人の顔が見えた。一瞬だった。幻に違いなかった。それにしても、これほど剣の修練を積んでも、やはり勝てない相手というのはいるものなのか。

痛みはなかった。多分、もう死んでいるのだ。痛みがないことを、死という。それを教えてくれたのは、誰だったのか。すべてが、遠くなってきた。

4

景一郎は、しばらく刀身を見つめていた。

夕方の光が、小屋の中に射しこんでいる。祥玄が研いだ来国行は、鈍い光を放っていた。血を拭う必要もないほどだ。

鞘に収め、作業台の前に立った。

土を揉んでいる時に、丸子十郎太が現われたのだ。伊達藩の哨戒線を脱ける時に出会った男の名を、景一郎ははっきり思い出した。

「おまえ、なぜ跳ばなかった？」

鉄馬が、背後に立って言った。景一郎は、土を揉み続けていた。

「なぜ跳ばなかったのか、とあの男が言い続けている。致命傷は与えられなかったぞ、景一郎。木戸の外に倒れているあの男を、多三郎が見つけて、母屋に担ぎこんだ」

斬り殺せるはずだった。丸子十郎太は、かわしたのだ。それで、頭蓋を両断できなかった。肩を斬っただけで、ほとんど手応えさえ感じなかった。代りに、十郎太の斬撃がかすめた脇の下に、まだ熱い感触が残っている。

「なぜ、跳ばなかった、景一郎？」

　跳ぶな、となにかが囁いていた。いや、足が自然に根を生やした。足の指のすべてが、土を摑んでいた。

「跳ばずに耐えて、日向流を遣う。その技をおまえが身につけていることは、知っている。だが、あの立合で跳ばなかったのは、俺には解せん」

「伯父上の眼も、曇ったものですね」

「なんだと？」

「跳んでいたら、かわされていました。あるいは、私が斬られていたかもしれません」

「まさか」

「あの男は、一度私の跳躍をかわしました。今度は、あの斬撃をかわしました。多分、傷は同じような位置でしょう。二度斬っても死ななかった男は、はじめてです」

「死ぬかもしれん。修理は、五分五分だと言っていた」

「ほう、修理殿が治療を？」

「このところ、多三郎の部屋から出て、犬を使った薬の試しなどを熱心にやりはじめたのだ。やっと、医者に戻ったというところかな。鎖骨が、生木のようにすっぱりと斬られていた。それを修復し、血を止め、傷を縫ったが、見事な手並みだった。多三郎も驚いていたぞ。三年前ここにいた時は、薬草にのめりこんでいて、手並みを見ることはなかった」

「大変なものですよ、特に傷の手当てでは」

景一郎は、土を揉み続けていた。頑固な土で、いつまでも自分を主張することをやめない。それをうまく揉みあげれば、いい壺(つぼ)でもできそうだった。

「とにかく、血を失っている。一応出血は止めたようだが、これ以上失うと死ぬそうだ。多三郎は、おまえと立合って斬られたとは知らず、母屋に運びこんだ。なにしろ、ひと太刀で相手を倒すのが、おまえの剣だと思っているからな。日向流と、うわ言のようにあの男が呟くのを聞いて、ようやくおまえと立合ったと知ったわけだ」

「だから、なんなのです?」

「修理の治療が無駄になるが、止(とど)めを刺しておくか?」

「なぜ?」

「次に斬られるのは、おまえの方かもしれん」

「その時は、その時ですね」

「醒(さ)めたやつだ、相変らず」

そう吐き捨てて、鉄馬は立ち去っていった。

森之助が夕食だと呼びに来るまで、景一郎は土を揉み続けていた。

「兄上が立合われた男は、旅の途中で一度栄次さんと私の前に現われました。兄上が近づいてくるのを知ると、駈け去りましたが」

「それで?」

「いいのでしょうか、生かしておいて?」

「そう思うなら、おまえが斬るのだな。いまなら、おまえでも斬れる」

「私は、立合を見ていました。兄上は跳躍されたと思いました。ほんとうは跳躍されていなかったのですが、私には跳躍されたように見えたのです」

それでよかった。跳躍しない技は、跳躍する間を省いたものだが、よほどの心気の充実がなければ出ないものだった。刀の切れ味を見ているところと言い、森之助は旅の間にずいぶんと身につけたものがある。

母屋へ行くと、多三郎と修理が立話をしていた。

「景一郎さん、済まぬ。景一郎さんが斬った相手だとは思わなかったので、母屋に運んで修理先生を呼んでしまった。それにしても、はじめて見たが、修理先生の腕は大変なものだよ。内臓の手術はあまりされないそうだが、傷の手術なら道庵先生を凌ぐね」

「そういうことではなく、私のためにまた人を斬らせたのだな、景一郎さんに」

「誤解しないでください、修理殿。丸子十郎太という男は、私と立合うために来たのです。修理殿を襲ったのではありませんよ」

「そうなのか」

「丸子十郎太は、助かるのですか？」

「驚くべき強靭な体力だが、それを支える血を失いすぎている。血を補うために、誰かの血が要るのだ。相性というものがあって、誰のものでもいいというわけではない。私の見るところでは、景一郎さんのものが、合いそうな気がするのだ。いずれにせよ、血を補うのは賭けのようなものだが」

「どうするのです？」

「五合ほど、景一郎さんの血が欲しい」

「お安い御用ですよ、修理殿。どうやって出せばいいのですか？」

「いま、そのための管を、宗遠が持ってくる。血管を切開して、その管から流しこむのだ。景一郎さんの血は、この壺に欲しい」

　一升ほど入りそうな壺で、景一郎は頷き、修理に片腕を出した。修理は景一郎の肘の内側に小さな傷をつけ、壺を押し当てた。五合溜るのに、しばらく時がかかった。その間に、宗遠も来ていた。

「鉄馬殿が言われていたが、あの男、大変な手練れだそうだね。助けようという私の気持の中に、いずれ景一郎さんを斬ってくれるかもしれない、という思いがある。そのために日向景一郎自身の血を使うという皮肉も、私には快感だな」

口もとだけで、景一郎は笑った。

「怒らないのかね？」

「そういうことを口にするだけ、修理殿は元の姿に戻っている。私は、そう思いますよ」

「私は、元には戻れぬ。それは自分でよくわかっている。日向景一郎と互角に近い勝負ができる男。鉄馬殿がそう言われたので、私は助けてみようという気になった」

修理が、景一郎の肘の傷を縫うと、そう言った。肘に、ほとんど痛みはなかった。

「水をよく飲むこと。獣肉などを食べること。この二つで、貰った血はすぐに躰の中で新しく作りかえられる。あとは、この血があの男に合うかどうかだ」

修理と宗遠が、血の壺を持って、男が寝かされているらしい部屋に入っていった。

「私は、道庵先生がやったのを何度か見たことがあるが、血の相性が悪いと即座に死ぬよ。修理殿は、よほどあの男を助けたいのだろう」

言った多三郎の顔に、瞬間、暗い翳がよぎった。

「いいではありませんか。人を助けるのが、医師の仕事なのですから」

「ところが、修理殿は、毒の工夫をしているとしか私には思えないのだ。私の書きつけをずいぶんと熱心に見ていたが、すべて毒に関するものだった。犬で試しをしたのも、すべて毒だね。毒を薬にしようという工夫だとは、どうしても私には思えないのだ」

「人も殺せる毒なのですね？」

「それも気づかれずにだ。犬でさえ、臭いで口にしないということはなかった」

景一郎は、黙っていた。森之助が、めずらしく不安そうな表情をしている。

「旅で、なにがあったのだ、景一郎さん？」

「なにも。ひどい旅ではありましたが」

また多三郎の顔に、暗い翳がよぎった。

早く食事を、というさわの声が奥から聞えてきた。

5

池之端の陰間茶屋が並んだ裏手にある、長元寺という小さな寺の庫裡の一室だった。

住職は老齢で、朝の勤行などもやらず、ほとんど寝ていることが多いようだ。隆市は、二度ばかり本堂で見かけただけである。

日向景一郎が、どこにいてなにをしているかは、作造が調べあげていた。江戸に入ってから、作造のもとにはまた情報が入るようになったようだ。夕刻から夜にかけては毎日出かけているし、丸一日姿を見せない日もあった。

田村藩の江戸屋敷に顔を出そうという気が、隆市にはなかった。深刻な顔をした年寄りに細かく事情を訊(き)かれ、江戸にいる間の毎日の報告を義務づけられるのは眼に見えていた。それに、自分を使っているのは、稲葉重明(いなばしげあき)の独断のはずだ、と隆市は思っていた。

　市中へは、隆市もよく出かけていった。江戸詰だったのは十四年も前のことだったが、どこもそれほど変ってはいなかった。道場は麹町(こうじまち)二番町にあり、そこでは稲葉重明とともに神道無念流を学んだ。剣については、人に劣ったという記憶はなかった。幼いころ、一関(いちのせき)の道場に通いはじめたころからそうで、躰の大きな年長者に弾(はじ)き飛ばされても、剣で負けたのだとは思わなかった。神道無念流の道場へ行っても、そうだった。自分が強いということを隠そうという習慣は、一関でついていたので、大抵は斬ったと見切った段階で、相手に打ちこませてやったものだ。

　そんなことを考えもしなかったのが、薬研堀(やげんぼり)の日向流の道場だった。門弟はわずか数名で、日向将監(しょうげん)は容赦なく竹刀(しない)で打ちのめしていた。素面、素籠手(すごて)という、酷(ひど)い稽古(けいこ)だった。噂(うわさ)を聞いて訪ねたのがきっかけで、最初から将監が立合ってくれた。対峙(たいじ)して圧倒されたのは、あれがはじめてだった。床板に根が生えたように、足が動かなくなった。次の瞬間には、打ち倒されていた。立ちあがった隆市を将監はまた打ち、それを十度ほどくり返したところで、やめと声がかかった。

　あのまま続けていたら、死んでいただろうと思う。それまでに出会った、どんな剣とも違っていたのだ。

翌日から、将監は隆市にだけは木刀で稽古をつけた。打たれたが、骨が砕ける前に、撥ね返るように、木刀は隆市の躰を離れるのだった。将監の木刀を一度は受けられるようになったのは、半月も通ってからだった。すると、将監は跳んで見せた。ほとんど隆市の頭上を越えるように跳び、その間に隆市は額を打たれて昏倒していた。

真剣だったら、と何度も考えた。木刀でも、将監が返してくれなかったら頭蓋が砕けたはずだが、真剣なら頭蓋から上体まで両断だろうと思ったものだ。

田村藩の江戸屋敷は、愛宕下の大名小路にあり、隆市は毎夜愛宕山に登ると、跳ぶ稽古をした。ひと月で、将監と同じように跳べるようになった、と思った。そして、道場で跳んだ。気づいた時は、床板に這いつくばっていた。

将監の稽古はいつもそんなふうで、言葉でなにか言うことは、ほとんどなかった。ある日、真剣を執った稽古になった。あの時のことは、いまでもよく憶えている。対峙しているだけで、全身から汗が噴き出し続け、ひからびたようになった。それから、心気が澄んだ。躰が、自然に動いていた。擦れ違った。肩口を、浅く斬られていた。いまの踏みこみでいいのだ、と将監ははじめて言った。後年、はじめて真剣の立合をした時も、あの時ほどの重圧はなかった。

将監が道場を畳んだのは、隆市が通いはじめて半年ほど経ったころだ。孫と旅に出た、という噂だった。

その孫が、いま眼の前にいる。

十数年ぶりに、あの来国行を見た。日向流も見た。そして、いずれ立合うことになる。

「四文屋で、天ぷらでも買いましょうか」

声をかけられた。芝、神谷町を歩いている時だった。商人の態をした作造である。

「腹は減っていない」

「そうですか。ところで橘田様は、藩邸へ行かれたのですか？」

愛宕山を越えると、確かに藩邸であるが、大名小路からの帰り道としては、いくらか不自然ではある。

「薬研堀まで行く。あのあたりで、めしを食おうと思う」

「ははあ。麴町二番町の道場へ行かれたところだったのですね。しかし薬研堀に、日向流の道場はもうありませんよ」

「わかっている。江戸市中を、なんとなく歩きたい。かつて江戸にいたころを思い出してしまってな」

「ならば、私も御一緒いたしましょう。報告しなければならないことも、ございますので」

「ほう、なんだ？」

しばらく歩き続けても、作造はなにも言わなかった。土橋にさしかかってくる。

「丸子十郎太が、斬られました」

「やつから、日向に勝負を挑んだのだな。無謀なことを」

決して、一方的に負ける腕ではない。ただ、なにかが違う。日向景一郎にあって、丸子十郎太にないものがある。それを見きわめる前に、立合ってしまったということだ。丸子十郎太は、まだ若かった。

「いま、薬草園の母屋で、丸子十郎太は寝ています」

「なに、助かったのか？」

「きわどく」

即死していないということは、日向景一郎の剣をかわしたのだ。一対一で立合えば、日向流は必殺剣以外のなにものでもなかった。

「死にかかったが、持ち直したというところのようです。しばらくは、斬り合いなどできないでしょうが」

作造がどういう動きをしているのか、隆市にはもうひとつ読めなかった。隆市のためだけに情報を集めている、とは思えない。

「薬草園の母屋で寝ているか。面白いな」

「なぜ、日向は止めを刺さなかったのでしょうか。それどころか、助けるようなことまでしています。日向自身ではなく、まわりにいる人間たちがですが」

「勝敗は、どうでもいいのだ、日向は。そこが、丸子十郎太とは違うところだ」

「それにしても」

「もういい。俺は、勝負は急がん。日向や丸尾修理が江戸に入っても、なにも起きていないしな。俺の立合の機は、俺が見る」

作造は、なにも言わなかった。なにも言わないのに、いくらかうるさいと、隆市は感じはじめていた。動きが、隆市のなにかに触れてくるのだ。

表情にはなにも出さず、隆市は歩き続けた。

6

腹を減らした犬ではなかった。充分に、餌(えさ)は与えてある。

修理は、鶏(にわとり)の肉に、壺(つぼ)の薬液をひと刷毛(はけ)だけ塗った。近づいていくと、犬は鼻だけを動かしたが、それほど食いたいという素ぶりは見せなかった。それでも、好物である。そばへ立つと尾を振った。

まず、なにも塗っていない肉を与えた。口に入れ、二度ほど嚙(か)むと呑(の)みこんだ。薬液を塗った方の肉にも、犬はなんの警戒も示さなかった。一昨日、人間の鼻や舌では感じられないほどの薬液に、強い反応を示した犬だ。

二つの肉片を口に入れた犬は、腹這いになり、それから横になると、全身を痙攣させ、死んだ。それほど苦しみもしなかった。

修理は、犬の腹を小刀で裂き、内臓を調べると、すぐに穴に放りこんで土をかけた。佐吉に掘らせた穴で、ひとの背丈よりずっと深い。その穴も、いまでは腰ほどの深さにまで埋まっている。

修理は薬液の入った壺を薬草小屋に運び、しっかりと栓をした。匂いも味もしない毒。ようやく作ることができたようだ。

諸沢村で使われた毒は、しばらくすると吐きたくなるようなものだったが、この毒にはそんな作用もなく、きれいに拭うように、生命というものを消す。

「ずいぶんと、毒の試しに熱心なのですね、修理先生」

多三郎が、薬草倉の入口に立っていた。

「かなり強い毒になった。これを弱めていけば、やがていい薬ができる」

「私も薬草師ですから、毒と薬が紙一重であることは知っています。ただ、修理殿がなんのための薬を作っておられるのか、と思いまして」

「それは、いずれ多三郎さんにも相談に乗って貰いたいのですが、いまはまだ、ただ強い毒を作っているに過ぎません。もうしばらく、犬で試しをしてみますよ。毒をいくつか組み合わせて、躰に害をなす部分だけを殺せるかもしれないのです」

「そうですか。そういうことなら、これまで私が調べたことも、役に立とうというものです。安心しました」

多三郎が立ち去っても、修理はしばらく毒の壺をいじっていた。壺はすでに三つになり、それぞれ違う毒が入(か)っている。

恵芳寺から、宗遠が駈けこんできた。森之助となにか話し、今度は森之助の方が外へ駈け出して行った。

「実は養生所の患者がいきなり苦しみはじめて、脇腹(わきばら)を切り開いた方がいい、と幽影先生が判断されたのです。それで、花川戸の道庵先生を捜しているのですが」

「脇腹か」

「ひどい苦しみ方です」

道庵の外科医としての腕は、相当なものだった。しかし、たえず酒を飲んでいて、昼間も酔っていることが多い。幽影との関係も、あまりいいものではなさそうだった。

「行ってみよう」

「先生が、行ってくださるのですか?」

「道庵先生には及ばないかもしれないが、私も脇腹の切開ぐらいできる」

宗遠の眼が輝いた。道具箱を持ってくるようにと言い、修理は先に恵芳寺にむかって歩きはじめた。

「修理先生、宗遠は実に役に立ってくれていますよ」

幽影は、落ち着いていたが、手伝いの美千という娘は慌てていた。

「手術が必要だと聞きましたが」

「道庵先生が酔っていたら、私がやろうかと考えていました。いま、冷やさせているところだが。私は右の人差し指の瘭疽が、まだ癒えていないのです」

「ならば、私でなんとかなるかもしれません。二度、やったことがありますし」

「願ってもないな、それなら」

患者は矢名村の農夫らしく、すでに台の上に寝かされていた。

「痛み止めとともに、かなりの眠り薬を処方してある。これ以上は危険だという程度に」

「わかりました」

右の脇腹あたりを押すと、患者の顔には苦痛が走った。腸の一部が膿んでいて、それが破裂するとまず助かることはない。すでに宗遠が追いついてきて、道具を湯で煮立てていた。

「幽影先生、もう少しだけ眠り薬を」

「わかった」

手術の準備は、すぐに整った。幽影が与えた眠り薬で、患者はほとんど意識を失いかけている。慌てていた美千が、ようやく落ち着いて、てきぱきと仕事をはじめた。

「すぐに終る」

修理は、小刀を持って言った。それほど出血の多い場所ではない。

手は自然に動いていた。まず肉の層を切り、膜を切る。膿んで白くなった腸が、剝(む)き出しになった。本来なら小指の先ほどもない腸の出っ張りが、卵ほどに肥(ふと)っていた。処置をして、濃い酒をしみこませた晒(さらし)で、汚れを拭い取る。これは酒を何度も精製し直したもので、とても飲めるようなものではないが、傷の毒消しにはなる。

手早く縫いあげた。腸の切ったところを縫った糸で、そのまま腹の切開口も縫う。完全に塞(ふさ)がれば、一本の糸を抜くだけでいいのだ。

「見事な手際(てぎわ)だ、修理先生。道庵先生はある意味で天才だが、熟達した技だな」

「こんな腹の切開でさえ、人を死なせていますよ」

「あれは、腹の中で腸が破れ、膿だらけになっていたのではありませんか、先生。死なせた数の何十倍も、先生は助けてこられました」

「私にも、おまえぐらいの年頃があったのだ、宗遠。私に技があるとしたら、それは人の死の集積の上で身につけたものなのだよ」

「一関では、相当にひどいことが起きたようだな。木の実が散らばるように、屍体(したい)が散らばっていた、と宗遠が言った」

「よしましょう、幽影先生。諸沢村でのことを、私は忘れようとしているのです」

「医師の力が及ぶところを、はるかに超えたことだったのだな。忘れたいという気持は、よくわかる」

断じて、忘れてはいない。しかし心の奥底に、いまは収いこんでいる。

「先生が、また治療をしようという気になられて、私は」

薬草園に戻る途中で、宗遠が言った。

「私のやることを、よく見ておけ、宗遠。見ることでも、多くを学べる」

「人に血を移す方法も、頭に焼きついています。あれが賭けのようなもので、景一郎さんの血と丸子という男の血が合わなければならないのだ、ということもわかりました。先生、もっと養生所に来てください。幽影先生おひとりでは、とても大変なのです」

「だから、早くおまえが一人前になるのだ。私には、やることがある。幽影先生の指が癒えるまで、外科の手術が必要な時にだけ、呼べばいい」

薬草園では、血の匂いがしていた。

試しに使った犬の血の匂いではない。人の血だ。

小関鉄馬が、笑いながら近づいてきた。

「運がいいな、修理先生は。五人、襲ってきた。ともに、滅多に見ることができぬ手練れだったが、景一郎に棒のように斬り倒された。あんたを襲ってきたのさ、修理先生」

「そうですか、とうとう」

「江戸で、のんびりしていられるというわけでもなさそうだな。襲ってきた五人は、俺の見るところでは、忍びだ。どこの者だかは別として、これからはあんなのが多くなる」

「景一郎さんは？」

「作業小屋さ。屍体は、多三郎が片付けた」

「諸沢村から来た三人は、無事だったのですか？」

「ああ。景一郎がいれば、まず心配はいらん。自分のことを気にするのだな」

「私は」

言いかけ、修理は作業小屋の方へむかって歩いた。

景一郎は、土を揉んでいた。鉄馬が言ったのはほんとうのことだろうか、と一瞬修理が思うほど、なんでもない姿だった。

「景一郎さん、私にもうしばらく時をくれるか。この薬草園にいて、やりたいことをやっていていいのか？」

「どうしたのです、修理殿。私が信用できませんか？」

「いや、そうではないが」

「ならば、自分のことだけを考えておられればよいのです。ほかのことは、気にされることはない」

景一郎は、また土を揉みはじめた。

修理は母屋へ戻り、丸子十郎太が寝かされている部屋を覗いた。十郎太はすでにしっかりした意識があり、修理と視線を合わせると、強く眼を閉じた。

傷口に当てた晒を代えただけで、修理は部屋を出た。

7

陽ざしに、秋の気配が滲んでいる。

蟬はまだ鳴いているが、それはどこか切迫したものに修理には感じられた。

書き物を続けていた。ほとんど修理が占領したようになっている、多三郎の資料部屋である。薬草小屋も、しばらくは修理がひとりで使っていた。

完成したのは、無味無臭の毒である。しかも、相当に強い。そしていまのところ、解毒の方法もないはずだ。

医師も薬草師も、毒には興味を持つ。毒からひとつなにかを抜けば、薬になることがよくあるからだ。しかし今度に限って、修理は薬という考えがまるでなかった。それほど苦しまずに死ねる、無味無臭の毒である。それだけを考えた。

部屋に影がさした。顔をあげると、縁に早坂直介が立っていた。

「お邪魔でしたか？」

「いや、ひと息入れようと思っていたところだよ」

書き物を伏せ、修理は縁に出た。母屋の別棟の前は広場になっていて、井戸と柿の木があるだけだ。薬草園は広場の先だった。

青い柿の実が、大きくなっている。やはり、秋は近いのだ。

「時々、市中へ出かけているそうだね。おさわさんが、そんなことを言っていた」

無一文で出かけて、なにをしているのだろう、とさわは言っていたのだった。終日出かけていても、腹を減らしている様子もないという。

「ここにいても、私にできることはなにもありません。人の中を歩いて、私になにができるのか、考えているのですよ」

「そう深く考えずに、景一郎さんの焼物の手伝いでもしてみたらどうだ。あれは、無心になれるという気がする」

「無心すぎるな、あの人は。私のような者は、そばに寄れません」

考えてみれば、一緒に旅をしてきた者たちの中で、早坂直介が最も孤独なのかもしれない。諸沢村の三人は、薬草園で多三郎の手伝いをし、宗遠は恵芳寺の養生所にいる。

「修理先生、庄屋の治兵衛殿が書いたものは、どうされるのですか？」

「なぜ？」

「考えてみたら、あれが一番役に立つと思うのです。諸沢村で起きたことのすべてが、書かれているのでしょう？」

「そうだ、地獄のすべてがね。こんなのどかな景色を見ていると嘘のように思えるほど、あれはひどい地獄だった」

「終っていませんね。先日も、景一郎殿が五人斬った」

「そうだったな」

「あれを、私にも読ませてくれませんか。忘れたくないのです」

「治兵衛殿は、なにも書かなかった。だから、そんなものはない。私はそう思うことにしている。早坂さんも、そう思ってくれないか？」

「無理なことを」

「諸沢村のことをどこかで遠くに押しやらなければ、生きて行けないよ。そう思わないか、早坂さん。あれは夢だった。ここへ来て、はじめて風呂に入った時、早坂さんはそう言っていたじゃないか」

「言ってみただけのことです。あれを夢だなんて、思えるわけがないでしょう」

　早坂直介は、腕組みをしていた。

喋る相手はしているものの、早坂についてまで、本気で考える余裕が修理にはなかった。生き延びたのだから、あとは勝手に考えればいい、と修理には思い切るしかない。

「あの武士、丸子十郎太と言いましたか。きのうから、起きあがっているようですね」

「そうなのか」

鎖骨は、完全に断ち割られていた。しかし、肺腑に傷がついたわけではない。大量に失った血を景一郎に補って貰った時に、丸子十郎太もまた生き延びたのだ。傷が塞がり、躰の中で血が造られれば、もう歩くのは不可能ではないだろう。

母屋の方から、鉄馬が歩いてくるのが見えた。苦手な相手らしく、早坂は修理に軽く頭を下げると、縁から降りて広場を歩いて行った。

「なんでえ。野郎、このところ俺を避けていやがるな」

「鉄馬殿のもの言いが、露骨だからですよ。素朴な、田舎の青年なのです。もう少し、やさしいことを言ってやればいいのです」

「やさしい言葉は、女のためにとってある。なんで野郎なんかに。それより修理先生、杉屋が来ているぜ。あんたのことを、気にしているようだった」

「そうですか、杉屋さんが。それなら、挨拶をしておかなければなりませんね」

さわが、茶を運んでくるのが見えた。二人分だが、鉄馬のものではなさそうだった。

「旦那様が、こちらへ来られます。その部屋でよろしいですね、先生」

鉄馬を無視して、さわが資料部屋に茶を運んだ。鉄馬は舌打ちして立去っていく。すぐに、杉屋清六がやってきた。

「とにかく、大変なことがあったようだ、と多三郎からは聞いております」

かしこまって礼を述べた修理に、杉屋は穏やかに言った。

「もう四、五日、私はここでやりたいことがあるのだが、杉屋殿」

「それは、お好きなだけ、いてくださって結構です。薬草園の方でも、人手が三人増えて助かっているようですし」

杉屋は麦茶に手をのばし、熱いものを啜るように音をたてた。茶碗を置くと、修理に真直ぐ眼をむけてくる。

「多三郎が気にしておりました。なにゆえ、修理先生は毒を作ることばかりに打ちこんでおられるのかと。一関で、毒が信じられない悲劇を起こしたそうですが、それとなにか」

多三郎は、栄次たちに諸沢村の話を聞いたのだろう。一日一緒に薬草園で働いているのだ。黙っていろと言う方が無理だった。人は、語ることによって苦しみを減らすこともできる。

なにか、もっともらしい理由は必要だ、と修理は思った。

「毒に対して、私は無力でした。それが、いまの痛恨事です。私は、あらゆる解毒の薬を作ることに挑んでみたいのです。そのためには、最も強い毒もまた必要なのです」

「そうですか、解毒の薬を」

「杉屋殿にあえて申しあげるのもなんですが、毒が薬になっていくことも、またあります。それも、期待できると思っています」

「ひとつだけ、申しあげておきましょう、修理先生。多三郎は、薬草師として、江戸第一と言ってもよろしいでしょう。その多三郎が、危惧しているのです。修理先生の毒の試しに、なにか違うものを感じるのかもしれません」

「一度、多三郎さんと、よく話をしてみることにします」

もう一度、熱いものを啜るように、杉屋は音をたてて麦茶を飲んだ。

「そうですか。多三郎の不安は、私の不安でもあります」

「私にできることがあれば、なんなりとお申しつけください。町奉行所の役人などにも、多少の顔は利きます」

「薬を作るのに、町奉行所の手間はいりませんよ」

声をあげて修理は笑ったが、杉屋は表情を動かさなかった。

8

声をかけられた。

夜更けである。どうぞ、と修理は言った。障子を開けて入ってきたのは、丸子十郎太だった。へたりこむように、修理の前に座った。まだ、めまいなどはあるだろう。

「教えてくれ、先生。俺は、ほんとうは死んでいたのか？」

「景一郎さんの血がなければ、間違いなく死んでいました」

「日向景一郎の血が俺の躰に入り、俺の血と混じり合ったのか？」

「そうです。およそ五合ほど。細い、竹の管を刺して、少しずつ入れます。その間は、血はかき回していなければなりません」

「そんなことが、できるんだ。そして、死んだ人間が生き返ったりもするのだな」

「あなたは、死んだわけではない。死にかかっていただけです」

「同じことだ、という気がする」

十郎太が、眼を閉じた。上半身には晒を何重にも巻いてあるので、姿勢はいい。

「俺は、どうすればいいのだろう。日向景一郎に助けられ、その血まで躰に入れた。俺は、いままでの俺なのだろうか」

「どこも、変りはしません。血が合わなければ、死んでいましたが」

「おぞましいような、いまいましいような、そんな気がする。俺の躰に、日向景一郎の血が流れている。そんなことが、あるのか」

これ以上、言っても仕方がないことだった。

「二度も、俺は日向に斬られた。そして、助けられもした。寝ている間、宗遠という医者が、諸沢村で起きたことを話してくれた。疫病ではなかったのだな。俺は日向との勝負にこだわりすぎて、そんなことはどうでもいいと思っていた」

「どうでもいいことでは、ありませんでした」

「確かに。村人で生き残ったのが、三人とはな。そういう中で、日向は俺と立合もしたのか。それを考えると、ますますあの男がわからなくなる」

「一緒に、土でも揉んでみたら、わかるかもしれませんよ。あれは、人を無心にするようだから」

「行ってみたよ。祥玄という爺さんが、俺の尻懸則長を研いでいるというのでな。頼みもしないのにと思ったが、あれは腕のいい研ぎ師だ。あと二、三日で、仕あがるだろう。念仏を唱えながら研ぐのが、なんとも薄気味悪いものではあったが」

それだけ言い、丸子十郎太は立ちあがった。

修理は、すぐに書き物に戻った。ほんとうの書き物は、ここではできない。いまは、毒の製法や効果を書いているだけだ。六種類の毒が、混合してある。

夜半になって、修理はのどの渇きを覚えた。水よりも、酒が欲しいという気分だった。

腰をあげ、母屋へ歩いた。台所の手前の部屋で、喘ぐような声が聞えた。行燈の明りも洩れている。

さわが、鉄馬の躰に跨がっていた。行燈が入口の方にあるので、さわの白い背中や尻が、浮かびあがったように鮮やかに見えた。鉄馬の片腕がさわの尻に巻きついていて、指は肛門にさしこまれていた。さわは顎をあげ、背をのけ反らせている。

それだけのことを、ほんの束の間で修理は見てとっていた。

音をたてないように台所に入り、徳利の酒をひとつとった。

戻る時は、四ツ這いになったさわを、鉄馬が後ろから犯していた。指は、相変らず肛門に深く沈みこんでいるようだ。

鉄馬とさわが男と女であることを、別に不思議とも感じなかった。鉄馬は五十をいくつか超えたところで、さわは二十二、三のはずだが、そういうことも世間ではめずらしいわけではない。

自分はどうして、お清の躰を抱いたのだろう。資料部屋で、ちびちびと酒を飲みながら、修理は考えていた。

杭に両手首を固定され、村の男たちの慰みものになっていた女。しかし、不思議な女体だった。かつてない快感を、精を放つまで修理に与え続けたのだ。溺れるというようなものでなく、このまま死んでもいいと思えるような快感だった。

ほかの男がお清の躰にこだわらなかったところを見ると、あの快感は自分にだけ与えられたものだったのか。

いや、もうひとりいる。

夫の加助が、そうだったのではないのか。加助ひとりの考えで、村人を皆殺しにしようと毒を使ったのではないだろう。そんな度胸はない。あの快感を得るためにやった、とは考えられないか。

二人で、逃げたい。交合中に耳もとで囁かれた言葉は、いまも気持に刻みつけられている。そして、自分は狂った。狂い続けながらも、なにか決して踏みこんではならぬところが、眼の前にある、とも思っていた。あと一歩。多分、そこで踏み止まったのだ。そのために、竹槍でお清を串刺しにする必要があった。

あれから、自分は駄目になった。竹槍が、お清の躰を貫く感触を、掌に感じてからだ。大事なものを失った。そう思ったのだろうか。いや、ちょっと違う。自分のなにかを、同時に殺してしまったのか。

酔いが回ってきた。

横たわると、お清の躰が自分に与えた快感が、蘇ってくるような気がした。しかし、決してほんとうに蘇りはしない。

自分で、自分を嗤っていた。あれは、どれほど前のことだったのか。なぜいま、あの快感を思わず求めるような気持になってしまうのか。

眠っていた。夢を見続けていたような気がするし、あっという間だったとも思った。寝汗の冷たさで、眼醒めていた。

夜が明けようとしている。

修理は起きあがり、治兵衛が書き残したものを、書き写す作業をはじめた。

いつ、誰が病で倒れたか、というところから書いてある。少しずつ人が死に、丸尾修理という医師が現われ、疫病ではなく毒であることがわかった。気づくと、村は藩兵に封鎖されていた。金の鉱山のことも、息子の加助や嫁のお清、孫のことまで書いてある。次には、食物に入れられた毒。

人の心の毒が、あの村を呑みこんだ。書き写していると、そう思えてくる。

しかし、こういう思いも、もう終りなのだ。

作りあげた毒を、三倍の量に増やす。それで自分は、この薬草園を出て行く。ここには、丸尾修理などという人間はいなかった。いや、この世に、そんな男はいなかった。それでいいのだ。

明るくなっていた。

治兵衛の書き残したものは、すでに十部近く書き写してある。あと二、三部。それぐらいでいいだろう。

縁に出て、のびをした。また晴れた日だった。諸沢村で、照りつける日々が続いたことを、修理は思い出した。

広場を歩いていた鉄馬が、修理を見て近づいてきた。

「また、覗(のぞ)いてくれんかな、修理先生」

「なんの話です？」

「俺がおさわと媾合(まぐわ)う時、覗いてくれる人間がいると、おさわは狂ったようになる。興奮するのだよ。そんなふうに狂わせてやったあとは、二、三日は俺にやさしい」

「私は、酒を戴(いただ)きに台所に行っただけです」

「だから、それはそれさ。あんただって、山の中の村で、縛りあげられた女の躰に溺れていたそうじゃないか。栄次たちは、月明りでそれを見ていたそうだ。見られていると、女は狂うのだ。そして狂えば、俺も気持がいい」

「よしてください、鉄馬殿。夜中にあそこを通りかかったことについては、謝ります」

「そんなことじゃねえんだよ」

さわが井戸の方へむかう姿が見えたので、鉄馬は口を閉じ、立ち去った。

修理は、目を閉じた。

もう少しだ。もう少しだけで、この闇の中からは抜けられる。その時は、丸尾修理などいなくなるのだ。

森之助が駈けてきて、さわが水を汲むのを手伝いはじめた。

第九章　忘却の日

1

佐吉が駈けてくるのが見えた。

その前に、母屋の方からさわの悲鳴も聞えたような気がする。

修理は二日前から薬草小屋に籠り、ほかのことにはまったく気を払っていなかった。庭で斬り合いがあろうと、いまは自分さえ死ななければいい、と思っていた。佐吉が駈けてきても、それを眼の端で捉えただけで、それ以上、なにが起きたかも考えはしなかった。しかし佐吉は、修理にむかって駈けてきた。うっとうしいという思いだけが、修理にはあった。

「先生、早坂さんが」

佐吉は唇をふるわせていた。

「来てください。斬られてしまったんです」

「幽影先生か宗遠を呼べ」

「そっちへは、藤太が走ってます。とにかくすぐに」

修理は、仕方なく腰をあげた。二日で、ほぼ予定した通りの量の毒ができあがっていた。

佐吉は、母屋の玄関の方へ修理を引っ張っていく。立っている鉄馬の姿が見えた。早坂直介は倒れていて、さわがそばにかがみこんでいた。修理は、早坂の抜身の大刀が踏み石のところに落ちているのに眼をやった。

「先生、早く」

さわが言う。見た瞬間、助からないということが、修理にはわかった。出血は多くない。腕を斬られているだけだ。しかし腹にもうひとつ刺し傷があり、それは小さく見えるが、多分内臓を抉られている。

「私には、大事だったんです」

早坂が、修理に眼だけむけた。まだ、なんとか視力を失ってはいないようだ。

「田村藩士なのです、私は。だから、藩が大事なのです。軽輩ですが、代々の田村藩士ですから」

「俺が、斬ったよ、修理先生」

「なぜです。なぜ致命傷になる突き方をしたのです？」

「ほう、さすが医者だね。見ただけで、腹の中がずたずたになっているのがわかるのか」

「私は」

早坂が、なにか言おうとしたが、噴き出した血が口を塞いだ。修理はしゃがみこみ、早坂の首を少し横にむけた。それで、気道は通ったようだ。

「諸沢村は、もう戻らない。だから、藩を潰すことに、どんな意味も」

早坂の手が、修理の方にのびてきた、その手を握り返したのは、医師の本能のようなものだった。すでに、指の力は失われている。

「私は」

早坂の手に、痙攣が走った。その意味が、修理には痛いほどわかった。

「先生には、何度も助けていただきました」

早坂の眼が、大きく見開かれる。それで終りだった。修理は、目蓋を押さえ、眼を閉じてやった。

鉄馬は、返り血ひとつ浴びていない。早坂の脇差しで腹を抉ったようだ。

「修理先生は、ぼんやりしすぎだぜ。そこにあるのは、先生の大事なものなんじゃねえのか。その若造、二、三日前からずっとそれを狙っていたからな」

「あなたは」

言おうとして、修理は眼を見開いた。地面に落ちた包みからはみ出しているのは、治兵衛が書き残したものだった。それだけではない。十数部修理自身が書き写したものも、すべてである。

「早坂さんは」

「そいつを、持ち出そうとしたので、俺は一応止めたさ。すさまじい形相で、抜撃ちを食らわしてきた。俺はこの通り無腰だ。だから、この若造の脇差しで腕を斬り、腹を突いてやった。死んだ方がいいやつだと思ったから、突いたついでに、内臓も抉ったのさ」

「これを持ち出して、早坂さんは」

「売るか、藩に持ちこむか。一文無しのくせに、毎日のように市中を出歩いていた。誰かと会っていたんだろうよ。景一郎は、襲ってくる者以外には関心を持っていないし、修理先生はちょっと間抜けだ。だから俺が、見張ってやった」

早坂はこれを、田村藩の江戸屋敷に持ちこむつもりだったのか。つまり、諸沢村のことを、なかったことにするつもりだったのか。

あの地獄から、日が経った。そのわずかな日数で、早坂は諸沢村を忘れられたのだろうか。それとも、忘れさせる別の力が働いたということなのか。

佐吉が、包みを拾いあげた。差し出されたそれを、修理は茫然としたまま受け取った。

「なんだよ。どういうことだよ。仲間じゃなかったのかよ。藩が大事だと。いまごろ、なにを言ってやがるんだ」

吐き捨てるように、佐吉が言う。

包みを抱えたまま、修理は薬草小屋に戻った。景一郎が立っていた。

「鉄馬殿が、早坂直介を殺した」

「理由もなく、人を殺したりはしませんよ、伯父は」

「どうしたのだろう、早坂は。諸沢村のあの地獄を、忘れてしまったのだろうか？」

「人の心の中を、私はあまり覗かないようにしています。修理殿の心の中も」

景一郎の眼が、修理を見つめている。見つめ返すことを、修理はしなかった。誰とも、語りたくもない。

薬草小屋に入ると、修理は包みを抱えたまま、作業台の前に座った。

作りあげた毒が、壺三つに分けて入れてある。一滴でも、人は死ぬ。それほど、強い毒になった。しかも、味も臭いもまったくしないのだ。これさえあれば、修理は、低く呟いた。それから壺に木の栓をし、蠟を垂らして完全に密封した。

2

夜になって、作造が帰ってきた。

隆市は、刀を見つめていた。市中の刀屋で買ったものだ。無銘だが、いい刀だった。これまで遣ってきたものとは、較べものにならない。

四十両だった。小藩の下士では思いもよらない額だが、稲葉重明から渡された路銀が、そっくり残っていたのだ。

「新しい刀が、大層お気に召されたようで」

「おまえは、ひどく不機嫌ではないか、作造。また、なにか目論見がはずれたのか?」

「私は、なにも目論んでおりません。ただ、稲葉様が切腹と決まったようで」

一関では、相当の権力争いがあったようだ。その知らせも、隆市のところではなく、作造のところに入る。

稲葉重明の藩内での力は、絶対なものに近かった。反稲葉派はいたが、力はなく、首魁となる人物も欠いていた。不平を並べる者が、ただ集まっているようなものだった。

諸沢村のことでは、いくらなんでも藩士の死者が出すぎたのだろう。伊達藩に介入を許したことも、追及の理由のひとつになったに違いない。

そして稲葉重明は、いずれ自裁するつもりだった。反稲葉派を、徹底的に押さえつけることを、しなかったのかもしれない。

あんな男でも、眼を曇らせ、自滅することがある。若くして、家老に昇ってしまった。主君さえも諌め、藩財政の窮乏を立て直しつつあったのだ。自分がいなければ、という自負を強く持ち過ぎたのかもしれない。

「橘田様は、仕事をされようとはなさりませんな。稲葉様とのお約束であったはずですが、失脚されればもうなかったことでございますか。稲葉様は、いまでも橘田様が仕事をなさることを、お待ちであろうと思います」

「俺も、待っていたさ」

「なにを、でございますか？」

「おまえの仕事が捗るのをだ。俺がやらなければならぬのは、ただひとつ、日向景一郎を斬ることだけだろう」

「私が、どういう仕事をしていたと？」

「早坂直介に狙いをつけた。その前に、伊達藩に密かに情報を流し、あの薬草園を襲わせたりもしたであろうが。内から崩すことは、前々から考えていたであろうし、その時は早坂を狙うしかないわけだからな」

「すべて、お見通しというわけですか」

「おまえのやり方は、好きになれん。胸が悪くなりそうだからな。まあ、待つしかないと思っていた。藩のために、というより稲葉殿のために懸命だったのだから」

隆市は、刀を鞘に収めた。鞘に収めると、刀が放っていた気は、拭ったようにきれいに消えた。この刀で最初に斬るのは、日向景一郎、と隆市は決めていた。

「早坂直介は、駄目でございました。毎日のように会い、藩のためということを、心の底にまでしみこませたつもりだったのですが」

「人間の、生真面目さを衝く。それも、俺がいやだと思うところだ。虫酸が走る」

「早坂は、果てました、薬草園で」

「急ぎ過ぎたのだ。つまり、おまえが殺した」

めずらしく、露骨に不快な表情を、作造は隠そうとしなかった。

「橘田様が、のんびりし過ぎておられるからです」

「やつらが動き出すのを、なぜ待てん、作造。日向景一郎は知らず、丸尾修理も早坂直介も、なにかやろうと考えてはいたはずだ」

「急ぎすぎてはおりません。遅すぎたほどです。稲葉様の切腹が決まったというのですから。お武家様の言葉で言えば、無念のひと言でございますね」

「稲葉殿は、生きている方がつらい。おまえが、どういう思いを殿に抱いているか知りたくもないが、あの人は、死ぬことが決まってほっとしているさ」

「橘田様にも、早く死んでいただきたい、というのが私の本心でございますよ。できれば、日向景一郎と相討ででも」

「相討か」

どうしても勝てぬ相手とむかい合った時、相討を狙うというのは、唯一の方法だった。

隆市は、日向に勝つつもりでいた。だから、機が熟するのを待っている。

「橘田様が、鼻を斬り飛ばしたくノ一がおりましたな。江戸に戻ってきております。面体は、しっかりと隠しておりますが」

「やはり、幕府の隠密か」

「稲葉様が腹を切られたことがはっきりいたしましたら、私は田村藩を離れます」

そして幕府につき、藩を潰す側に回るとでも、作造は言っているようだった。それなら、それでいい。自分には、日向景一郎との勝負があるだけなのだ。

江戸も、急に秋の気配が濃くなっていた。風が涼やかで、時に肌寒いと感じることもある。しかしまだ、長元寺の境内の銀杏が色づくほどではなかった。

隆市は、新しい差料を腰に、着流しで歩いていた。浅草橋場町の渡しから、向島に渡った。それが、池之端からは一番近い道筋だった。

杉屋の薬草園まで、それほどの距離はない。

門を潜り、前庭から玄関らしいところへむかった。男が、立ち塞がった。着流しの無腰で、しかも片腕である。

「ほう、これはまた。丸子十郎太ともいい勝負をしそうな腕だな」

「その丸子十郎太に会いに来た。橋田隆市という」

「俺を、押しのけられるか？」

「たやすいな、そんなことは」

隆市が気を放つと、片腕の男は跳び退った。手練れだが、剣はどこか崩れている、と隆市は思った。さらに一歩。次の瞬間、隆市は跳躍した。片腕の男が、茫然と立ち尽していた。頭を越えたのだ。

「日向流」

「見よう見真似だ。で、丸子十郎太は？」

「別に俺に訊かなくても、こちらへむかっている」

確かに、家の中から人の気配が近づいてきていた。

「気がぶつかり合った。何事だろうと思った」

十郎太が、上がり框に立って、隆市を見つめてきた。片腕を吊っているが、ほかに大きな傷があるとは見えなかった。

「日向景一郎と立合い、斬られたそうだな？」

「見事に、斬られた」

「そうでもないさ。生きているではないか、丸子十郎太」

「橋田殿は、日向と立合に来たのか？」

「いや、おぬしと会いたくなった。別に負けた姿を見ようというわけではないのだが」

十郎太の眼は、暗かった。しかし、覇気は失われていない。

「俺は、いまだに信じられん」

「そうか、日向は跳ばなかったか」

「わかるのか、橋田殿には？」

「日向流をつきつめれば、そこへ行く。跳んで、跳ばない。わけのわからぬ言い方かもしれんが、そうなるのだ。日向将監さえ、そこには達しなかったと思う」

「跳んで、跳ばないか」

隆市が言ったことを、十郎太は理解したようだった。

「おい、橋田隆市。景一郎と立合いたいのか？」

片腕の男が、そばへ来て言った。

「この薬草園では、いろいろなことが起きている。丸尾修理という男が、杉屋の金を二十両持ち出して姿を消した。毒も持ち出しているので、みんな大騒ぎをしている。景一郎だけが、いつもと変りない」

「立合えと言っているのか、日向と？」

「俺は、景一郎の剣が破られるのを見たいのだ。甥だが、あいつは人間に戻りきっていないからな」

「おぬしよりは、人間に近いと思うが」

「なんだと？」

「相当の手練れだったのだろう。しかし、剣が腐ってしまっている。それがわかっているので、無腰でいるのではないのか？」

男が、凄惨な笑みを顔に浮かべた。

隆市は、十郎太の方へ視線を戻した。暗いが、澄んだ眼をしている。二度、日向に斬られることで、この男は確かになにかが変った。日向に二度斬られて生き延びた者は、皆無と言っていいだろう。どこか、妬ましくなるような変り方だった。

「日向と立合う前に、無性におぬしと会いたい。なぜか、そう思った」

「跳んでも、跳ばなかった。まさしく、その言い方が正しい、と俺は思う。あの時のことを思い出すたびに、肌に粟が生じる」

作造が言うように、相討しかないのかもしれない、と隆市は思った。こちらが勝とうと思った時に、日向は跳ぶ。あるいは、跳んで、跳ばない。

「橋田殿は、いつ日向景一郎と立合う気でいる？」

「さて、いつになるか。日向が死ねぬと思う瞬間を、俺は待っているのだがな」

薬草園のどこかに、日向はいるのだろう。それでも、自分が立合おうとしないかぎり、日向の視界に自分が入ることはないのだ、と隆市は思った。

「日向と、話はしたのか、十郎太？」

「いや、ひと言も」

「そうか。俺はいま、十郎太と喋っていることで、日向とも言葉を交わしている、という気がするよ」

「そういうものかな」

「俺が、俺だけが感じていることだろうがね」

「俺の血」

十郎太が言い、うつむいた。その時だけ、かすかに揺れ動く気配が感じられた。

「なんでもない。二人の立合を、俺は見たいという気がする、橘田殿」

「縁があればだ」

「そうだな。縁があればだ」

深い眼差しに、吸い込まれそうな気分に、隆市は襲われた。

それをふり切るように、隆市は一度笑ってみせた。

3

夜明けが近かった。

修理は一睡もせず、文を書き続けていた。

内藤新宿のはずれにある、宿の一室である。十日分の宿賃の前払いをした。上客と見たのか、離れの一室をあてがわれていた。

三通の文を書いただけで、修理は疲れ果てていた。しかし、眠ることはできそうもなかった。

内藤新宿は、四ツ谷大木戸のすぐ外にある。甲州街道最初の宿場である。しかし宿場というより、遊び場の趣きが強く、飯盛女なども許されていた。修理が知るかぎり、江戸近郊で最も人の多い場所だった。

朝食をとると、修理は一里ほどのところにある小さな稲荷(いなり)へ出かけた。裏の小さな空地に壺(つぼ)が三つ埋めてあり、それぞれに石を置いていた。供え物もしたので、それを動かそうという人間はいないはずだった。それでも、気になって見に来た。きのうも、同じことをしている。

石が動いていないのを確かめると、午(ひる)までわけもなく歩き回り、団子を食ったあと、通りかかった寺の境内で、しばらくぼんやりしていた。

宿に戻ったのは、夕刻だった。

飯盛女が夕食を運んでくる。きのうはそれだけで退がらせたが、そばにいるようにと言って、一分銀をひとつ渡した。ひと晩の買い切りである。その一部は宿に納め、いくらかが女に戻ってくるようだった。さらに二朱、宿には内緒だと言って、女の手に握らせた。水仕事のためか、いくらか荒れた手だった。

銚子を三本空けたが、酔いはほとんどなかった。女に勧められるまま、修理は風呂に入った。しばらくすると、女が裸で入ってきた。年増だが、躰は崩れていない。白い肌が、薄闇の中に浮かびあがった。

「名は？」

「えいです」

「おえいか。いくつになる。子は産んでいないようだが？」

「女に、歳なんて訊くもんじゃござんせんよ、旦那。あまり、こんな遊びはされてませんね。二朱もくださるなんてのも、ほんとは抱いたあとでいいんです。自分が、二朱分満足したと思った時でね」

「そんなもんか？」

「内藤新宿の女は、吉原とは勿論違います。深川の芸者のようにきれいでもなけりゃ、品川の女郎みたいに若くもありません。それでも、客を取ったら必ず満足させるという心意気はありますのさ」

多分、三十をいくつか超えているのだろう。乳房は大きいが、いくらか垂れている。乳首が小さいのは、子に吸わせたことがないということだ。下腹を中心に、全身に脂が乗っているが、それがいやだとは修理は思わなかった。

「私は、こういう遊びをするのは、はじめてなのだ。作法がよくわからない」

「男が女を抱くのに、作法なんてありゃしませんよ。躰に傷さえつけなけりゃ、なにをしたっていいんです。まして、二朱も心付けを先にいただいてるんですからね」

「私は、満足したいのだよ、おえい。叫び声をあげて、狂うほどに満足したい。精を放ちながら、死んでもいいと思えるほど、私を満足させられるか?」

おえいは、修理の躰を洗いはじめていた。修理の男が、たちまち怒張した。そこだけは、おえいはそっと触れるように洗っている。

「死んでもいい、と言われてもね。あたしが旦那に惚れりゃ別でしょうが、なかなかひと晩じゃ惚れたなんて思えないものですよ」

「四日、かけてもいい。宿には一両渡しておく。おえいにも、一両渡そう」

杉屋の寮の手文庫には、四十両ほどの小判が無造作に入れられていた。その中の二十両だけを、修理は懐に入れてきた。その気になれば、五両でも十両でもおえいにやれる。

「旦那、金で心は買えません。一両くださるというのは、あたしにとっちゃ夢みたいな話でござんすよ。でも、女の心は小判じゃ買えません」

「気持を表わす方法を、私はそれ以外に知らないのだ」

「あたしの躰を買ってくださった。まず、そこからはじめるしかござんせんよ、旦那。朝になって、顔を見るのがいやになったら、ほかの女を呼ばれていいんです」

「わかった。まず、見せてくれぬか?」

「そりゃね、旦那がお買いになったものです」

おえいが湯槽(ゆぶね)の中で立ちあがり、片足を縁に載せた。薄い恥毛だった。その奥にあるものを、修理は蠟燭(ろうそく)の明りで確かめた。

なにをしているのだ。ふと、そう思った。女に、病気があるのかどうか、確かめようとしている。いまの自分に、それがどんな意味があるというのか。

自嘲(じちょう)に駈(か)り立てられたように、修理はおえいの局所に吸いついた。低い声があがった。おえいの、たっぷりした下腹が、痙攣(けいれん)したようにふるえているのを、修理は薄闇の中で見つめていた。やがて、おえいが溢(あふ)れさせる体液が、修理の口に流れこんできた。舌で掬(すく)うようにし、口に溜(た)まると呑(の)み下す。低い声を、おえいはあげ続けていた。

床に入ると、修理はすぐにおえいの躰を開いた。激しく腰を動かしても、なかなか精を放つことができない。息が弾んできた。全身が汗ばんできたころ、ようやく修理は低い呻きとともに精を放った。

昂ぶったものは、まだ鎮まっていなかった。ただ、男根だけは萎縮している。おえいが、それを口に含んだ。舌が微妙に動き回ると、修理のものはすぐに怒張した。

後ろから、貫いた。おえいの白い大きな尻が、行燈の明りの中で浮かびあがる。おえいの喘ぎ。修理の汗。力まかせに、修理は責め立てた。肛門に、指をさし入れる。それまでと違う声を、おえいはあげた。おえいの中にある修理のものにも、いままでにない感触が伝わってくる。鉄馬とおさわはこうやっていた、と修理は思った。指先を動かすと、薄い肉の襞を通して、その感触が自分のものに伝わってくる。精を放った。

それでも、修理は眠れなかった。おえいが、股間に吐息を吹きかけてくる。指が、修理の全身を這う。手の指が、それから足の指が、おえいの口に吸いこまれる。修理のものが、また怒張してきた。修理は、上体だけ起こされた。おえいが、そこに跨ってくる。激しく動いたのは、おえいの方だった。修理は、眼の前にある乳房を、音をたてて吸い続けていた。長い時が、そうやって過ぎた。おえいも修理も、汗まみれだった。その汗がぬるぬると混じり合い、修理の全身に快感が走った。おえいが、叫び声をあげ、頭をのけ反らせて硬直する。それが、三度、四度とくり返された。薄闇の中でもわかるほど、おえいの上体は紅潮していた。乱れた髪が、頬から首にかかっている。強く締めつけられた時、修理は三度目の精を放った。

仰むけになったまま、しばらく呼吸を整えた。おえいが、手拭いで修理の全身の汗を拭った。修理は、天井を見ていた。やはり、眠りは訪れてこない。

お清との交合が、不意に思い浮かんだ。

あんな快感は、生涯訪れてくることがないのだろう、と修理は思った。あれも、地獄だった。地獄の中にしかない快感だったのだ。

おえいが、修理の全身を揉みはじめた。強張ったものが、解きほぐされていく。しかし、ほぐれているのは、躰だけだった。

おえいの手が、股間にのびる。もう、怒張することはないだろう、と修理は思った。口に含まれても、やはりそれは萎縮したままだ。おえいの舌が、ふぐりから肛門の方へ這っていった。それが肛門で止まり、微妙に動き、舌先が中へ入ってきた。かすかな快感があったが、修理のものは萎縮したままだ。

不意に、衝撃があった。はじめは、それがなんだか修理にはわからなかった。おえいの指が、肛門に差し入れられたらしいと、しばらくして気づいた。ゆっくりと、修理のものが怒張してきた。

跨ってきたおえいは、ほとんど動かなかった。修理は、おえいをじっと見あげていた。不思議な感覚が、修理を包みはじめた。底に快感はたゆたっているが、鋭いものではない。やわらかな力が、修理のものに加えられてきた。それは強く弱く修理のものを締めつけてくる。底にたゆたっていた快感が、次第に表面に出てきた。しかし決して鋭くはなく、全身を穏やかに包みこむような快感だった。

いつの間にか、修理は交合に没頭していた。躰は、動かしていない。跨っているおえいも、ほとんど動いていないだろう。ひとしきり、見つめ合いながら交合を続けた。

ゆるやかな、波のようなものが修理を襲ってきた。さきに眼を閉じたのは、おえいの方だ。眼の代りに唇が開き、そこから荒い息を吐いている。おえいの躰がふるえはじめた時、修理も眼を開けていられなくなった。

いきなり、おえいの腰が動きはじめた。なにかを突き破ったように、不意に修理の快感は鋭いものになった。呻きなのか叫びなのか、自分の口から声が出ているのを、修理は別のもののように聞いていた。背が反りかえり、跨っているおえいの躰を持ちあげ、揺らした。また、眼を開けていた。おえいは全身を紅潮させていた。口は大きく開けられているが、そこから声は出ていない。腰だけが激しく動き続け、同時に修理のものを締めあげた。

宙に放り出された。そう感じた。全身がわなないていた。哭(な)き声をあげながら、修理は精を放っていた。

気づいた時、おえいは修理のものを舐(な)めていた。

「眠れそうだ」

眼を閉じて、修理は言った。

「旦那は、悲しい抱き方をされるんですね。精を放たれるたびに、あたしの躰に悲しみが溢れました。もう悲しみで一杯になって、あたしの躰がこんなになったのも、生まれてはじめてでござんすよ」

おえいの言葉を耳に入れながら、修理は眠りに落ちていた。

翌朝、修理は宿の主人に二両渡した。四日分の買いきりの、二倍の額である。

「私は、ここで書きものをしなければならん。人に煩わされたくないので、離れを貸切りにするのも、許して貰いたい」

「それは旦那様、いつまでもごゆるりと逗留なさってくださいまし。宿賃は過分に頂戴しております。おえい以外の者が、離れに近づかないようにもいたしましょう」

ぐっすりと眠れたので、修理の頭ははっきりとしていた。修理は、明るい間は書きものに専心した。手紙である。

午すぎに一度、稲荷まで歩いて、石が動かされていないのを確かめ、供物を新しくしてきた。

夕方になると、おえいが食事を運んでくる。銚子は二本と決め、おえいにも飲ませた。渡そうとした小判を、おえいは受け取ろうとしなかった。

「あたしが、したくてやっていることなんです。旦那は、すでに宿に銭を払っておられるじゃござんせんか」

なぜだ、と訊いた修理に、おえいはそう答えた。

食事が終ると、おえいはしばらく修理の躰を揉んだ。その間、修理はうとうととしていた。考えることはなにもなく、ぼんやりと夢を見ることもなかった。

眼醒めると、もう酔いは醒めていて、おえいと一緒に風呂に入った。そこでは、おえいに躰を洗わせるだけで、すぐに素っ裸で床に横になった。

昨夜のような快感が訪れてくることは、もうないだろう、と修理は思う。おえいの躰を物のように扱い、修理はけだものじみた交合をはじめた。半刻以上も、おえいは泣き喚いていた。汗にまみれて精を放ち、修理はおえいの躰から離れた。

しばらく荒い呼吸を整えていたおえいが、濡れた手拭いで修理の全身の汗を拭う。それからなにかを癒すように、修理のものを口に含むのだった。

ひとしきりそれをやると、肛門に指がさし入れられてくる。滑らかで、痛みはなかった。

「胡麻の油を指に塗っているんですよ、旦那。痛い思いなど、決してさせません」

萎縮していた修理のものが、怒張をはじめる。おえいが、修理に跨ってくる。穏やかさからはじまった。しかし、昨夜と同じなのは、そこまでだった。すぐに、宙に放り出された感覚に包まれた。おえいは、まだ腰を動かしてはいない。実に長い間、修理は宙を浮游し続けた。不思議な時の流れだった。なにかが、おえいの躰に吸い取られていくような気もした。

おえいが腰を動かすと、快感はいきなり襲ってきた。頭の中は、ただ白い。

気づくと、修理に跨ったまま、おえいはまだ全身を痙攣させていた。それが収まると、おえいは修理の躰から降り、ぬめった股間を舐めはじめた。

「眠れそうだ」

呟くように、修理は言った。

宿のこの離れも、諸沢村とはまた違う、快い地獄なのだろうか。心の中で、ほんの少しずつだが、崩れていくものがある。それをすべて崩したい、と修理は思っていた。

おえいの躰が、脇に滑りこんでくる。修理は、まだ火照ったように熱いおえいの躰に触れ、眠りに落ちていった。

翌朝になると、修理はまたすぐに手紙を書きはじめた。五通、六通とできあがっていく。午後には、稲荷に出かけた。書いたもののすべては包みにして、脇に抱えていた。治兵衛が書き残したものも、一緒である。薬草園を出てから、それはいつも身辺に置くようにしていた。

早坂直介が、これを盗もうとした。それがなぜなのか、理由を考えることもなかった。

修理がいろいろと考えているように、早坂も考えたのだろう。

内藤新宿は、相変らず人が多い。それも、旅人より遊びに来ている人間が多いようだ。擦れ違う人の顔が、修理にはみんな同じに見えた。というより、ほとんど顔がない。男も女も、みんなのっぺらぼうのように思える。

宿場を出、街道からもはずれると、急に人は少なくなる。畠や雑木林が続き、農夫の姿を見かけるだけになる。

江戸については、知らないことが多くあった。修理が調べようとしているのはひとつだけで、それは難しいことではなさそうだった。明日一日かければ、およそのことはわかるだろう。

稲荷には、なんの変化もなかった。

宿へ帰ると、離れでおえいが待っていて、修理を見ると涙を浮かべた。眼の下には、隈を張りつけている。

「どうしたのだ?」

「旦那が、遠くへ行ってしまって、戻って来ないような気がしたんです。旦那、遠くへ行ってしまうんでしょう?」

「遠くへは、行かない」

ほんとうに、遠くへ行く気はなかった。

「あたしは、薹の立った飯盛女ですけど、旦那がどうしようもないほどの悲しみを抱えてることぐらい、わかります。汲んでも汲んでも、尽きることがない悲しみですよね。あたしは、ほんの少しでも、それを汲み出したい、となぜか思ったんです。すると、旦那が遠くへ旅立たれるのが、ひどく切ないことのように思えましてね」

名も、告げていない。だからおえいは、修理を旦那としか呼ばない。旦那のままがいいのだ、と修理は思った。

おえいは、もう笑って修理の着替えの仕度をしていた。

4

きのうから、景一郎は窯に火を入れていた。

一度焼締めをしたものに、釉薬をかけただけで、絵付けなどはしていない。釉薬は、さまざまなものを集め、焼きあがった時の色もほぼ見当がつく。

森之助に、火の番を任せた。森之助の器も、三つ入っているからだ。時々作業場へやってきて、なにも言わずに土を揉み、皿や壺を作るようになっていた。なにひとつ教えていないが、焼きあがったものには、どこか捨て難い風情があった。杉屋清六など、森之助の焼物を、ずいぶんと気に入っている。

「修理先生は、どこへ行かれたのでしょうか、兄上。なにか起きなければよい、と私は思うのですが」

「気になるのか？」

「とても。不吉な胸騒ぎと言うのでしょう、こういうのを」

森之助は、薪を放りこむのをやめ、額の汗を手拭いで拭った。火の具合も、森之助は見ることができるようになっている。

「日向殿、お願いしたいことがあります」

丸子十郎太が、窯のそばまでやってきた。

「もう一度、立合っていただきたい」

「なぜ？」

「負けた恥辱に、耐え難いからだ。いや、負けて生き残った恥辱に」

「わかる気もする。それで、怪我は、十郎太？」

「傷は塞がった。鎖骨も、砕かれていたのではなく、きれいに斬られていたので、すぐに繫がった。心配は無用」

「森之助、火の見張りを怠るな」

言って、景一郎は作業小屋へ行き、来国行を腰に差した。鉄馬が、口もとに笑みを浮かべながら近づいてくる。

「景一郎、助けたのが無駄だったな。今度は、しっかり死なせてやれ」

「助けたのは、私ではなく修理殿ですよ、伯父上」

景一郎は、丸子十郎太の前に立った。森之助が、窯に薪を放りこんでいるのが見えた。十郎太が、抜刀する。尻懸則長が、祥玄の研ぎで一層冴えわたっている。いい刀だ、と景一郎は思った。

来国行を抜くと、景一郎は二歩近づいた。そして、跳んだ。すぐに跳ぶと思っていなかったのか、十郎太が低い呻きをあげた。その時、景一郎は地に降り立っていた。

「なぜ、斬らなかった。俺には、受けられなかったのに？」

「斬れなかった。私の剣は、相手の殺気に応じて動く。殺気を発してくれなければ、斬れはしないのだ」

「俺に、殺気がなかったと？」

「それは、自分が一番わかっているだろう」

十郎太はうなだれ、刀を鞘に収めた。

「そばで、見ていてもいいか？」

「ああ」

景一郎は、窯のそばに戻った。鉄馬が、舌打ちするのが聞えた。

「俺は、考えに考えた。なぜ、日向殿が跳ばなかったのかと。跳んで、跳ばない。日向流はそこへ行き着くと、橋田隆市は言った。それについても、考えた。どんどん、わからなくなっていく」

十郎太が、積みあげた薪の端に腰を降ろした。

「それが、わかった。さっき刀を抜いた瞬間に、いやというほどわかった。考えることではない。日向殿が斬り、俺が斬られた。それだけのことなのだな」

森之助が、また薪を放りこみはじめる。

「立合で、考えることなど、なにもないのだな。ただ立合う。どちらかが勝ち、どちらかが負ける。それだけのことだ」

「私は、血を呼ぶけだものだそうだ。伯父上は、昔からそう言う」

「鉄馬殿の腕は？」

「私が、斬り落とした」

十郎太は、しばらく黙っていた。森之助が、汗を拭（ぬぐ）っている。窯の熱は、決して下げてはならない。一度でも熱を下げると、焼きあがったものは、どこかぼんやりしたものになるのだ。

「日向景一郎を斬ろうと思って、江戸まで追ってきた」

景一郎は、森之助の薪の放りこみ方を見ていた。窯の中で薪が均等に燃えなければ、かすかだが熱は片寄る。森之助は、薪の投げこみ方もいつの間にか身につけていた。

「諸沢村で起きたことを、俺は村田宗遠から聞いた。ただ疫病だと聞かされていたので、少なからず驚いた。俺は多分、伊達藩の人間なのだろうと思うが、なぜあれほどの藩士が動員されたのか、金鉱の話を聞いてはじめて合点がいった」

「多分？」

「俺は、正式な藩士ではない。山の中の、藩にとってはどうでもいいような、小さな村の出だ。山猿と、いつも馬鹿にされていた。腹も立たなかった。馬鹿にしている藩士は、俺が小枝一本で殺せるようなやつらばかりだったからだ。血のことを言えば、先祖は北畠顕家の係累で、伊達の当主よりずっと高貴な血なのだ」

「十郎太、もうやめにしろ」

「そうだな」

低い声で、十郎太が笑った。

さわが、下女に握り飯と干魚を持たせてやってきた。

「景一郎さんと十郎太さん。仲よくすることは、いいことよ。斬り合いなんかして、なにがわかるというのよ」

「なにも」

握り飯に手をのばし、景一郎は言った。

「男だから、斬り合いをしたくなる。そういうことだと、私は思う。少なくとも、十郎太はそうだった」

「なんてつまらないのよ、男って。森之助が一番ね。あたしはそう思う。森之助、薪なんかどうでもいいから、お握りを食べなさい」

森之助がふりむいたので、景一郎は頷いてみせた。

「ねえ、景一郎さん。修理先生が出て行ってから、何日経ったと思うのよ。なぜ、捜さないの。持っていった二十両なんてどうでもいいけど、なにかいやな気がするわ。こんな時に焼物なんて、なにを考えているのよ？」

修理の動きは、いずれわかる。景一郎はそう思っていた。

多三郎と祥玄が、並んで歩いてくるのが見えた。父子のような感じがある。多三郎は、薬草の根や茎を細かく裂くための、何本もの刃物を祥玄に研いで貰っているのだ。二人とも、握り飯に誘われてやってきたらしい。

「来国行と尻懸則長か。この二つは、もう斬り合えまいな。なぜなら、わしが両方とも研いだからだ」

前歯しかない口を開いて、祥玄が笑った。

「そろそろ、茸が出る季節になる。新しい種類を集めに、私は北の方へ旅をしてこようと思うのだがな、景一郎さん」

「北ですか」

「南には、まだ秋の茸は出ていない。藤太ひとりを、連れていくつもりでいる」

多三郎がなにを考えているのか、おぼろにだが景一郎はわかるような気がした。

「森之助殿。薪の投げ入れ方を、俺に教えてくれないか？」

十郎太が言い、握り飯を頬張りながら森之助が立ちあがった。

「私は、明日にでも出発するよ。窯出しを見られないのは、残念だが」

「多三郎さんに頼まれた、薬草を腐らせるための壺は、きれいにできあがっていますよ」

「みんな、どうしてそう暢気（のんき）なの。修理先生がどうなろうと、関係ないと言うの？」

おさわの苛立（いらだ）った声がする。

景一郎は、干魚を半分口に入れた。

5

三日三晩火を絶やさず、火を落としてからは、一日熱が下がるのを待った。

窯出しをはじめると、十郎太がやってきた。

皿や壺を、板の上に並べた。十郎太が、それに見入っている。

「窯出しとうかがいましたのでね、ちょっとばかり拝見したくて」

杉屋清六が、鉄馬と一緒にやってきた。

焼きあがったものを、景一郎は束の間眺めただけだった。鉄馬が、杉屋に値の交渉をしている。窯出しの時だけ、杉屋は薬種問屋ではなく、陶器を売る商売をする。いくらで売れているか知らないが、それがあるので、景一郎たちは母屋で気ままに暮していられた。

「森之助殿が、これを？」

器を手に取り、十郎太が声をあげた。

森之助の器は、大き目の茶碗のようで、口は拡がっている。茶器としても使えそうだった。杉屋も、そばへ行って覗きこんだ。

「物ではないな、これは。みんな生きて、気を放っている。焼物がこんなものだと、正直、俺はいままで考えたことがなかった」

「あんたも、やってみたらどうです、丸子さん。景一郎さんは、誰が土をいじろうと、文句は言わないよ。ただし、なにも教えてもくれないが。教えて貰いたいなら、森之助に頼むことだね」

さわが、渋を抜いた柿を持ってきた。柿は、ようやく色づきはじめたところである。

「私も、土の揉み方や陶車の遣い方は、森之助に教えて貰ったのだよ」

皮を剝いて四つに切った柿を、杉屋はひとつ口に入れた。

「俺にも、できるのだろうか、杉屋殿?」

「できない人間は、誰もいないね。ただ、焼きあがったものは、悲しいほどその人を現わしているよ」

十郎太が、もう一度、森之助の器を眺めはじめた。内側を覗きこみ、掌に載せて陽の光に翳し、それから指先で撫でる。

「なんだか、太いな。太いという感じが、まず最初に来る。それから、幼いところもあれば、人を食ったようなところもある。俺は、嫌いではない。技を磨けば、日向殿のような見事なものになっていくのだろうが、このままがいい、という気もする」

「やれやれ。なかなかの目利きじゃないか、丸子さんは。それに、私が考えていたような、暗い人でもないね」

「自分のことを、俺はあまり考えたことがないのだ、杉屋殿。いつも、剣を通してしか自分を考えてこなかった。日向殿に二度も斬られて、自分の剣がなんだったのかということも、わからなくなっている」

「いくつになるのだね、丸子さんは?」

「二十六」

「そうか、景一郎さんとは、四つしか違わないのか」

景一郎が手にした小さな壺に、さわが飛びついた。見覚えのないものだった。

「兄上、その壺はおさわさんが作ったものです。母屋の方で土を採んで、素焼きにする時も、私が密(ひそ)かにやりました。窯に入れるのも、私がやりました」

「そうか、おさわさんの壺か」

「森之助、言いつけたりするなと言ったでしょ。どうせあたしの壺なんか、景一郎さんが馬鹿にするに決まってる。なんだこの壺はという感じで、これだけ手にとってじっと見てるんだから」

「見馴(みな)れないものだったからです。おさわさんの壺だとわかって、頷けます。いかにも、おさわさんらしいものだ」

「いいのよ、なんとでも言いなさい。釉薬(うわぐすり)は、森之助がかけてくれたので、そこだけはとってもうまくできてるわ。素焼きの時とは、まるで違うものみたい」

景一郎は、壺の中から多三郎に頼まれていたものだけを、別にした。それは、内側までしっかりと釉薬をかけてある。そうしないと、薬草の色がしみついてしまうのだ。

「どうだ、杉屋。全部で八十両にはなりそうだ、と俺は見るが？」

「さてと、どうでございましょうね、小関さん。あまり高値で売らないでくれ、とは景一郎さんに言われていますし」

「もともとはただの土で、そんなものが高く売れていいわけがない、と景一郎は考えているのだ。もともと、無一文でも野山で生きていける、けだものみたいなやつだからな」

「大事にしてくれそうな相手を選んで、私は売るようにしているのですよ」

十郎太が、板に置かれた大皿に見入っていた。森之助も、そばに立っている。

「これは、すごい。俺を圧倒してくる。見ていると、全身の毛が立ちそうだ」

旅から戻ってすぐに、作ったものだった。陶車も遣っていない。指の先から、死んだ人間のむなしさや悲しさを、土の中に注ぎこもうとしたのかもしれない。むらにかかった釉薬が、切迫した気配を漂わせてもいる。

景一郎は、その皿を好きになれなかった。かといって、毀そうという気も起きてこない。多三郎の壺を持って、作業小屋の方へ行っただけだ。

「俺は、ここにいていいのだろうか、日向殿。躰はすっかり回復し、力も戻っているのだが、俺はもともと日向殿を斬りにここへ来た」

「なぜ、私に訊くのだ。十郎太。私や森之助や、そして伯父上がこの薬草園で暮しているのは、杉屋殿の好意に甘えてのことだ」

「しかし」

「好きにすればいい。誰も追い出そうとはしないし、出て行くのを止めもしない」

「俺には、なにもできることがない」

景一郎は、多三郎の壺に濡れた土を詰めた。多三郎が、新しい壺にはいつもそうしているからだ。どんな意味があるのかは、わからない。

「祥玄殿は刀を研げる。諸沢村の三人は、土の耕し方を知っている。俺は山育ちで、役に立つことは、なにもできないのだ」

「私も同じだ、十郎太」

「しかし、焼物ができる」

「おまえもやってみればいいだろう。私も最初は、ただやってみただけだった」

「俺に、あんな皿は作れん」

「作るのではない。できてしまうのだ」

「もう、剣は遣える」

「なにを考えている?」

「橘田隆市が、いずれここへ来ると思う。俺が立合ってもいい」

「それこそ、余計なことだ」

十郎太がうつむいた。

「俺は、国へは帰れぬだろう。伊達(だて)のやつらを何人も斬ったからな。流れ歩くのがほんとうなのだと思うが」

「だから、好きにしろと言っている」

十郎太は、うつむいたまま、作業小屋を出ていった。

景一郎は、次に揉む土を選びはじめた。各地から、さまざまな土を運んできている。大抵は、俵に入れて担(かつ)いでくるのだ。それを、適当に混ぜて揉みこむ。相性の悪い土があって、三日、四日と揉んでも馴染(なじ)まないことがある。十日揉み続けて馴染まないものには、まだ出会っていない。

相性の悪そうなものを、三種類選んだ。土は細かく砕いて、すべてが粉になっている。それを、桶(おけ)の中でまず混ぜ合わせる。できるだけ、手間をかけたかった。

無為な時があると、修理のことを考えてしまう。この薬草園から出て行ったのは、他人の力を必要としていないからだ。それがわかっているので、景一郎も捜すことはしなかった。

修理が持ち出した毒の量は、大変なものだと多三郎は言った。なぜ毒を持ち出し、それをどう使うつもりなのか、景一郎は考えなかった。

ここで過した間の修理は、ただひたむきだった。あのひたむきさの中に、邪悪なものはなにもなかった。

だからいまは、待つしかない。

第十章　心猛き時

1

江戸が、騒然としていた。

不忍池に魚が浮いたのである。それも、水面を覆い尽すほどの、夥しい量だったという。なぜそんなことが起きたのかは、まったくわからなかった。

「いま魚が集められていますが、とんでもない量です。いくら穴を掘っても埋めきれないようで、池のそばに山のように積まれた魚が、ひどい臭いを出しはじめています。そのうち、ここにも臭いが流れてきますよ、橘田様」

作造は、なぜか興奮しているようだった。口調の中に、怯えや恐れはない。

稲葉重明（いなばしげあき）の切腹が伝えられたのは、二日前だった。作造は、明らかに肩を落としていた。もう、田村藩とはなんの関係もないのだ、とも言った。

それが興奮していて、見方によればはしゃいでいるとも思える。

「作造、なんだと思っているのだ？」

「勿論（もちろん）、毒でしょう。いずれ、水を調べたり、魚の臓物を調べたりすればわかるでしょうが。とにかく、とんでもない毒ですよ。池の魚で生きているものは、一匹もいませんね」

「それを、誰がやったと考えている？」

「まず、間違いなく、丸尾修理（まるおしゅり）です」

「姿を消していたな」

「行方すら、わからないんです。どこかに、身を潜めていますね。あの男は、諸沢村（もろさわむら）の仇（かたき）を江戸で討とうというのでしょう」

「不忍池の魚を殺すことで、仇が討てるのか？」

「これは、はじめにすぎません。もっとむごいことが起きるだろう、と私は思います。薬草園で、丸尾修理は憑（つ）かれたように毒を作っていたといいますから」

「早坂直介（はやさかなおすけ）の情報か、それは？」

「犬を、何十頭も死なせたそうです」

「おまえの情報は、いつも後手だな。早坂直介を死なせなければ、まだ情報を集められたものを。急ぎすぎて、失敗する男だ、おまえは」

「なにもしないで、なんの失敗もしない橋田様より、失敗する私の方がまだ」

「また、薬草園の誰かに接触しているな、おまえ。丸子(まるこ)十郎太(じゅうろうた)あたりか？」

「誰であれ、薬草園の情報は入ってくると思うのですが、丸尾修理はあそこにはおりません。薬草園を巻きこまないために、姿を消したのだと思います」

「やめておけ、十郎太に接触するのは」

「なぜです。薬草園まで行きながら、十郎太と言葉だけ交わして帰ってくる橋田様より、ずっとましだと思いますが」

「おまえのために言っているのだ、作造。十郎太は、早坂ほど甘くないぞ」

「それも、いずれわかります」

不忍池の魚が、丸尾修理の仕業(しわざ)だとは、考えたくなかった。さらにその先があるとは、想像したくもないことだった。

なぜそう思ってしまうのか、隆市(りょういち)はちょっと考えた。やはり、日向景一郎(ひなたけいいちろう)なのか。景一郎のまわりに、人間的ではないものがあるのを、自分は許せないのではないか。

不忍池の魚については、江戸市民のかなりの数が、自分の眼で確かめた。いまから幕府がそれを押さえようとしても、無駄なことだろう。

「毒というのが、どれほど卑劣な方法なのかということは、私にもわかります。しかし諸沢村は、ほとんど毒で全滅したのです。毒で仇を討つ資格があるのは、諸沢村で生き残った三人を含めた、数人だけでしょう。その中には、丸尾修理や日向景一郎も当然入っています」

「だから?」

「面白くなる、ということです。幕府は困惑し、田村藩も伊達(だて)藩も追いつめられます」

「つい数日前まで、田村藩のために働いていた男の言うこととも思えんな」

「私は田村藩のために働いたのではなく、稲葉重明様のために働いたのです。稲葉様を切腹させた田村藩は、いまでは私の敵です」

「ほう、そこまで言うか」

稲葉重明は、確かに非凡なものを持っていた。作造のような男まで、心酔させていたところもある。藩の財政改革は、民に苦しいものではなく、藩士に犠牲を強いるものでもなかった。こんなものが、と思えるような産業を、いくらか大きくしたのである。絹の生産を多くした。旱魃(かんばつ)で手の空いていた農民を、木材の伐採と炭の生産に回した。鉄の鉱山も、新しく開発した。金鉱は、多分鉄の探査をしていて、偶然見つけたものなのだろう。

その偶然が、稲葉重明の判断を狂わせた。

隆市は長元寺を出ず、境内で新しい刀を振ることをくり返した。すでに、自分の躰の一部になっていると、はっきりと感じられる。

町奉行所や幕閣の屋敷に手紙が届いたのは、翌日だった。明日の朝、溜池の魚も浮くという内容だったらしい。それがわかったのは、瓦版屋にも同じ内容の手紙が届いたからで、夕方になって江戸市中に撒かれはじめた瓦版を、早速作造が手に入れてきた。

「ごらんください、橘田様。明日、溜池の魚が浮くと。それをよく見て、噛みしめて貰いたいものがあると。そう書かれています。これは、老中のところにも届いている、という噂です」

作造は要旨を言っただけで、瓦版に載っているのは、もっと長文の手紙だった。命とはなにか。それを説き、浮いた魚を見て意味を噛みしめろと言っているのだ。

「なかなか、気合の入った文ではないか。命をふりしぼって書いている、ということが伝わってくる」

「町奉行配下や、町火消などは当たり前として、徒士組の一部まで動員されて、溜池は蟻一匹出入りできません。二重、三重の警固でございますからな。水門なども閉ざし、ほかから溜池に水が流れこまぬようにしたのが最初の処置だったようですが、いまはもう、軍勢が城を囲んでいるという趣きで」

「不忍池は、毒だとわかったのか？」

「それがまだ、はっきりわかっていないようですな。不忍池に生きた魚を入れると、やはり死ぬそうですが」

すべての水門は、当然閉ざしただろう。いまは、雨が多くて水嵩が増えているという時期ではない。

しかし、毒とわからないような毒を、丸尾修理は作り出したということか。

作造は興奮していろいろと言ったが、隆市は黙って聞いていた。

いまのところ、魚が死んでいるというだけのことなのだ。

2

杉屋清六は、困惑していた。

不忍池に毒が入れられ、死んだ池になった。いままた、溜池に毒が入れられているようだ。江戸市中の騒ぎは、半端なものではなかった。瓦版が取りあげたことが、大きく影響している。不忍池はいきなりだったが、溜池は予告されているのだ。

清六は、湯島の店から不忍池に駈けつけたが、浮いている魚を見て、毒としか思えなかった。現場にいた、北町奉行所同心の保田新兵衛から、死んだ魚を一匹貰ってきたが、店の薬草師たちも、それがどういう毒か判定できずにいた。

毒ならば多三郎だが、逃げるように薬草採りの旅に出ている。

丸尾修理が作った毒。犬などで試しをする修理を見て、多三郎はずっと危惧を抱き続けていたようだ。ただ多三郎は、毒を薬に変えていくことを得意とする、薬草師だった。やめろと、修理に言えないところがあったのだろう。

なにかが起きる、と清六も思い続けていた。修理の姿が薬草園から消えた時は、正直、ほっとした気分もあった。修理がいなければ、薬草園と毒は結びつかない。

溜池に様子を見に行っていた手代のひとりが、駈け戻ってきた。

「魚が浮いたそうです。私は見ることができませんでしたが、役人や警固の武士が、殺気立って駈け回りはじめました」

「誰も、池には近づいていないのだろう？」

「あれじゃ、普通の人間は見えるところにさえ行けません。御先手組が出てくるという噂も流れていますが、なにもできはしないでしょう。相手が、見えないんですから」

「魚が、浮いたか」

「いずれ、運ばれはじめるでしょう。どこかに埋めないかぎり、腐って臭いますから」

溜池に、巧妙な方法で毒が流れこんだ。そういうことだろうか。水門は、すでにきのうから厳重に閉じられていたはずだ。そして水門のそばには、誰も近づけなかった。

溜池につながる濠の魚も、死んでいるはずだ。それなら、どこか警固が手薄なところから毒を流したのだと、納得できる。

　しかし、修理がほんとうに殺したいのは、魚であるはずはなかった。それを考えると、清六の全身には粟（あわ）が生じた。修理はいま、どれほどのものを殺せるのか、世間に見せつけているのだ。腕のいい、医師である。やはり、諸沢村が修理を狂わせたのか。

「水門のむこう側じゃ、魚は元気に跳ね回ってるって話です。浮いたのは溜池だけで、いま馬場の横に大きな穴を掘って、埋めはじめています」

「どこから、いつ毒を入れたというのだ？」

　もうひとりの手代が戻ってきて報告すると、清六は語気を荒げた。

「毒じゃねえって言い出すやつも出てきております。池の水を飲もうという者は、さすがにいないようですが、祟（たた）りだとか、呪（のろ）いだとか、そんなことまで噂で流れています」

　予告があったのだ。毒を入れるという予告ではなく、魚が浮くという予告だが、毒以外のどんな方法が考えられるというのだ。

　いたたまれなくなり、清六は薬草園へ出かけていった。

　おさわが、暗い表情で出迎えた。

　別棟で集まっているという三人のところへ、清六は顔を出した。村田宗遠（むらたそうえん）という修理の弟子と、栄次（えいじ）、佐吉（さきち）という諸沢村の二人だった。藤太（とうた）という若者は、多三郎が薬草採りに連れていった。

「江戸の騒ぎは、ここまで伝わっているようだね」

「伝わっているなどというものではありません、杉屋殿」

「宗遠さんと言ったね。やはり、修理先生が関係している、と思っているのか?」

「ほかに、考えられますか?」

「そりゃ、あんなことをして喜ぶ人間が、ほかにいないともかぎらない、と思うが」

「幕閣や町奉行に出された手紙もですか。瓦版を読むかぎり、切々とした心情が溢れています。余人に、あのようなものが書けるとは思えません」

清六は、腕を組んだ。

栄次と佐吉は、泣いていたようだ。

「なんで、修理先生がひとりであんなことをしようとしているのか、俺らにはわかりません。ほんとうは、俺らが訴え出ることだと思ってます。佐吉も、同じ考えです。諸沢村の人間である俺らが、やらなくちゃならねえことなんだ」

「待ちなさい、栄次。佐吉も藤太もそうだが、薬草園で働けということは、修理先生に命じられているのだろう。おまえたちが勝手なことをしないように、修理先生はそうしたのだと、私は思う」

「親も兄弟も死んでいくのを、俺らはこの眼で見てきたんです、旦那」

「だからと言って、なにができるのだ、おまえたちに。生き延びた命を大事にすることが、やるべきことではないのか？」

「俺らは、死んでるんです。諸沢村で、死にました。こうして生きてるのは、あの地獄を世に伝えるために、天が生かしてくれているだけです」

「もういい。仕事に戻りなさい。宗遠さんも、恵芳寺の養生所に。このことで、決して騒ぎ立ててはいけない」

「修理先生ひとりに、みんな押しつけてしまうわけにはいきません。なあ、佐吉。俺らが江戸へ来たのは、こんな楽な暮しをするためじゃねえよな」

「いいから、仕事に戻れ。第一、修理先生がどこにいるかもわからないのだ」

三人が、腰をあげた。

清六はしばらく座って考えていたが、庭に出て、離れにむかって歩いた。

森之助（もりのすけ）の、書見の声が聞えた。縁では、小関鉄馬（おぜきてつま）が寝そべっている。

「おい、杉屋。この間の焼物は、どれぐらいの値がついた？」

「それどころではないでしょう、小関さん」

「心配しなくても、丸尾修理は、毒の一滴も薬草小屋には残していない。誰に調べられても、知らぬ存ぜぬで通せるさ。おまえは、反吐（へど）が出そうな銭の力も持っているしな」

「そんなことで、私がうろたえるわけはないでしょう。これから、起きることに心を痛めているだけです」

「ほう、なにが起きる？」

「それは」

「不忍池と溜池で魚が浮いた。いいではないか。幕府の腐ったやつらも、命の意味をもう一度噛みしめるかもしれん。いや、無理かな、あいつらには」

「修理先生は、なにをしようとしているのでしょうか、小関さん？」

「俺は、丸尾修理ではない」

森之助の書見は続いていた。

作業小屋では、景一郎と丸子十郎太が土を揉んでいるようだ。この離れだけは、いつもとなにも変りがない。

「十郎太のやつ、やけに熱心だ。景一郎の見よう見真似だが、様にはなっている」

「あの二人は、知っているのですか？」

「当然、俺は教えてやったさ。十郎太の方はしばらく立ち尽していたが、景一郎は土を揉む手を休めようともしなかった」

「なにかやるにしても、景一郎さんは私になにも語ろうとしないでしょうね？」

「あそこにいるのは、二頭のけだものだ。おまえに、けだものの言葉がわかるか？」

「小関さんは？」

「俺にもわからん」

寝そべっていた小関鉄馬が、上体を起こした。清六も、気が抜けたように縁に腰を降ろした。作業小屋の二人を見ていると、自分の心配がつまらぬものに思えてくる。すでに、なにかがはじまってしまっているのだ。そして、いまは見守る以外にない。

「丸尾修理というのは、どういう人なのでしょうか、小関さん？」

「人間的すぎる男だな。悩み苦しみ、結局はひとりで滅びを選ぶ。実を言うと、俺はあの男が嫌いではない。あそこのけだものとは、大違いだ」

小関鉄馬が人を好きということは、めずらしかった。はじめて耳にしたかもしれない。

「実は、私もあの先生が好きでしてね」

「杉屋、丸尾修理がほんとうに動くのは、これからだぞ」

「私も、そう思います」

「二頭のけだものは、その時を待っているのではないか、と俺は思う」

「その時を、ですか」

「けだものは、本能で動くのさ。考えこんだりすることはない。そこが、俺たち人間とは違うところだ」

清六は眼を閉じた。修理がなにをやろうと、自分にできることはなにもない。

森之助の書見は続いていた。声に乱れは感じられない。もう一頭、小さなけだものがいる、と清六は思った。

3

翌日には、さらに大きな衝撃が江戸を走った。

瓦版屋が、諸沢村日記という分厚い冊子を売り出したのだ。前日から、それを刷っていたらしい。二朱もするものだったが、飛ぶように売れたらしく、清六も手代に一冊手に入れさせるので精一杯だった。

それが江戸に出回ったころ、諸沢村治兵衛という差出人の名で、幕閣の屋敷や町奉行所にも同じものが届いた。そちらの方は冊子だけでなく、小さな壺に入った毒も添えられていたという噂だった。

清六は冊子を読んで、吐気を覚えたほどだった。諸沢村から来た者たちに様子は聞いていたが、これほどひどいとは想像もしていなかった。時にはじわじわと、時には急激に、村人は毒で殺されていった。それが、日記として書き綴られているのだ。田村藩がどう動いたかも、詳しく書いてある。本来なら助けるべき藩に逆に攻め立てられ、身動きできないような状況の中で、何百人もの村人が殺されているのだった。

「この世のこととは思えない。こんなことがあるはずがない。しかし、あったのだ。間違いなくあった」

「森之助も、これを見ているのですよね」

おさわが、冊子を半分ほど読んで言った。清六は、きのうから薬草園に泊りこんでいる。とても湯島の店で、薬を売ろうなどという気にはなれなかったのだ。

「景一郎さんはともかくとして、森之助まで見てしまったのですね」

おさわは、冊子を半分以上は読み進められないようだった。

冊子の中に、丸尾修理という一関の医師の名は出てくる。しかし景一郎の名は出ていない。丸尾修理に付いてきた武士、と書かれているだけだ。もともと、治兵衛が書き残したものの中には、景一郎の名が書かれているのだろう。修理が、故意に伏せたものと思えた。自分ひとりで修理がなにかやろうとしているのだろう。修理が、それだけでもわかる。

おぼろだが、修理がやろうとしていることが、清六には見えていた。まさかという思いと、必ずやるだろうという思いが交錯し、清六は混乱していた。

夜になっても眠ることができず、清六はめずらしくしたたかに酒を飲んだ。夜明けに、束の間、まどろんだだけだ。

朝になると、幕閣への手紙が、瓦版で撒かれた。

町奉行所は、なんとか瓦版を押さえようとしたようだが、いつもとは別のところで刷られているのだという。瓦版を持ってきたのは、北町奉行所同心の、保田新兵衛だった。同心には、いろいろと便宜をはかって貰うことが多い。それでいくらか包むが、保田は質のいい方の同心だった。小関鉄馬とは親しく、景一郎に対しても、なにか独特の思いを抱いているように思える。

「半端なことじゃないぜ、杉屋。諸沢村を圧殺した田村藩と、それに手を貸した伊達藩に、責任を取らせろと言っているのだ、この手紙は。幕閣の返答次第では、とんでもない惨事が江戸で起きるとな」

「どういう惨事だと、保田様は思われます？」

「一番恐しいのが、井頭池に毒を入れられることだな」

「やはり」

井頭池は、上水道を通して、江戸の民家の半分以上に飲み水を供給している。そこに毒を入れられたら、江戸市民の半数以上が犠牲になりかねないということだ。修理は、それだけのことをやる覚悟で、幕閣に返答を求めている。

「その毒について、俺はちょっと耳にしたがね。味はないし、臭いは犬も嗅ぎ分けられないほどらしい。つまり、入れられてもわからんということだ。毒の効き目は、不忍池と溜池の魚で、いやというほどわかっている」

「うちでも毒を扱っています。毒は、弱めれば薬にもなるものですから。しかし味がなくて、犬も嗅ぎ分けられない毒などは」

「それが送りつけられているのさ、幕閣のところには。俺たちのような同心など、もう関係ない。邪魔物扱いされるだけだ。お庭番からなにから、幕府で動けるものはみんな動いているはずだ」

「それで、なにかわかったのですか？」

「わかるものか、井頭池か、上水道のどこか、そういうところに毒を入れられたら、終りだろう。江戸市民に水を飲むなと言うわけにはいかんし、いくら煮立てても消えない毒だという話だし」

「それでは、田村藩と伊達藩の処分？」

「それも難しい。一度、このやり方を認めてしまえば、幕府は繕いようのない弱点を抱えることになるしな。俺のような、下っ端の十手持ちには、もう関係のないことになってしまっている」

「保田様、諸沢村の出来事を、どう思われます？」

「ほんとだとしたら、ひでえ話さ。政事（まつりごと）が真価を問われるところだね」

「政事に、なにかできるのですか？」

「わからん。わからんよ、杉屋。そう俺を責めないでくれ。臨時廻りの同心だぜ。せいぜい、盗（ぬす）っ人（と）を追っているぐらいが、身の丈に合っている」

清六は、心にこたえるものを意識しはじめていた。湯島の店にいれば、当然上水道の水を飲むことになる。向島（むこうじま）の薬草園なら、井戸が掘ってあり、そこに毒が入れられないかぎりは、安全である。自分はそれを見越して、薬草園に泊りこもうとしているのではないのか。

忸怩たる思いと同時に、ここにいさえすればという安心感も清六にはあった。

「保田様、酒でもいかがですか？」

「朝からか。杉屋、おまえは顔色が悪いぞ」

「昨夜、飲みすぎたようで、躰が迎え酒を欲しがっております」

「そういうことなら、俺に断る理由はないがな。鉄馬が見たら、ひどい皮肉を言うだろう」

「ですから、小関様もここにお呼びして」

「いいな。町方の出番など、今度のことに関してはなにもない。なにしろ、お庭番まで出てきているというのだからな。いい考えだ。鉄馬に酒を付き合せよう。もともと、あいつの性根はいやしい」

そう言っているはなから、鉄馬が中庭を歩いてきた。杉屋は声をあげ、下女に酒を命じた。おさわは、離れの方へ行っているようだ。

鉄馬は、縁まで来ると、黙って瓦版を読みはじめた。読み終えても、なにも言おうとしない。

「これを、離れへ持って行きなさい」

酒を運んできた下女に、清六は言った。土を揉みはじめてから、丸子十郎太も離れで寝ているようだった。

清六は、盃（さかずき）に酒を注いだ。晴れた日で、注いだ酒が違うもののように硬い光を照り返した。

4

瓦版屋が、こちらが頼んだ通りにやるかどうか、修理は気がかりだった。瓦版屋の若い主人にだけは、手紙を最後のものまで全部送ってあるのだ。どれを何日に瓦版にしてくれ、と指定しての上だった。瓦版屋が役人に押さえられてしまえばそれで終りだったが、修理の身にまでは及んでこない。江戸の騒ぎが、大きなものではなくなる、というだけのことだった。

瓦版は、修理が指定した通りに出ていた。

江戸は、大変な騒動になっている。田村藩と伊達藩に責任を取らせろ、という手紙を載せた瓦版が、きのう撒かれた。そして今日、幕府が高札で返答をするように求め、それが明日じゅうになければ、江戸の上水道のどこかに、毒を入れると通告したのだ。

不忍池でも、毒は効いた。溜池がどうなるかいささか心配だったが、思った通りの時間に毒は効いた。

溜池に入れたのは、土の玉だった。景一郎の作業場にあった土で、それを揉み、玉にして中に毒を仕込んだ。水に溶けて、修理が思った時に毒が効きはじめたのだ。焼物用の土の玉が、どれぐらいで水に溶けるのかは、何度も試していた。

上水道に毒を入れるのは、難しいことではなかった。井頭池に壺をひとつ放りこめば、それで江戸じゅうの飲み水は駄目になる。上水道の途中から少量を入れるのもたやすいことで、すべての上水道の警備など、できるわけがないのだ。

しかし、明日の幕府の返答によっては、自分はほんとうに飲み水に毒を流しこむことができるのだろうか。何千何万という人間を、この手で殺すことができるのか。

自分はもう狂っているのだ、と修理は自分に言い聞かせた。復讐(ふくしゅう)の鬼となり、狂って江戸へやってきた。人の命が欲しいのではない。死んだ人間の恨みの声を、江戸の人間に、いやこの世の人間に、聞かせてやりたいのだ。

手紙と冊子を送りつけた幕閣は、老中松平康任、若年寄小笠原(おがさわら)長貴、永井尚佐、御側(おそば)御用人田沼意正。ほかに南北町奉行の筒井政憲(まさのり)、榊原(さかきばら)忠之だった。

これだけに送れば、無視はできないだろう。いや、知らぬ顔を決めこむことができないように、瓦版にも幕閣の名を列記したのである。

治兵衛が書き残したものも、瓦版屋が刷って売ることによって、大量の人間たちの手に渡った。あの日記が、消えてしまうということはもうないはずだ。

明日、幕府がどういう高札を出すのか。何カ所か指定したところには、当然四ッ谷大木戸も入っている。

寝ていた。

役人の探索で、この宿が判明してしまうのかどうか、修理にはよくわからなかった。手紙は、それぞれ違う飛脚屋に頼み、できるかぎり顔もわからないように、片方の眼から頭にかけて、怪我をしたように繃帯を巻いた。それ以上、修理はなにも思いつかず、内藤新宿の宿の離れから動いていない。

宿では、書きものをしている学者ということになっている、とおえいは言った。着るものはさっぱりしていたし、髭などもおえいが毎日風呂で剃る。部屋を出なければ出ないだけ、根をつめているのだと思われているようだった。

たとえここが役人にわかって捕えられても、毒は別のところだった。捕えられればすべてが終るというわけではない。

しかし寝ていると、やろうとしていることの途中で、役人に捕えられるのではないか、という恐怖が襲ってくる。やることをやってしまえば、死のうが拷問されようが、どうでもいいのだ。

おえいが、夕食を運んできた。

「酒だけでいい」

「いけません、旦那様。少しだけでも召しあがってください」

「じゃ、酒を飲んでからだ」

修理は、寝たままだった。おえいが、口移しで、酒を飲ませてくる。修理は、おえいの着物の裾を割り、局所に指を当てた。呆けている。情欲は激しいものではないが、間断なくあり、一刻以上も射精のない交合を続けたりもする。

食いものが、時々口に入ってきた。咀嚼するのも面倒だった。きのうからは、おえいが丁寧に嚙み砕いたものが、口移しに流しこまれるようになった。修理は、ただ呑みこむだけである。

おえいがいて、救われた。心の底から、修理はそう思っていた。呆けていられる。それが、いまは救い以外のなにものでもなかった。明日、四ッ谷大木戸にどういう高札が出るのか考えると、もう全身がふるえてくるのだ。考えたくなかった。そのあと自分がなにをするかは、さらに考えたくなかった。

おえいがいると、呆けていられる。

おえいの指が、口を開いた。楊枝が使われている。歯の隙間をまずきれいにし、それから楊枝を横にして、歯の表面を磨く。最後に、水を口移しに入れられ、修理は二、三度漱ぐとそれを呑みこんだ。

「淫水を出せ、おえい」

修理は、おえいの局所に置いていた指を、ゆっくりと動かした。しばらくすると、おえいは裾をからげ、修理の顔に馬乗りになる。修理が淫水を飲みたがっていることは、言わなくてもわかる。

交合のために、女が局所から滲み出させる透明な水。いや、水というより粘液に近い。男が放つ精とは、まるで違っていた。どういう味がするのかということなど、修理は考えていない。ひとしきりおえいの局所に吸いつき、口に流れこんでくる淫水を飲んでいるだけである。やがて、おえいが声をあげはじめた。

交合がはじまる。日に何度の交合を重ねているだろうか。修理は、仰むけに寝たまま、まったく動かない。めくるめくような快感は、もうなかった。躰の底に、ぼんやりした快感がたゆたっているだけである。それでも、修理は不能になることがない。

修理の心の中にある、狂気や、怒りや、孤独や、恐怖を、おえいはただ躰で受けとめようとしているようだった。

精を放つこともなく、一刻以上も交合を続ける。おえいの全身は汗で濡れているが、修理は息ひとつ乱していない。眼を閉じ、躰のどこも動かしはしないのだ。あえぎながらも、おえいは自分の体重が修理にかからないように気を使っている。

「もういい」

修理が言うと、おえいはそばに横たわり、しばらくぐったりとしている。時々呻きを洩らすが、修理はそちらも見ない。おえいが起きあがる気配があり、しばらくして濡れた手拭いで男根が包まれる感触があった。修理のものは、まだ怒張したままだ。それでも、修理は眠くなっていた。

眼醒めたのは、夜半だった。

なにかひどい夢でも見たのかもしれない。首から上にだけ、水を浴びたように汗をかいていた。起きようとした。すぐには躰が動かなかった。いや、金縛りのような状態なのだ。手すらも、動かない。動かそうと思っても、動かない。

恐怖にかられ、修理は声をあげようとした。はじめは声も出ず、しばらくして唸るような音が口から出てきた。

おえいが飛び起きる気配があった。修理の顔に手を当て、声をあげる。ようやく、修理は躰が動かせるようになった。

おえいが、自分の寝巻で修理の顔を拭った。躰も拭こうとするが、首から下には汗をかいていないのだった。

ただの盗汗だ、と修理は思った。自分は狂っているから、躰が動かないような錯覚が起きたりもするのだ。

眼は開かなかった。修理が眠り続けていると、おえいは思ったようだ。しばらくそばに座り、時々頬に触れたりしていた。

朝になった。

修理は起き出した。寝巻のまま、膝(ひざ)を抱えてじっとしていた。

しばらくして、おえいが朝食を運んできた。

自分で箸(はし)を取り、きちんと修理は朝食を食べた。

「騒がしいな、外が」

「高札が出されたんです。御老中が会って言い分を聞く、というものだそうです。会いに出てくる馬鹿(ばか)がどこにいるとみんな怒ってしまって、一度出された高札が引っこめられたそうです」

「そうか」

修理は、眼を閉じた。こんなものだろう、となんとなく思った。

5

翌日まで待ったが、それきり幕府の高札は出なかった。修理は早朝、外出し、壺(つぼ)を抱えて戻ってきた。

離れの部屋に入った瞬間、びっくりして壺を落としそうになった。

景一郎が、座っていたのである。

「なぜ？」

「座りませんか、修理殿」

言われ、修理は壺を抱えたまま腰を降ろした。景一郎の眼は、じっと修理を見ている。全身に汗が噴き出してくるのを、修理は感じた。驚愕の中に、怒りが入り混じってくる。ここまできて、景一郎は自分がやろうとしていることを遮るのか。

「心を、落ち着けてください、修理殿。まず壺を脇へ置いて」

「私はね、景一郎さん」

壺を置き、修理は言った。

「いや、景一郎さんは、どうして私がここにいることがわかったのだ？」

「難しいことではありませんでした。大して江戸に詳しくはない修理殿のことですから、せいぜい朱引の外に出るぐらいだろう、と思っていました。しかもほかのことに力を使い果して、とても動き回る気力は残っていない。思った通り、一カ所にじっとしていたのですね」

「それでは、役人もここへ？」

「幕府は、修理殿がこんなところで女体に溺れてじっとしている、などとは考えていません。隠密の集団から、御先手組まで動員して、江戸じゅうを虱潰しにしています。

隠密は、大名屋敷を中心に探っているようですし、眼は別の方をむいてしまっています」

「なぜ、大名屋敷などを」

「伊達藩と田村藩の名を、修理殿は出したではありませんか。幕府は、もっと大がかりな陰謀だと考えているのです」

「陰謀だなどと。私は糺されるべきものを、糺して欲しいだけだ。そのために、自分の全知全能をふり搾り、そして命を投げ出すのだ」

「落ち着いてください。修理殿が、死ぬ気でやろうとしていることの邪魔を、私はしません。この場所を探り当てたのは、北町奉行の同心で、保田新兵衛という方です。私は、保田殿としばらく話をしました。保田殿は熟考されたのち、内藤新宿の宿を一軒一軒当たられたのです。それも、何日か逗留している人間がいないかだけです。すぐに、ここはわかったようです」

「そうか。以前に薬草園に逗留した時、よく顔を見せていた同心だな。では、町奉行所の知るところになったか」

「保田殿は、あとのことは知らぬ、と言っておられます。なんの関係もないと」

　到底、逃れられるとは、修理には思えなかった。見つかれば、この試みは終りなのだ。いままで、見つからなかった方が、不思議なのかもしれない。

「なにを、やりたいのです、修理殿？」

「もう、景一郎さんに言ったところで、仕方がないだろう。ここまで、やれた。治兵衛殿が書いたものも、世間の眼に触れさせることができた。諸沢村の地獄は、公然たるものになったのだ」

「ひとりで、ここまでやれたのです。次になにをやりたいのですか。それには、私が手を貸します」

「景一郎さんが。なぜ？」

「修理殿を、好きだからですよ。その強さも弱さも含めて」

「それだけで」

「それが、修理殿とも関係のない、私のやり方なのです」

視線が合った。修理は眼を伏せた。見つめ合うには、景一郎の眼は強すぎた。それに、なにを言われているかも、よくわからなかった。おえいはどこへ行ったのだ、とふと思った。

「なにを、やりたいのです」

「明日の朝、私は井頭池に浮かんだ船の上にいたいのだ。ひとりで。それが、私がやりたいことのすべてだ」

「わかりました。今夜、迎えに来ます」

「ひとりで、行ける」

なんとなく、修理はそう答えた。もう、行くこともできないのだろう。井頭池の船の上で、もうひとつだけやることがあった。

「詰めが甘いですね、修理殿は。それも、性格が出ていると思います。井頭池への道は、幕府が旗本を動員して塞(ふさ)いでいますよ。どこか本気でないところがありますが、かなり厳重です。もっとも、最大の警備は、江戸城中や大名屋敷の井戸に敷いているようですが」

「道が、塞がれているのか」

それは、修理の道が塞がれているということと同じだった。

「だから、夜半に私が迎えに来ます。明日の朝、井頭池の船の上にいればいいのですね」

「しかし」

「必ずできる、と約束はしません。なにがあるかわかりませんから。ただ、力を尽します」

「なにを言っているのだ、景一郎さん。私がなにをやろうとしているのか、わかって言っているのか。これは、私ひとりのことだ。断じて、他人は巻きこめない」

「諸沢村の地獄を、私は修理殿と一緒に見たのですよ」

言った景一郎の口もとが、かすかに笑ったように見えた。

「では、今夜」

それだけ言い、景一郎は腰をあげた。

修理は、しばらくぼんやりしていた。おえいが入ってきて、修理の前に座った。涙を流している。なぜ、おえいは泣くのだ、と修理は思った。

「どこかへ行ってしまわれるのですね、旦那様。あたしを、連れて行ってはいただけないのですか？」

「なにを言う。私はどこへも行かん」

「いえ、行かれます。あたしにはわかります」

行くだろう、と修理も思った。景一郎が、そう言ったからだ。景一郎が言ったことで、実現しなかったことがいままであっただろうか。しかし、おえいを伴えるわけがなかった。

「あたしは、ただの飯盛女です。だけれども、旦那様が抱えておられる苦しみのようなものは、躰(からだ)でわかっているつもりです。それは、いつかあたしの苦しみや悲しみにもなっている、と思えるのです。旦那様ほどではないにしてもです。ほんの少しだけ、ほんの少しだけでも、旦那様の痛みを引き受けさせていただきたいのです」

「よしなさい」

気づかないうちに、自分は別の罪を犯したのだ、と修理は苦い自嘲の中で思った。自分が見た諸沢村の地獄と、おえいはなんの関係があるというのだ。

「おかしなことを考えるな。私は、どこへも行かない。あと数日は、ここにいる」

おえいは、下唇を噛んでうつむいていた。膝の上に、涙が滴り落ちている。

修理は、ただ眼を閉じた。

6

内藤新宿から、青梅まで駈けた。景一郎は歩いているのだが、十郎太は駈けなければ付いていけなかった。

青林寺という寺だった。景一郎は、境内にじっと立っている。

住持らしい僧が出てきた。十郎太のそばに来て、芳円と名乗った。景一郎は、境内に立ったまま、軽く目礼をしている。

「やれやれ、斬り合いかの」

追ってきている者はいた。しかし、だいぶ遅れている。景一郎の歩き方は、それほど速かった。

「日向景一郎殿を、御住持は御存知なのですか？」

「父を斬るための旅を、景一郎はこの寺からはじめた。祖父の将監殿が亡くなったのも、この寺であった。この寺で斬り合いをしようというのなら、日向流をこの世から消すための斬り合いであろうよ」

十郎太には、意味がよくわからなかった。言葉をさし挟むのも、はばかられる。

境内に駈けこんできた人影が、景一郎を見て立ち止まった。橘田隆市だった。

「ついに、生きようと思ったな、日向景一郎。やらなければならないことがある、とはじめて思ったな。俺は、おぬしを見ていてそれがわかる。待っていたのだ、この時を」

景一郎が、なにかをやろうとしていることは、十郎太も気づいていた。景一郎に、手を貸してくれと言われたのだ。それは、十郎太にとっては信じられないような言葉だった。拒絶する気は起きず、ただ黙って頷いた。率直になれる自分が、多少不思議でもあった。

自分が必要なのは、この斬り合いではなく、丸尾修理をなんとかするためにだということは、わかっていた。ただ、この斬り合いでも、いくらかは役に立つことがあるかもしれない。橘田隆市を追って、二つの気配が寺に入りこんでいるのだ。

日向景一郎と橘田隆市が、いきなり駈け違った。常人には、影が走ったようにしか見えなかっただろう。橘田が横に薙ぐように抜刀し、景一郎が下から撥ねあげるように抜き撃ち、ともに相手の太刀をかわし、位置を入れ替えて対峙した。驚くべき速さだが、十郎太にはそのひとつひとつの動きがわかった。

対峙したまま、二人は微動だにしなかった。ともに日向流。そう思うと、十郎太の心はふるえた。構えは、まるで違う。景一郎は下段で、橋田は正眼である。しかし、日向流のぶつかり合いなのだということが、痛いほどはっきり感じられた。

それでも、十郎太には、二つの気配が境内で動くのを感じる余裕が、まだあった。

ひとつの気配の方へ、十郎太は走り、杉の木のかげにむかって尻懸則長(しりかけのりなが)を鞘走(さやばし)らせた。斬った瞬間に、かすかにおかしな手応(てごた)えを感じた。面体を隠している。倒れているのは女だった。覆面を剥(は)ぐと、鼻のない顔が出てきた。美形なだけに、それは凄惨(せいさん)でさえあった。

「その鼻は、橋田様が斬り飛ばされました。それ以来、橋田様を狙(ねら)っていましたが、その女も時を見つけたのでしょう」

もうひとつの、気配だった。

「私は、この女の動きが気になっておりました。もう、二人の立合の邪魔をする者はおりません」

「おまえは?」

「作造と申します。私は何度も丸子十郎太様を見ておりますが。橋田様の連れでございます。私のことは、どうか気になさらずに」

特別に、害意は感じなかった。

作造という男を無視し、十郎太は芳円のそばに戻った。時を感じさせないように、二人の構えは動いていなかった。

どちらかが、跳ぶ。その時が、勝敗が決する時だろう。見つめていると、息が苦しくなる。立合っているのが、自分だという気がしてくる。相手は、景一郎なのか、橘田なのか。いや、日向流そのものだろう。

十郎太の全身が汗ばみ、やがて濡れたようになった。それでも、二人は汗をかいているようには見えない。

潮合が満ちてきている。十郎太は、それを感じた。二人が放つ気が、不意に、すべてを圧するように強くなった。

跳ぶ。十郎太は身を硬くした。竦んで、動けなかった。しかし、二人は跳ばない。一度、二度と、十郎太は息をした。

二人の放つ気が、ふっと消えた。二人の姿が、遠くなったような気がした。

跳んだ。橘田隆市。景一郎は、遅れた。

橘田の太刀が振り降ろされるところに、景一郎は跳びあがったように見えた。景一郎の来国行の動きを、十郎太は見きわめきれなかった。ただ、橘田の太刀がのびた。いや、両腕と一緒に、躰から離れた。

景一郎の跳躍は、信じられないほど高かった。両腕のない橘田が、地に降り立つ。景一郎の来国行が、橘田の頭蓋(ずがい)を斬った。しかし、橘田は立ったままだった。額から眉間(みけん)にかけて、ぷつぷつと血が噴き出し、熟れた茱萸(ぐみ)のように膨んだ。それからゆっくりと、橘田の躰は左右に割れた。腹まで、両断されていた。倒れるのに、ひどく時がかかったように、十郎太は感じた。

景一郎は、来国行を鞘に収めた。血の曇りひとつないように、十郎太には見えた。

「お久しぶりです」

なにもなかったように、景一郎は芳円のそばに来て頭を下げた。

「日向森之助しか、おまえを斬れる者はいないようだな。あと十年以上はかかりそうだが」

「境内を、血で汚(けが)しました」

「それこそ、久しぶりのことだ。いま私は、将監先生を見た。いや、将監先生が斬られるのを見たのかもしれんな」

「橘田隆市を斬るのは、なぜかこの場所でなければならぬ、と思いました。それだけのことで、お騒がせいたしました。いまは、急いでおりますので、いずれまた」

「森之助も連れてこい、景一郎。私はおまえより、森之助に会いたい。話もしたい」

「わかりました」

景一郎が一礼し、踵を返した。十郎太も、後を追った。来る時ほどの速さで、景一郎は歩かなかったので、十郎太はなんとか肩を並べていることができた。

「頼みがある、十郎太。井頭池へ行き、ひそかに船を手に入れてくれないか。道は、幕府の武士が塞いでいるぞ」

「修理先生を、その船に乗せるのですか？」

「わかりました。なんとか、やってみます」

「修理殿が、そう望んでおられるからな」

作造という老人が、付いてきていた。老人の脚とは思えないほど、しっかりしている。

「私にも、手伝わせていただけませんか、日向様？」

「おまえは、橋田隆市の連れであろう」

十郎太が言った。景一郎は黙って歩き続けている。

「人を斬るのは、お二人がお上手でしょう。しかしこんなことになると、私の方が機転も利くのではないかと」

「橋田の屍体の始末でもしてこい」

「橋田隆市様は、飄々とした方でした。そこに私は魅かれていたのですが、土に還られたのです。私は、ひとりの御方のためだけに働いておりましたが、すでに腹を召されております。いまは、この世のすべての人を恐怖に陥れている丸尾修理という人に魅かれているのですよ。心の中に、人の世に対する恨みだけを抱いて、老いてきましたので」

景一郎は、黙って歩き続けている。

この老人を斬り捨てようか、と十郎太は思った。しかしどこかに、斬りたくないという思いがある。不思議な老人だった。

「橋田隆市様が勝たれる、と私は思っておりました。ここぞという機を待たれていたのですから。しかし、飄々とし、生死も達観されておりましたが、どこか大きさというか、大らかさに欠けておられましたな。心の底にお持ちだったのが、諦（あきら）めなのか恨みなのか、とにかくそれで日向様を破ることはできませんでした」

「十郎太」

歩きながら、景一郎が言った。

「その男を使え。船を手に入れたら、斬って捨てろ。それでよいな、作造？」

「勿論（もちろん）でございます。よくぞ、私の気持を見抜いてくださいました」

「わかったか、十郎太？」

「わかりました」

十郎太には、よくわからなかったが、そう返事をしていた。

景一郎の歩調は変らない。

第十一章　やさしき修羅

1

躰（からだ）が、揺れていた。

船上である。井頭池（いのかしらいけ）の水の上なのだ、と修理（しゅり）は自分に言い聞かせた。夜明け前だった。周囲はまだ闇（やみ）で、星明りと陸上の篝（かがり）だけがかすかな光だった。

船上にいる自分が、修理にはまだ信じられない。ここまでやれたということは、考えていることのすべてが実現したのだ。

考えに、考えた。諸沢村（もろさわむら）から江戸への旅の間も、向島（むこうじま）の薬草園に入ってからも、憑（つ）かれたように考え続けた。途方もない考えに、行き着いた。そう思ったが、やれるところまでやろう、と決心した。せめて、治兵衛（じへえ）が書き残したものが世間の眼に触れるところまでは、と思っていた。

風が吹き、船が少しずつ動いている。しかし、岸に流れ着くことはない。船が池の真中に達したら、碇（いかり）の石を放りこめ、と老人に言われた。その老人が、船を用意して景一郎（けいいちろう）と修理を待っていたのである。

内藤新宿の宿を出てから、なにがどう動いているのか、修理にはわからなかった。走れと景一郎に言われれば走ったし、止まれと言われれば止まった。ただ、壺（つぼ）だけは抱きしめていた。

壺には、修理のあの狂いのすべてが、押し籠（こ）められている。蠟（ろう）の封印を解けば、そこから流れ出すのは、自分の狂気でしかなかった。いま、その壺を抱いて、船上にいる。

夜明けに、ちょっとした騒ぎがあった。陸（おか）の林の中で、人が怒鳴り合い、駈（か）け回っている気配である。篝の、いくつかが消えた。それだけだった。

陽が昇るのは、だいぶ遅くなっている。水上にいる修理の船に、陸の方でも気づいたようだ。瓦版（かわらばん）屋は、うまく今朝のうちに瓦版を撒（ま）くことができるだろうか、と修理はなんとなく考えた。いまのところ、あのまだ若い瓦版屋は、修理が頼んだ通りに動いている。

船が三艘（そう）近づいてきた。それぞれに、襷（たすき）をかけた武士が十名ほど乗っている。

「止まれ。これ以上近づくな」

修理は低く言い、壺の蓋(ふた)を封印した蠟を剝(は)がした。

「私は、一関(いちのせき)の医師で、丸尾(まるお)修理という。不忍池(しのばずのいけ)と溜池(ためいけ)に毒を投じたのは、私である。いま、ここに抱いている壺には、数十万人を死に至らしめる毒が入っている。江戸市民の水源である井頭池にこれを投ずればどうなるか、誰でも見当がつくだろう」

「なんの目的だ、丸尾修理?」

「なにが目的かは、すでに伝えてある。私は、この船の上で、幕閣の返答を待っているのだ。ほかの誰と話すつもりもない。老中松平康任をここへ呼べ」

「御老中を呼べだと」

先頭の船にいる武士が、激高するのがわかった。それを、もうひとりが宥(なだ)めている。

「よく考えろ。私はこの船の上にひとりいて、江戸市民を人質に取っている。それを証明するために、不忍池と溜池の魚を殺したのだ」

「その壺は、毒なのだな?」

宥めていた武士が、押し殺した声で訊(き)いた。船は、近づいてこようとはしない。

「どういう毒かは、幕閣の屋敷にもそれぞれ送りつけてある。高札による返答に不満だったので、私はいまこの行動に出ている。私と話し合えるのは、老中だけだ」

「待て、丸尾修理。落ち着くのだ」

「私は、落ち着いている。二刻(ふたとき)だけ待とう。それで老中が話し合いに現われなければ、この壺を池に投ずる。二度は言わぬ。これ以上、話すことはなにもない」

修理は、壺を抱えてうつむいた。さまざまな言葉がかけられてくるが、耳に入れなかった。二刻経(た)っても老中が現われないということは、江戸市民の命を、幕閣がどうでもいいと考えていると解釈するしかない。

船が近づいてくることはなかった。

陸の方で、騒ぎが起きている。人が集まりはじめたようだ。瓦版が、うまく撒かれたのだろう、と修理は思った。それで、見物の人間たちが集まり、騒ぎになっているに違いなかった。江戸の人間は、水源を押さえられてみんな怒っているのだろうか。しかし、水源を押さえられただけなのだ。諸沢村では、みんな死んだ。

自分でも信じられないことだったが、修理は壺を抱いたまま、まどろんでいた。名を呼ばれ、はじめて自分が眠っていたことに気づいた。

「老中松平康任である。言い分を聞こう」

老中が出てきている。つまりは、自分が想定した、最後の段階へ来ているということだ。

「言い分など、私にはない。私はただ、政事(まつりごと)をなす人々に、訊きたいだけなのだ」

修理は、自分でも驚くほどの声を張りあげていた。

「諸沢村で、六百数十名が死んだ。なんの罪もなく。死なせた田村藩と伊達藩を、政事をなす立場の人間として、どう処分するのか。私は、その回答を得たいだけだ。それを、死んだ人々への手向けにしたい」

「いま、調べさせている。一関に人もやらねばならん。時がかかるのだ」

「私に時はない。いま、ここで答えて欲しい」

松平康任は、白髪で痩せていて、鶴のような印象の老人だった。池の中に突き出した、桟橋の突端に立ってこちらを見ている。

「どういう答が欲しいのだ。二藩を取り潰せとでも言いたいのか?」

「答えるのは、そちらだ。この国の政事をなす者として、答を天下に公表せよ。どんな答かは、政事の見識でなせばよかろう」

「医師たる者が、毒で江戸市民を脅すというのか、丸尾修理?」

「それが、答か?」

「違う。訊いているのだ」

「私は、医師でもなければ、人でもない」

「修羅だとでも申すのか?」

「松平康任。この国の政事をなす者として、答えよ。諸沢村の件は、あってよいことなのか。よくないならば、どうするのか。私は、つまらぬ問答をする気はない。鉄砲や弓を動員しているようだが、私は毒を作り出した時、自分がすでに死んでいると思った。撃ちたければ、撃てばいい。それも、立派な回答だ」

「あってよいはずがあるまい。しかし、真偽を確かめなければ、軽率なことも言えぬ。それが施政者というものだ」

「すでに、調べているはずだ。あれは、夏になる前に起きたことなのだ」

「いま、調べている」

「江戸市民から、水を奪うのだな？」

「待て。事実が明らかになれば、両藩は厳しく罰せられなければならぬ。それを明らかにするための、時をくれと申しておる」

「回答は、ないのだな？」

「ある。時がかかる、と言っているではないか」

「私に、時はない」

　松平康任が、床几を運ばせ、腰を降ろした。その背後から桟橋の周辺にかけて、襷がけの武士がびっしりと立ち並んでいる。

　遠くで、騒ぎが起きていた。腹を立てた江戸の市民が押しかけてきているのだろう、と修理は思った。水を奪われれば、怒るのは当たり前だった。八ツ裂きにされても、仕方がないという気がする。

「そろそろ、私はこの壺とともに、水に入ることにする」

「回答はよいのか、丸尾修理？」

「回答がないのが、回答だ。そう思うしかあるまい」

「伊達、田村の両藩の藩主は、いま城内にいて、沙汰を待っている」

それがほんとうかどうか、修理には調べるすべがなかった。巧妙に、こうやって時を稼がれてしまうのだろう。

「いま、ただちに、天下に公表せよ、松平康任。もうこれ以上、私は待つ気はない」

「不問に付すと言えば、その毒を池に入れるのであろう。おまえが望むように答えなければ、江戸の水源を断つのであろう。これは、話し合いではないな。恫喝でしかない」

「私には、ほかに方法がなかった」

「訴え出ればよかったのだ」

「それほどまでに、権力というものを信用してはいない。時を稼ぐのは、もう無駄だ。私は、いまここで死のう」

「待て、丸尾。おえいという私娼と、惣右衛門という瓦版屋を知っているな」

不意に、修理は肌が粟立つのを感じた。惣右衛門は、修理の手紙を必ず江戸じゅうに撒く、と約束してくれた若い瓦版屋だ。治兵衛が書き残したものも、不眠不休で刷ってくれた。その名を、松平康任が知っているということは、すでに惣右衛門は捕えられているのか。そして、おえいもか。おえいは、ただ数日、修理の狂気を躰で受けとめていただけにすぎないのだ。

「二人を、どうする気だ?」

「おまえが死ねば、二人も、その係累も、すべて同罪ということになる」

「つまり、殺すのか?」

「処断する、というだけのことだ。いくらか時をくれれば、二人は生き延びる。事の真偽を確かめる時ぐらいは、与えてくれてもよかろう」

そうしているうちに、この壺を取りあげられる。それは、およそ間違いはないことだろう。しかし、待つことはできない。

壺を抱いたまま、修理は眼を閉じた。

2

十郎太は、景一郎と同じように、面体を隠して走った。

井頭池の周囲は、瓦版を見た人間が数千人集まり、騒ぎはじめていた。口々に叫んでいるのは、田村藩と伊達藩の藩主ならびに重役を処断せよ、ということだった。不思議に、丸尾修理を責めている者はいない。

惣右衛門という瓦版屋と、おえいという飯盛女が捕縛されたのは、一刻ほど前だった。幕府の組織がすべて動いたので、二人を見つけ出すのにそれほどの手間はかからなかった、と作造は言った。

十郎太は景一郎と一緒に群衆の中にいたが、作造はその間にそれを探ってきたようだ。惣右衛門とおえいが捕えられているのが、池のそばの小屋であることも、作造が調べてきていた。およそ三十人ほどの武士が、警固しているという。井頭池に動員されている武士は二千ほどで、七、八千からさらに増えようとしている群衆を押し返すので、精一杯のようだった。池のそばまで行き、修理に声をかけた者が、追い立てられてくる。

「あそこだ」

走りながら、景一郎が言った。

「三十人のすべてを、斬り倒す。いいな、十郎太。その間に、作造が二人を群衆の中に逃がす」

十郎太は、頷いた。二人を捕えるのは、十郎太から見れば理不尽に思えた。

景一郎の決断も行動も速かった。面体を隠せと言ったのは作造で、顔に巻くための布も用意していた。

走ってくる二人に、三十人はすぐに気づいた。抜刀する。その時、景一郎はすでに躍りこんでいて、四人がほとんど同時に倒れた。十郎太が三人斬る間に、景一郎はさらに五人斬っていた。景一郎の来国行が起こす刃の唸る音が、別のもののように十郎太の脈を打った。十郎太も、尻懸則長を縦横に振った。気づいた時、残っている武士は五人になっていた。旗本の、しかも御先手組だというが、真剣の斬り合いでは、子供同然だった。

旗本はこんなものか。そう思いながら、十郎太は五人に斬りこんだ。跳躍した景一郎が、三人を同時に倒し、残りの二人を十郎太が倒した。

「二人は、逃がしました」

作造が駈け寄ってきて、喘ぎながら言った。肩口を斬られている。

「お二人は、すぐに人の中に紛れこんでください。覆面はとって。人は、さらに増えておりますから」

「おまえ、怪我は？」

「浅傷です。覆面の布をお貸しくだされば、それで隠せます。二人には、銭を渡しましたが、いまのところそれ以上のことは、やりようがありません」

「わかった」

景一郎が言った。

覆面を取り、林を駈け抜け、丘に登った。そこからは井頭池の水面が見えるので、人で一杯だった。

「修理先生は、これからどうする気でしょう、景一郎さん」

「やりたいように、やる。それでいい」

景一郎は息も乱さず、返り血も浴びていなかった。袖の返り血を十郎太は隠すようにしていたが、それに眼を止める者はいない。

「みんな、幕府の対応を非難していますね、景一郎さん。修理先生の手紙や、庄屋の治兵衛が書き残したものが、出回ったからでしょう。あれが嘘だとは、誰も思っていないようです」

景一郎は、黙って水面に眼をむけていた。

「しかし、老中はまだ修理先生に取引を持ちかけているようです。自分の死に動じない人が、二人の死には動じているように見える。そういうものなのですか?」

「多分な。修理殿とは、もともとそういう人だった」

「どうすればいいのかな?」

景一郎の答は返ってこない。

田村藩と伊達藩の藩主を引きずり出せ。丘にいる者たちは、口々にそう叫んでいる。小屋の方へ、百名ほどの武士が駈けつけてくるのが見えた。指揮もうまく行き届いていない。動きは、どこかちぐはぐだった。

さらに百名ほどがやってきて、三十名の屍体を片付けている。中には、傷を負っただけで、死んでいない者もいるかもしれない。倒すことが先で、殺すことが目的ではなかったのだ。作造が、面体を隠せと言った意味が、よくわかった。自分や景一郎が、すぐに幕府に追われることはないだろう、と十郎太は思った。景一郎は、相変らずなにもなかったように、水面に視線をむけている。船上の修理は、壺を抱いた恰好でうつむき、なにか喋っているという様子はなかった。老中の松平康任だけが、ここぞとばかりに立ちあがって声をかけている。

人は、さらに集まり続けている。五百名ほどの、武士の一隊も増援に駈けつけたが、いまの人数では、手の施しようがないほど、群衆は増えていた。

「作造の怪我は大丈夫なのかな」

十郎太が呟くと、景一郎がいきなり水面の一点を指さした。

作造だった。どこからどうやって池の囲みを抜けたのか、泳ぎはじめている。

「なんだっ、どうしたのだ、あの男は」

叫ぶように、十郎太は言った。声は、群衆のどよめきの中で消えた。

鉄砲隊が、池の縁に出てきた。膝立ちで構えている。くそっ、と十郎太は声を吐いた。ここから駈けつけるには、遠すぎる。

作造が水に潜るのと、銃声が起きるのが同時だった。作造の姿は、水の中に消えたままだ。

「景一郎さん」

十郎太が言った時、作造は修理のいる船にずっと近づいたところに頭を出した。群衆が、また大きくどよめいた。

作造は、船にむかって泳ぎ続けている。もう鉄砲は撃たれなかった。修理の船に近すぎるのだ。修理は、壺を抱いた恰好のまま、作造を見ていた。

修理が手を差しのべるのが見えた。しかし作造は、水面から手を出さない。

群衆のどよめきが、不意に遠ざかったような気がして、十郎太は景一郎の方を見た。

景一郎の表情は、まったく動いていない。

3

修理は、船まで泳いできた老人の顔を見ていた。それは、紛れもなく老人だった。

岸にいる時から、気づいていた。身のこなしから、若い男だと思った。泳いでくる顔は、いくらか老けてはいるが、老人とは思えなかった。鉄砲を撃ちかけられ、水に潜り、再び水面に顔を出した時、いきなり皺の多い老人の顔になっていたのだ。修理は思わず手を差し出したが、老人はそれにつかまろうとはしなかった。明らかに、かなりの失血をしている顔の色だった。鉄砲の弾が当たったのか、その前の傷なのか、修理にはわからなかった。

「作造と申します」

老人は、水の中で手と足を動かしながら言った。

「日向景一郎様からの、伝言を持って参りました」

「景一郎さんの?」

「惣右衛門という瓦版屋と、おえいという女は、捕えられていたが、解き放った。したがって、あなたを縛っているものは、なにもない。そういうことでございます」

「二人は、いま捕えられていない?」

「すでに、人の海の中に逃げました。私も、この眼で確かめました。丸尾修理様。おやりになりたいことを、存分におやりになればよろしいのです」

「作造さん、あなたは?」

「私は、ただの野次馬です。幕閣が、今度のことで右往左往しているのが、痛快でもあります。私のことは、気にされませぬよう。名もなく、死んで行くのが、似合った、老人です」

作造の息は、苦しそうだった。肩から出血しているようだ。修理は、もう一度手を差し出した。いま傷口を縫って血を止めれば、助かるかもしれない。

「いいのです、私は」

「助けられる、と思う。生きられるところまで生きるのが、人のありようであろう」

「丸尾様は？」

「私は、死にまみれすぎている。生きていてはいけない人間なのだ。しかし、その前に、作造さんを生かしたい」

「はじめて、ですね。私を、生かしたい、と考えた方は。しかし、もう駄目です。血を失いすぎて、います」

「手を尽せば、あるいは」

言ってから、修理は自分が船上であることに気づいた。惣右衛門とおえいが逃げたと聞いてから、不思議なほど緊張感がなくなっている。作造が、ちょっと笑ったようだった。

「江戸が震撼しております。丸尾様おひとりの力で。小気味のよいことでございました。最後に、そこに立会えた。わずかだけですが、生きたという思いがしております」

作造の皺だらけの顔に、死の色が滲み出しはじめている。医師として、それを見捨ててはおけないという気分に、修理は襲われた。

「丸尾先生」

はっきりとほほえみ、作造が一度ゆっくりと手を動かした。

「いい壺でございますね。ほんとうに、いい壺だと思います」

修理は一瞬、自分が抱えている壺に眼を落とした。作造の躰が、水の中に沈んで行く。声をあげそうになった。作造は、まだ死んでいない。どうすればいいのか。待った。それしかできなかった。

かなりの時が経ってから、水面のすぐ下まで、作造は浮かびあがってきた。小波ひとつ立たなかった。

これが、死だ、と修理はぼんやりと思った。医師として、死は数多く見てきた。諸沢村では死が日常で、自分がそこから生きて出られるとさえも、思ってはいなかった。生きることは死ぬことだ。そう単純に割り切ってしまうのが、修理は好きではなかった。生きている以上、人は死ぬ。当たり前のことを、当たり前に言ったのでは、医師をやる意味はなかった。それでもやはり、生きることは死ぬことなのだ。

作造の躰が、少しずつ船から離れはじめた。池にも、わずかな流れはあるらしい。岸にいる者たちは、老中をはじめとして、なにが起きたのか固唾を呑んで見守っているようだった。遠くのさんざめきはあるが、近くからは声ひとつあがらない。

「回答せよ、老中松平康任」

修理は、静かに言った。静かだが、声はよく透っているようだった。

「諸沢村の悲劇を引き起こした、田村、伊達両藩を、施政者としてどう扱うのか？」

「その前に、捕えた二人をどうするかについて、話し合うべきであろう」

「松平康任。私はいま、水の上にいる。そちらは、陸の上だ。この水の上を、私は死の上だと思っている。だから、陸の上のことは顧慮しない。私の声は、諸沢村からの声であり、死者からの語りかけだ」

「ひとつだけ言っておこう、丸尾修理。江戸市民の水を断つなど人のやることではない。人には、等しく生きる権利がある。その権利を守るのが、政事のなすべきことだ。私は、老中として、おまえとは妥協できぬ。闘わねばならぬ」

「それが、回答か？」

「諸沢村のことは、必ず調べる」

「もう遅い、松平康任。いまは、誰もおらぬ。死んだ者がいるだけだ。その死者たちへの回答が、それなのだな」

「必ず、調べる。それは、約束しよう」

「わかった。話は、これで終りにする」

「待て、丸尾修理」

「時は、いくらでもあった。待てぬから、私は水の上にいる。施政者が守らずして、誰が民を守る？」

「私は」

遠くのさんざめきが、大きくなった。

そろそろ時か、と修理は思った。ここまでやれたのだ。人の力を借り、助けられながらも、ここまでやれた。

「私は、話し合うと言っているのだ、丸尾修理。早まったことは、考えるな」

言葉は、もはや空疎（くうそ）だった。いや、もともとそれに、なんの力もありはしなかったのだ。

修理は一度船板の上に壺を降ろし、きれいに蓋（ふた）を取り除いた。いい壺だと、作造が言った。それを、ふと思い出した。

ここまでだった。迷いに迷った。もの狂いの中で、すべてがどうでもいい、というような気分にもなった。

これ以上のことは、自分にはなにもできない。ここまでやれたのが、不思議なほどなのだ。西の林の方で、群衆が水際（みずぎわ）まで押し出してくるのが見えた。武士も、押し寄せる群衆を止めることができなかったのだろう。

よくやった。修理は、自分に言い聞かせた。おまえにしては、実によくやったのだ。もの狂いは、もう消えていた。後悔もなく、言い足りないこともなかった。

人は生き、人は死ぬ。自分が、ただかぎりなく澄んでいくのを、修理は感じていた。

立ちあがった。

群衆がなにか叫んだ。松平康任の声は、それにかき消されている。

天を仰いだ。晴れた日だったのだ、と修理は思った。

壺を持ちあげる。中身を、頭から浴びた。群衆のざわめきが、悲鳴になった。毒ではない。毒を水源に入れることなど、いかにもの狂いの中でも、修理にはできなかった。

頭から浴びたのは、油である。

石を打ち、火を放った。すぐに大きな炎はあがらず、船板に拡がった油が、はじめはちろちろと炎をあげた。修理は、立ったままだった。

やがて、炎が大きくなった。水面の少し下に浮いている、作造の躰が見えた。修理を迎えるように、静かな顔がすぐそばまで近づいてきていた。

躰に、熱さは感じなかった。

終るのだ、とだけ修理は思い続けていた。

4

作造が、なにを修理に伝えたか、十郎太にはよくわかった。

船上の修理が放つ気配が、違うもののように澄んできたのだ。不吉なものと神々しさを、十郎太は同時に感じていた。

壺の中身を修理が浴びた時、十郎太は思わず声をあげたが、景一郎は表情も変えずそれを見つめているだけだった。やがて、船から火があがった。

その炎がいま、立ったままの修理の全身を包もうとしている。

「毒ではなかった。それを、景一郎さんは知っていたのですか？」

景一郎は、なにも言わない。踵を返し、街道の方へ歩きはじめただけだ。

群衆のどよめきが、背後に遠ざかっていった。相変らず、歩く景一郎に小走りでなければ追いつけない。

「知っていたのか、景一郎さんは。あれが毒ではないと、はじめから知っていたのか？」

「油の匂いがした。船へ修理殿を連れて行く時だ」

歩きながら、景一郎ははじめて口を開いた。

「あれが毒でもいい、と私は思っていた」

「じゃ、修理殿がやったことは、なんだったのですか？」

「自分がやるべきだと思ったことを、修理殿はやった。それだけのことだ」

「焼けて死ぬことが？」

「あの人は、死んでいた。諸沢村でだ。死んで江戸へ戻り、毒を作りあげた」

「しかし、その毒は使いませんでしたよ」

「いまになって、わかる。あの人は、いつも死者と語り続けていたのだ。諸沢村で死んだ者たちが、水源に毒など入れさせなかったのだ、と思う」

それ以上、景一郎はなにも喋らなかった。

考えながら、十郎太は歩き続けた。同じ方向へ行く人の姿はなかった。みんな、井頭池の方へ駈けている。

十郎太は、まだ幻を見ているような気分だった。拡がる炎が、修理の身を包みこんで行く。それでも修理は、立ったままだった。あの炎は、なにを燃やしたのだ。修理の躰か。それとも、諸沢村で死んだ者たちの、怨念か。明るい陽の光の中にたちのぼった炎は、現実のものとは思えなかった。立ったまま燃えている、修理の姿もだ。

不意に、眼の前に人影が立ち塞がった。

町方同心の、保田新兵衛だった。保田は、じっと景一郎を見つめていた。

「最悪のことには、ならなかったようだな、景一郎」

「新兵衛殿には、なんの関係もない。そうしておいた方がいいでしょう」

「丸尾修理が、内藤新宿の旅籠の離れにいることをつきとめたのは、俺だぜ」

「それだけですよ、新兵衛殿」

「俺も、それだけにしたいよ。しかし、行きがかり上、そうもいかなくてな」

雑木林のむこうにある薪小屋の方を、保田は顎でしゃくった。

「おまえらが逃がした二人は、群衆に紛れたまま、あの場を去ろうとはしなかった。血の気の多い御先手組(おさきて)の連中が捜していたからな。俺も放っておくことができず、そこまで連れてきたんだ」

「新兵衛殿が、そこまでしてくださいましたか」

「意外そうに言うなよ、景一郎。内藤新宿の旅籠をつきとめた時から、おまえの船に俺は乗っちまってるんだ」

「あとは、私がなんとかします」

「そうしてくれ。俺も、胆の太い方じゃねえからな。町方も、相当こっちへ動員されて来ている。ま、どこへ行くにしても、街道はやめておいた方がいいな」

景一郎が、わかったと言うように頭を下げた。

保田は、もう背をむけて、井頭池の方に歩きはじめている。

薪小屋の中で、二人は肩を寄せ合ってふるえていた。女の髪は乱れているし、男の方は顔に傷を作っていた。

「どうなったのですか、旦那様は？」

おえいという女の視線は強く、十郎太は思わずうつむいた。

「死んだ。自ら油を浴び、それに火を放って、死んだ」

おえいが、あげかけていた腰を落とした。男の手が、ぐいと握りしめられるのを、十郎太は見ていた。そこから、血が滴り落ちてきそうに思えた。

「二人を、助けて逃がす。そこまでを、私にやらせて欲しい」

「なんでです、お侍様。旦那様は、もう死んでしまわれたんでしょう？」

「それが、死んだ修理殿が望んでいることだからだ。少し、急ぐ。立ってくれ」

二人が、操られたように腰をあげ、薪小屋の外に出た。

間道を歩き続けた。惣右衛門という男の方は、ひと言も喋っていない。のどに、古い刀傷があった。それで、言葉を奪われているのかもしれない。

先を歩いていた景一郎が、足を止めた。

「六人だな」

景一郎が言った時、はじめて十郎太は気配を感じた。むこうから、近づいてくる。

「御先手組の者だ。どうやら、そこにいる男と女は、われらが捜していた者たちらしい。渡して貰えぬか？」

景一郎は、黙っていた。確かに六人で、景一郎が言った通りだった。二人を守るように、十郎太も前に出た。六人とも、そこそこに腕は立つ。

不意に、景一郎の躰が舞った。抜き合わせる前に、二人が倒れていた。四人はさすがに抜刀し、連携のいい斬撃を景一郎に浴びせてきた。白い刃の光の中を、景一郎が歩いたように見えた。その時、二人が倒れていた。十郎太は、抜撃ちの構えだけで、二人を庇うように立っていた。再び刃がひらめいた時、六人の中で立っている者はひとりもいなくなっていた。

「いやだ、もう」

女が座りこんだ。うつろな眼を地にむけ、かすかに躰をふるわせている。

「あたしは、死んでもいい。旦那様が死んだら、一緒に死ぬつもりだったんだから」

景一郎の来国行(らいくにゆき)は、いつの間にか鞘(さや)に収められていた。

「あたしは、死ぬことになっているんだ。旦那様が、あたしを抱くたびに、生き返るような気持になった。躰は死んだみたいだったけど、心はどんどん生き返った。ただの飯盛女が、そんなになっちゃいけないんだ。だから、あたしはもう死ぬはずなんだ」

「おえい殿と言ったな」

景一郎の声は、静かだった。

「船に乗る時、修理殿は言った。あなたに、救われたと」

「あたしが、旦那様を？」

「そう。あなたが死ねばいいと、修理殿が望むはずもない」

「でも」

惣右衛門の手が、おえいの肩に置かれた。この手で、あの瓦版を刷ったのか。筆談で、修理と語り合ったのか。

おえいが、ゆっくりと腰をあげた。手が、惣右衛門の着物の袖(そで)を摑(つか)んでいる。

「行こう」

景一郎が言った。喧噪は、もうとうに消えている。四人の足音が聞えるだけだった。

おえいの手は、いつか惣右衛門の手を握りしめていた。

「どこへ行くのですか、景一郎さん？」

方角がわからなくなり、十郎太は言った。

「青梅」

景一郎の答は短かった。

青林寺だろう、と十郎太は思った。

5

保田新兵衛は、つまらなそうな表情で包みに手をのばし、手を戻す時にそれを袖の下に落としこんだ。馴れた仕草で、不自然なところはどこにもない。

月々の挨拶料である。二分銀がひとつ。特になにか世話になることがあれば増やすが、不当な要求はまったくしてこない。

「ところで杉屋、老中が登城していない、という話は知っているか？」

保田の眼が、遠くを見るような感じになった。清六は、ひと口茶を啜った。店の方では客の出入が激しいようで、手代たちの大きな声が奥まで聞こえてきた。

「さて、そんなところまで、私どもには」

「表向きは、病という理由だが」

丸尾修理が、井頭池で自ら油を浴びて焼死して、すでに十日ほど経っている。

老中松平康任が、江戸市民よりも伊達藩と田村藩を守ることを優先した、と方々で非難されていた。江戸市民を人質に取って、老中と対等に話し合う。そんなことは、前代未聞だった。丸尾修理が老中の回答に憤り、自らの身を焼いて死んだからよかったものの、もし毒を持っていたらどうなったか、と誰もが考えたのだろう。丸尾修理の心に残っていた人の部分が、かろうじて江戸市民を救ったのだ、と言う者が多かった。不忍池や溜池に浮いた魚を、江戸市民は目の当たりにしている。

「西ノ丸老中であった水野忠邦あたりが、対応の間違いを厳しく追及している、という話なのだ」

「それでは、伊達藩と田村藩に、なにか御沙汰が下るのですか、保田様？」

「それは不問だろう。幕府としては、ただ捕縛につとめるだけで、高札などによる回答なども一切出すべきではなかった、と言っているのだからな。無論、老中が井頭池に出かけるなど、論外だとな」

「しかし、毒が」

「丸尾修理は、毒など持っていなかった。こけ威しに屈した。そういう論法なのさ。あんな対応をしたので、老中と対等に話をするために、また同じ方法を取る者が出かねない。次の反逆者を作る対応であったというのだな」

「江戸市民は、そうは思っておりません」

「上と下では、考え方が違う」

「もし修理先生が毒を持っていて、実際に井頭池に入れていたら。江戸市民の水が、断たれてしまっていたら？」

「そうなれば、また逆な方向から追及されることになる。上の方の足の引っ張り合いとは、そんなもんだろう。その背後にあるのが、権力という、わけのわからんものだ。俺など、無縁だがね」

　廻り方の同心は、その権力の末端にいるのではないかと清六は思ったが、口には出さなかった。清六もまた、月々の挨拶料を出すことなどで、それに繋がっている。

「修理先生がしたことは、結局なんだったのでしょうか？」

「気のふれた男が、大胆にも幕府を脅した。それだけのことだな」

「では、諸沢村は？」

「さあ、わからんな、俺には。人が忘れてしまうのを待つ、ということかな」

「それでは、なんのために修理先生は？」

「おいおい、杉屋。なにを考えようと勝手だが、俺が隠密廻りの同心であることは、忘れないでくれよ。ところで、日向景一郎は、どうしている？」

「薬草園でしょう。修理先生が薬草園にいた、という詮議なども、幕府はしておりませんし。まったく穏やかなものですよ。多三郎がきのう旅から帰ったはずなので、私はこれから行くつもりなのですが」

「薬草園に丸尾修理がいたという話は、俺は聞かなかったことにするぞ。ところで、薬草園に行くなら、俺も同行したい」

「なにか、気になることでも？」

　修理の件は、あれほどの騒ぎだったにもかかわらず、すでになかったこととして扱われはじめている、と清六は感じていた。幕府としては、そうするしかないのだ、と清六は思うが、どこか割り切れなさが残る。老中が罷免されたとしても、それは変ることがないだろう。

「実はな、杉屋、呼び出されて江戸へむかっていた伊達藩の重役以下二十四名が、江戸に入る前に全員斬り殺された。そのうちの十八名は、頭蓋から胸まで断ち割られていたらしい。ほかの六名も、ただ一刀で斬り殺されている」

　日向景一郎と丸子十郎太。二人の名しか、清六には思い浮かばなかった。

「参りましょう」

清六は、腰をあげて言った。

「いいのか、杉屋。俺を連れて行っても」

「景一郎さんが薬草園にいれば、保田様も納得してくださるでしょう?」

保田はなにも言わず、なにを納得するのか、清六にもよくわからなかった。

6

いつもの薬草園だった。

清六は、母屋(おもや)の縁に出た。そこからは、木立に遮られて、離れは屋根だけが見える。傷が癒(い)えてから、丸子十郎太もそこで暮すようになっていた。

「旦那様、多三郎さんをお呼びしましょうか?」

茶を運んできて、おさわが言った。多三郎は、旅から戻ると薬草小屋へ直行である。

「いや、私が行ってみる。景一郎さんは、いるのかな?」

「ここ三日ばかり、また土揉(も)みに入ってるんですよ。十郎太さんと並んで、時には森之助(もりのすけ)もそれに加わっています」

修理が井頭池の事件を起こすために、景一郎と十郎太がなにかやったであろうことは、容易に想像がついた。保田は、黙って茶に手をのばしている。

「昨夜、多三郎さんの部屋に、藤太さんのほかに、栄次さん、佐吉さん、それに恵芳寺から宗遠さんも来て、遅くまで話をしていました。なんだか、すごい声で怒鳴ったり、泣いたりしていました」

「修理先生のことだろう」

「怒鳴っていたのも泣いていたのも、栄次さんや佐吉さんだったみたいですわ」

修理のことを知らなかった、多三郎や藤太が泣くのなら、話はわかる。ほかの者は、清六も含めて、ようやく気持を落ち着けたところだった。

「行ってみましょうか、保田様」

言いながら、清六はもう草履をつっかけていた。

薬草小屋に、多三郎はいなかった。薬草畠の方だという。作男に呼びに行かせ、清六は保田と一緒に離れの方へ歩いた。

森之助と十郎太が、竹刀を構え合っている。稽古のようだ。景一郎の姿は作業小屋の方にあった。鉄馬が、縁に座りこんで、二人の稽古を見ている。

「八丁堀か。ここをいくら捜したって、毒なんか出やしねえぞ」

鉄馬が保田に眼をむけて言う。清六は、縁にあがって座り、多三郎を待った。

「おまえ、森之助の稽古もつけられなくなったのか、鉄馬?」

「あの二人は、景一郎ほど根気よく土を揉むことができないだけだ。それに、剣は稽古をすれば強くなれると信じている」

「違うのか?」

「おまえは、もういまの森之助に勝てん。いくら稽古をしようとだ。やってみるか、新兵衛。俺の前で、恥をかいてみろ」

保田は、もう鉄馬を相手にしなかった。多三郎が、藤太を連れてやってくるのが見えたからだ。藤太は、ただうつむいている。

旅から戻った挨拶をしたあと、多三郎が語りはじめた。しばらくは、なにを言っているのか清六にはわからなかった。

「おまえが、北へ薬草捜しに行ったのはわかった。諸沢村へ寄った、というのもわかった」

「だから、諸沢村があったのですよ」

「それは、あるだろう。人が何百人も暮していたところだから」

「違います。突拍子もない話なんで、旦那(だんな)もすぐにはおわかりにならないんでしょう。実際、諸沢村へ入った私も狐(きつね)につままれたような気分になったもんです」

「つまり」

「人が暮しているんですよ。庄屋(しょうや)の治兵衛もいました。それどころか、この藤太も、栄次や佐吉たちもです。あの村は近辺に二つの集落を抱えていて、六百人と言われていましたが、疫病で二百人ばかりは死んだということでした」

「藤太も、栄次も、佐吉もいただと？」

「この藤太なんか、自分を見て、泡を吹いてひっくり返りそうになりました。それまで、諸沢村に入るのをひどくこわがっていて、首根っ子を摑むようにして連れて行ったんですが。それからは、逆上しましてね。あれは、俺じゃねえと騒ぎそうになりまして、押さえるのにひと苦労でした」

「ほんとに、おまえがいたのか、藤太？」

「へい。だけど、俺の名前ですが、俺じゃありません。知らねえ野郎です。それが、諸沢村の藤太を名乗ってやがって」

「栄次も、佐吉もか？」

「名前はそうでも、違う野郎です。きのうそれを話したら、二人とも怒鳴りはじめて。だけど、諸沢村に、確かに庄屋様から女子供まで、確かにいるんです」

「どういうことだ？」

「俺には、わかりません。俺は、諸沢村の藤太以外の、誰でもねえです」

混乱した頭を、清六は整理しようとした。つまり、新しい諸沢村が作られた。そういうことになる。しかし、人はどうしたのか。

「藤太を一度村から連れ出し、私はまた行ってみました。薬草捜しですから、あのあたりの山中は悪い場所ではありません。村の人々に話を聞くのも、当たり前にやることです。私は、庄屋の治兵衛とも、ほかの村人とも話をしてきましたが、怪しいところは、どこにもありません。間違いなく、みんな百姓でしたね」

「四百人か」

「ひどい疫病だった、と治兵衛は言っておりました。毎日のように、人が死んで行ったと。最後には、人を埋める場所もなくなったと」

「多三郎さん、あれは庄屋様じゃねえよ。偽ものだ。俺だって」

「いや、いまは、おまえが藤太じゃないんだよ。治兵衛もそうだ。藩の人別帳でも、きちんとそうある。治兵衛も、ほかの人たちも生きているのだ」

多三郎が、どうやって人別帳を調べたのかは、わからなかった。しかし、村への出入りも、まるで制限はないようだった。なにもかも大っぴらにし、江戸で流れた衝撃的な噂を打ち消そうとしているように思えた。

「山中に、立入りが許されていない場所がありました。そこは、侍が守っていました。私が景一郎さんから聞かされていた、金山がある場所ですよ」

「守っていた武士は、田村藩士か？」

保田が口を開いた。

「違うようでした。伊達藩でもない、と私は思いました。それ以上は、調べようもありません。山が毒を発するので立入りを禁じているという話でしたが、毒を発する山には、あれほどの樹木はありません。そして、もっと遠くからでも、硫黄の臭いがたちこめているものです」

「田村藩でもなければ、伊達藩でもないか、多三郎」

「私は、見て感じたことを、言っているだけです」

清六は、四百人という人間の数を考えていた。いきなり、そんな人間を作り出すことができるのか。しかも、紛れもなく百姓だと、多三郎は言う。土の匂いが、躰にしみついた人間たちだったのだろう。

逃散、という言葉が、不意に浮かんだ。昨年も、一昨年もひどい飢饉で、餓死者が続出したという。村ごと、田畠を捨てて農民が逃げだしたところも、かなりあるはずだ。逃散した農民を、四百人集める。行くところがなくなった人間たちである。諸沢村で優遇すれば、そこに居つくだろう。

しかし、伊達、田村の二藩だけでは、無理だ。幕府がそれに加われば、つまりは咎め立てする者は誰もいないということになる。それと引き替えに、幕府は金山を得た。そう考えると、清六の頭の中では、なんとなく辻褄が合った。合いはしたが、やりきれなさも残る。つまり、諸沢村の地獄は、なかったことにされたのだろう。だから、修理の事件も、あれだけのこととして、片付けられようとしている。

「権力ってのは、すげえもんだな、新兵衛。消えたはずの村が、また現われるか。手妻じゃねえか、これは」

鉄馬が言った。保田は腕を組んで、縁に腰を降ろしていた。

作業小屋のそばの樹木の下では、森之助と十郎太がまだ竹刀を構え合っている。森之助が竹刀稽古をするのを見るのは、はじめてだ、と清六はなんとなく思った。いつも、真剣が木刀だった。

清六は、ひとりで作業小屋の方へ歩いて行った。森之助と十郎太は、むかい合ったまま動かない。

景一郎は、ひとりで土を揉んでいた。

「多三郎の話は、聞いたんだね、景一郎さん？」

「ええ」

景一郎は、振り返りもせず答えた。

「こんなことがあって、いいんだろうか？」

「修理殿は、思いを遂げた。それでいいではありませんか、杉屋さん」

手を休め、ふりむいた景一郎が、ちょっとほほえんだように見えた。

いっそ、修理が江戸の水源を断っていればよかった、と考えている自分を発見して、清六は眼を閉じた。

景一郎が、じっと清六を見つめていた。

「この土、なかなか言うことを聞いてくれません」

「土が？」

「もう、三日も揉んでいるのですが」

「そんなものかね。景一郎さんでもてこずる土なんてもんがあるんだね」

「諸沢村の、土です」

一瞬、清六は言葉を呑みこんだ。

激しく、竹刀を打ち合わせる音が聞えてきた。それからまた、静かになった。森之助と十郎太の発する気だけが、作業小屋にまで痛いほど伝わってきた。

「揉みあげ、壺を作ってみようと思うのです。鉄の多い土で、焼きあげたら赤い色が出ますよ。杉屋さんに差しあげましょう」

「諸沢村の土か。それで作った壺を」

自分がそれを欲しいのかどうか、清六にはよくわからなかった。ただ、ほかの人間に持たせたくはない、とは思った。

「修理殿は、毒の始末はきれいにしておられました。製法を記したものとほんのわずかな量を、多三郎さんに残して」

清六は、また眼を閉じた。修理という男が、嫌いではなかった。しかし、なにひとつしてやれなかった。それが不思議に、悔悟の思いにはなっていない。

「おい、杉屋。母屋（おもや）で酒にしようと新兵衛が言っているぞ」

鉄馬が、顔を出して言った。

「景一郎、二人の竹刀稽古を見てやれ。二人とも、自分を抑えきれておらん」

「わかりました」

言ったが、景一郎は外へ出る様子もなく、再び土を揉みはじめた。

明るい光の中に出ると、清六は軽いめまいを覚えた。枯葉が、風に舞っている。明るさに、しばらく清六は眼を細めていた。

冬の光だった。

解説

池上冬樹（文芸評論家）

いやあ凄い凄い。日向景一郎シリーズ全五作の中で最も激しい暴力小説といっていいだろう。動から静へというのが第二巻だったが、シリーズ三作目の本書の前半は、動から動へとひた走る。アクションにつぐアクションの連続で、読む者の血をわきたたせ、昂奮させ、戦いに夢中にさせる。読むのがもったいないくらいに面白いのだが、次第に読み進めるのが辛くなるほど、人物たちの苦境が身にしみてくる。これ以上の不幸を見たくないからである。もちろん日向景一郎は、不死身であるけれど、農民たちの被害に胸がつまるのだ。座して死を待つしかない絶望的情況に追い込まれるからである。そして物語の後半は一転してクールな謀略劇となる。この二段構えの展開が抜群である。

物語は、まず、日向景一郎と森之助の旅の場面から始まる。

向島の薬草園の頭である菱田多三郎に頼まれて、日向景一郎と森之助は奥州・一関に旅に出る。薬草の種子を医師の丸尾修理に届けるのが目的だった。夏になる前に播けば、秋の終わりから使えるという。西は洪水、東から北は旱魃に襲われて飢饉に瀕し、多三郎はどうやって届ければいいか迷っていたが、自分が行こうと景一郎が申し出たのだった。

十五日後、景一郎と森之助は一関につき、丸尾修理に種子を手渡すが、丸尾修理の養生所には町はずれにもかかわらず武士が数人たっていた。景一郎と森之助が山に向かうと六人の武士が近づき、何を調べにきた、あの医者に呼ばれたのかと聞かれ、斬りあいになり、景一郎はあっさりと斬り捨てる。丸尾修理の療養所に戻り、事情を伝えると、山で疫病がはやっているというが、人にうつる疫病ではなく、毒物によって農民たちが死んでいる、毒消しをもって行こうとしているのだが、藩医が疫病ときめて行かれない、三つの村を閉鎖して出入りを禁止しているというのだ。

景一郎は丸尾修理とともに封鎖された山間の小村にむかう。そこで見たものは水に毒をもられ、脱出を図ろうとして殺された村人たちの死体の山だった。どうやら新たに発見された金山を守るために、山を管理する伊達藩と田村藩の藩兵たちが村を壊滅させようとしていた。景一郎たちは村人たちを組織して、圧倒的な戦力を誇る藩兵たちと徹底的に戦おうとするのだが、情況はきわめて不利であり、勝算などひとつもなかった。

ここにあるのは、「去るのも死、残るのも死」（一四六頁）という情況だろう。もはや

「残酷なことだなどという言葉は、この村にはもう存在していない」（一四〇頁）。それほど過酷で凄惨すぎる行為と場面にあふれている。襲いかかる藩兵たちを殺し、村人たちも次々に殺されていく地獄だ。「ほんとのことを言うと、俺はいま、自分が生きているか死んでいるかも、わからねえ。もしかすると、景一郎さんも俺も死んでいて、地獄でこんなことを喋っている、という気もする」「なるほど。ここは確かに地獄だ」（一五七頁）という会話が出てくるが、そして本書を読んでいない読者は引用だけを読むと大袈裟ではないかと思うだろうが、違うのだ。もう目を覆いたくなるほどの場面の連続で、凄まじいのである。

おそらく多くの読者は、前半の設定だけを読んで、黒澤明の名作『七人の侍』を思い出すだろう。野盗たちの暴虐にたえかねた農民たちが浪人たちを味方につけて対抗する集団抗争劇だ。農民たちを守り、戦い抜くという点ではたしかに『七人の侍』ではあるけれど、しかし内実ははるかに厳しい。残酷という言葉はもう村には存在しないというほど、残虐さが普通になっていて、殺戮（さつりく）に続く殺戮、拷問、集団レイプ、幼児殺しなど無法地帯なのである。だが、この無法地帯での人間の営みを見つめることこそが、北方謙三が歴史時代小説を選んだ理由でもある。

「日本を舞台にしたハードボイルドを書こうとすると、アメリカを舞台にしたハードボイルド小説のようなわけにはなかなかいかない」と、北方はあるエッセイに書いている。

「日本の場合、警察機構が発達しているから無法というものが通用しにくいのだ。拳銃を登場させるのだって、リアリティの確保に相当のエネルギーを要する」。だから「日本の現実に準拠したリアリティを求められるなかでハードボイルド小説を書いていくうちに、どんどん閉塞していってしまった」。これを打破するにはどうすればいいかをずいぶんと考え、結局、「閉塞状況を打ち破るためには、内面に向かうしかなくなってしまう。純文学を書いていた頃、さんざんこれをやって煮詰まった。違う展開を考えたかった」という。そしてその違う展開こそが、歴史小説だった。

「男の死に方。裏返して、男の生き方。ハードボイルド小説でぼくが書いてきたのは、一貫して男の生きざまだった。それを、もっとダイナミックに物語を展開できる世界。ぼくは、それを歴史小説に見つけたのだ。

歴史というのは、よくよく読んでみると、ほとんど血で綴られている。大量の血が流れているのだ。何百人、何千人をその場で殺すことさえ、歴史のなかでは充分にリアリティをもっている。

人を殺す。人を死なせる。死の恐怖を味わう。死の恐怖にさらされる。死の危険に直面する。歴史小説なら、こういうことがリアリティに縛られることなくいくらでも書ける。つまり、ハードボイルド小説よりもはるかに人間をダイナミックに動かすことがで

きるのだ。これが一番の魅力だった。」（以上引用はすべて『風待ちの港で』（集英社文庫）所収「風の立つ港で」より）

はるかにダイナミックに動くのが、いうまでもなく日向景一郎であり、めざましい働きを見せるのが森之助だ。前作『降魔の剣』から五年、景一郎は三十歳、森之助は十歳になっている。藩兵たちと村民たちの争いが激化しても、景一郎は土いじりをやめないのだが、危機が迫れば、一気に行動をおこし、命令をだして、農民たちを組織して防御にまわり、同時に攻撃へと転化する。その臨機応変かつ具体的な用兵、苛烈な行動力、さらに景一郎自身の鮮やかな剣戟で、ときに勝利を摑みもするが、それは一時にすぎない。圧倒的な兵力には差がある。それでも、十歳の森之助がいることで、しばしば事態は有利に動く。「森之助は、剣の腕前も十歳とは思えない、と杉屋さんに聞いたが」と丸尾修理が江戸の薬種問屋杉屋に聞いた話を問いかけると、次のような会話になる。

「未熟です。人を斬ったことはあるのですが、兄上のようにひと太刀で両断するなどということは、とてもできません」

十歳で、人を斬ったと平然と言えるところが、修理には驚きだった。この兄弟には、修理の理解を超えたところがある。

「大人になったら、兄上に勝てそうか？」

「わかりませんが、いつか兄上を斬らなければなりません」

「なにを言うのだ、森之助」（略）

「仕方ないのです。父の仇ですから。伯父上にも、兄上にも、そう言われています」

（六七〜六八頁）


　そう語る森之助が数日後、景一郎にいわれて、みなの前である者を斬りすてることになる。読者はこの場面には度肝を抜かれるだろう。え？　そこまでやるの？　やらせるの？　と驚いてしまうが、もともと父親殺しからはじまり、兄と弟の果たし合いで終わるシリーズなのである。「人を殺す。人を死なせる。死の恐怖を味わう。死の恐怖にさらされる。死の危険に直面する」ことを登場人物だけではなく、読者にもまざまざと体験させる小説なのだ。「歴史小説なら、こういうことがリアリティに縛られることなくいくらでも書ける」と豪語する作者だけあって、戦慄の場面がたんたんと鮮烈に描き出されていて怖い。

　それにしても、そこまで残酷なことをさせなくてもと思うのだが、森之助の成長を描くには必要なことだろう。そもそも景一郎には「できるだけ人を斬らせよう」という考えがあった。「立会で斬るだけが、人を斬ることではない。抵抗しない者でさえ、ほとんど無感動に斬ることができる。祖父の将監がそうだった。自分も、そうなりつつあるのかもしれない」（二五四頁）。

いったい何だろう。この虚無感、この悟り、この諦念、そしてこの死生観は。「誰でも死ぬ時は死ぬのです。死ななければ、まだ死ぬ時ではなかった、ということですよ」（二二五頁）という言葉が中盤に出てくるが、これと似た言葉は北方謙三の小説によく出てくる。いちばん印象的なのは北方の『水滸伝』の一節だろう。

もともと『水滸伝』は中国の四大奇書の一つで、一〇八人の豪傑たちが山東省の梁山泊に集結して、官軍と戦い滅びる物語である。民間説話が元になっているので、編者によって物語は異なるが、共通しているのは、一〇八人の豪傑たちが梁山泊に勢ぞろいすること。その約束事を北方は破る。なぜなら北方は、原典を徹底的に解体し、全く新たな物語に再構築したからである。

北方の『水滸伝』は一言でいうなら、革命小説。ある対談（北方謙三編著『替天行道―北方水滸伝読本』所収「対談1　掟やぶりの『水滸伝』を語ろう　加藤徹／北方謙三」）で北方が語っているが、〝キューバ革命がもっていた変革へのロマンチシズム〟を『水滸伝』に移しかえた。梁山泊をキューバ島に見立て、宋王朝（米国）と対決する構図である。腐敗した体制のなかで虐げられている民衆が反乱を起こし、国を倒さんとする　物語だ。これは明らかに学生運動に参加した全共闘世代の思い入れだろう。だが観念的に革命を語るのではなく、あくまでもリアリズムで押し通す。つまり時代も国も違えども、まさに現代の小説として書かれている。それが吉川英治の『新・水滸伝』や柴田錬三郎の『柴錬水滸伝 われら梁山泊の好漢』ほかの類書と決定的に違う点だろう。

〝変革へのロマンチシズム〟というにはあまりに凄絶な死が多数描かれるけれど、そこに無残さはない。男も女も、志を全うするうえで、「死ぬべき時に、死ねばいい。死ぬべき時は、むこうからやってくるはずだ。その時までは、精一杯生きる」（『水滸伝六 風塵の章』三一一頁）と考えているからである。

『水滸伝』（全一九巻）の刊行が開始されたのが二〇〇〇年であり、本書『絶影の剣』の刊行も同年である。雑誌連載も同時期。『水滸伝』では潔くも苛烈な人生の数々が描かれるけれど、本書はどちらかといえば無残な人生だろう。全うすべき志をもつ者たちの変革の物語ではなく、日向景一郎がそうであるようにアナーキーで虚無的なヒーロー（中里介山『大菩薩峠』の机竜之助や柴田錬三郎の眠狂四郎に連なるヒーロー）の物語であるからだ。ただし本書では丸尾修理だけが、後半で志をもち、ある行動にうってでようとする。丸尾修理が後半の主人公なのである。物語の興趣にふれるので詳しくはいえないが、謀略と抵抗のドラマが展開する。村で凄惨な地獄を経験した丸尾修理が、己が性欲に負け、自らの本性を知り、だからこそ自らを恥じ、大義を求めて大胆な賭けに出ようとする。潜伏中の内藤新宿での女体への耽溺も、獣性に目覚め、破壊衝動をとがらせていく過程に見えて魅力的だし、そんな丸尾修理を後方で支える景一郎たちとの連繋(れんけい)もいい。支援する側には景一郎や丸尾修理と当初敵対していた者も含まれていて、彼の最期の行為などは、まさに〝死ぬべき時に、死ねばいい〟という境地で実に印象深い。

北方謙三の歴史時代小説と中国小説の特色などについては、次回以降でふれようと思う。まずは、圧倒的な臨場感と緊迫感をもつ本書『絶影の剣』を読んでほしい。日向景一郎シリーズを代表する傑作であり、北方謙三の歴史時代小説のなかでもトップクラスの趣向に富む物語だ。大胆なことをいうなら、シリーズを本書から読んでも問題はない。物語は独立しているし、本書に惹かれたなら、シリーズ第一作『風樹(ふうじゅ)の剣』を手にとればいい。『水滸伝』と『岳飛伝(がくひでん)』の文庫解説でも書いたことだが、大河小説または優れたシリーズはどこから読んでもいい。逆にいうなら、途中から読んでつまらないなら、その程度のレベルでしかない。一冊一冊の質が高くなければ、優れたシリーズにはならない。北方謙三のシリーズ作品は、どの巻から読んでも面白い。それは一作一作が充実しているからである。ぜひ本書を読まれよ。

底本『絶影の剣　日向景一郎シリーズ3』（新潮文庫／二〇〇二年）
新装版刊行にあたり加筆・修正をしました。

双葉文庫

き-08-04

絶影の剣〈新装版〉
日向景一郎シリーズ❸

2025年3月15日　第1刷発行
2025年5月12日　第2刷発行

【著者】
北方謙三

【発行者】
箕浦克史
【発行所】
株式会社双葉社
〒162-8540 東京都新宿区東五軒町3番28号
［電話］03-5261-4818(営業部)　03-5261-4831(編集部)
www.futabasha.co.jp（双葉社の書籍・コミックが買えます）
【印刷所】
株式会社 DNP 出版プロダクツ
【製本所】
株式会社 DNP 出版プロダクツ
【カバー印刷】
株式会社久栄社
【DTP】
株式会社ビーワークス

【フォーマット・デザイン】
日下潤一

ISBN978-4-575-67235-0 C0193
Printed in Japan